pi 文庫
3〉

〈グレアム・グリーン・セレクション〉

ヒューマン・ファクター

グレアム・グリーン
加賀山卓朗訳

epi

早川書房

5960

THE HUMAN FACTOR

by

Graham Greene

Translated by
Takuro Kagayama
Published 2006 in Japan by
HAYAKAWA PUBLISHING, INC.
This book is published in Japan by
arrangement with
VERDANT S. A.
c/o DAVID HIGHAM ASSOCIATES LTD.
through TUTTLE-MORI AGENCY, INC., TOKYO.

きずなを結ぶ者はかならず敗れる。
その者の魂には堕落の病菌が巣くっている。
——ジョーゼフ・コンラッド

いくらかの責任はある、妹のエリザベス・デニーズに

ヒューマン・ファクター

いかなる情報機関の実態にもとづく小説も、必然的にかなり多くの空想（ファンタジー）の要素を含まざるをえない。現実に即して描写すれば、ほぼまちがいなく公職守秘法のいくつかの条項を犯すことになるからだ。アンクル・リーマス作戦は、作者の純粋な想像の産物であり（これからもそうであると信じている）、イギリス人、アフリカ人、ロシア人、ポーランド人を問わず、作中の登場人物もすべて架空のものである。それでもなお、やはりファンタジーを扱った聡明な作家、ハンス・アンデルセンのことばを借りるなら〝われわれの空想の物語は現実のなかから生み出される〟。

第一部

第一章

カッスルは、三十年以上前に若手の新人として情報部に入ってこのかた、いつも昼食はオフィスからほど近いセント・ジェイムズ・ストリートの裏のパブでとっていた。どうしてそこで食べるのかと訊かれれば、ソーセージが最高にうまいからと答えただろう。ビールはワトニーズのビターのほうが好ましい気もするが、ソーセージのうまさが格別なのだ。カッスルはどれほど邪気のない行動についてもつねに理由を説明できるよう心がけ、時間も正確に守った。

だから一時の鐘が鳴ったときには、いつでも出かけられる準備ができていた。同じ部屋で働く助手のアーサー・デイヴィスは、十二時きっかりに昼食に出て、一時間後に戻ってくることになっているが、したがわないこともままある。緊急の電報が入ってきた場合、デイヴィスかカッスルがオフィスにかならずいて暗号を解読する決まりになってはいても、彼らの小さな部門に緊急を要する案件など入ってこないことは、ふたりともよくわかっていた。ふたりの担当であるアフリカ東部および南部とイギリスのあいだには時差があり――ヨハネスブルクすら一時間かそこら離れている――メッセージが遅れて届くことを心配している人間は部門外にいない。われわれの担当する大陸が世界の運命を決することはありませんから、とデイヴィスはいみじくも言った。アディスアベバ（エチオピアの首都）とコナクリ（ギニアの首都）のあいだに中国やロシアがいくら大使館を設けようと、キューバ兵がどれほど上陸しようと。カッスルはデイヴィスにメモを書いた――〝ザイールが通達一七二番に返答をよこしたら、大蔵省と外務省に写しを送付すること〟。時計を見た。デイヴィスは十分遅れている。

カッスルはブリーフケースにものを入れはじめた。妻に頼まれたジャーミン・ストリートのチーズ専門店での買い物と、その日の朝、少々叱った息子へのプレゼント（モルティーザーふた袋）を書き留めたメモと、本を一冊。本は第一巻の七十九章から先を読み進めたことのない『クラリッサ・ハーロウ』だった。エレベーターのドアが閉まる音がして、デイヴィスの足音が廊下に響くなり、カッスルは部屋を出た。ソーセージの昼食が十一分削られてしまった。デイヴィスとちがって、彼はつねに時間どおりに部屋に戻ってくる。これも年齢の美徳のひとつだ。

堅苦しいオフィスで、アーサー・デイヴィスの風変わりな形姿（なりかたち）は目立った。デイヴィスは長く白い廊下の端から歩いてきた。週末に田舎で馬に乗るか、競馬場の一般席で賭けて、そのまま来たような服装だ。全体に緑がかったツイードのスポーツジャケットの胸ポケットから、真紅の水玉模様のハンカチがのぞいている。そのままオッズ表示板の横に立っていてもおかしくない。似合わない役をあてられた俳優のようでもある。衣装にふさわしい演技をしようとして、たいていしくじってしまう。ロンドンにいると田舎から出てきたように見え、カッスルの住む田舎に来ると、まぎれもなく都会からの旅行者に見えた。

「毎度時間に正確ですね」デイヴィスはいつものうしろめたそうな笑みを浮かべて言った。

「腕時計がいつも少し進んでいてね」カッスルは加えてもいない非難を詫びて言った。

「心配性なんだろうな」

「また機密情報の持ち出しですか」とデイヴィスは言い、ふざけてカッスルのブリーフケースを奪うふりをした。デイヴィスの息は甘いにおいがした。ポートワインを飲まずにはいられないのだ。

「ああ、そういうものはきみに売ってもらおうと思って、みんな部屋に残しておいた。きみの怪しい知り合いなら、いい値をつけてくれるだろうから」

「それはご親切に」

「それにきみは独身だ。妻帯者より金が要る。私は生活費を折半できるから――」

「ああ、でも残り物ばかりでしょう」とデイヴィスは言った。「骨つき肉がシェパードパイや、まずそうなミートボールになる。そうまでして結婚する価値がありますか？　結婚したら上等のポートワインだって飲めなくなる」デイヴィスはふたりで使っている部屋に入り、シンシアに電話をかけた。彼がシンシアを口説きはじめてかれこれ二年になるが、少将の娘はもっと大物を狙っていた。それでもデイヴィスは希望を捨てていない。女性とつき合うなら同じ部内のほうが安全だ、保安上の心配がない、と言いわけしているが、カッスルは、そのじつデイヴィスがシンシアに惚れ込んでいることを知っていた。孤独な男によくあることだが、デイヴィスは結婚に対する思い入れがかなり強く、それをユーモアで隠している。カッスルは一度、デイヴィスが環境省のふたりの役人と共有しているアパートメントを訪ねたことがある。クラリッジ・ホテルからそう遠くないアンティーク店の階上にあり、住所もW1、ロンドンのまさに中央だ。

「もう少し近くに引っ越してくれればいいのに」そのときデイヴィスは狭苦しい居間でカッスルに言った。ソファの上には《ニュー・ステイツマン》《ペントハウス》《ネイチャー》といった、趣味の異なる雑誌が散らばっていた。部屋の隅では、誰かがパーティで使ったグラスがかよいの家政婦に片づけられるのを待っていた。

「うちの給料はよく知ってるだろう」とカッスルは言った。「それに私は結婚している」

「とんでもない判断ミスだ」

「そうでもなかった。私は妻が好きだ」

「もちろん、あのやんちゃ坊主もいますしね」とデイヴィスは続けた。「子供を養いながらポートワインは無理だ」

「やんちゃ坊主のほうも気に入っている」

カッスルがピカデリーに出ようと四段の石段をおりかけると、ポーターが呼び止めた。

「トムリンスン准将が探しておいでてでした」

「トムリンスン准将？」

「はい。A3号室でお待ちです」

カッスルはトムリンスン准将に一度しか会ったことがなかった。それももう思い出すのも面倒なほど昔、カッスルが情報部に入った日——公職守秘法に名を連ねた日のことだった。そのとき准将は年端もいかない将校だった。もしほんとうに将校だったとすればだが。彼に関して憶えているのは、黒いちょび髭を生やしていたことだけだ。その髭は、吸い取り紙の平原の上を漂う未確認飛行物体のように見えた。おそらく保安上の理由から、吸い取り紙は真っ白で、染みひとつなかった。カッスルが誓約書に署名したあとの染みが唯一の汚れになったが、その紙もまちがいなくちぎりとられ、焼却されたはずだ。一世紀近くまえに、ドレフュス事件ですでに屑籠の危険は証明されていた（一八九四年、フランス参謀本部のドレフュス大尉が対ドイツ通牒容疑で逮捕された事件。発端はドイツ大使館の屑籠からフランスの機密文書が見つかったこと）。

「左手の廊下をずっと行ったところです」カッスルがまちがえた方向に進みそうになった

ので、ポーターが声をかけた。

「ああ、入ってくれたまえ、カッスル」とトムリンスン准将が言った。長年のうちに口髭は吸い取り紙のように白くなり、ダブルのチョッキの下の腹も丸く飛び出していた。変わっていないのは疑わしい肩書きだけだ。彼が以前どの連隊に所属していたのか知る者はおらず、そもそも連隊があったのかどうかさえわからない。この建物のなかの軍の肩書きはどれもいくぶん怪しかった。階級が目くらましに使われることもあるからだ。トムリンスンは言った。「デイントリー大佐とは初対面だったね」

「ええ、たぶん……初めまして」

デイントリーはダークスーツをきちんと着、鋭く尖った顔をしているが、デイヴィスなどよりはるかに長い時間を戸外ですごしているような印象を与えた。デイヴィスが賭け屋のまわりをうろついているとすれば、デイントリーはまちがいなく高価な指定席か、ライチョウの棲む荒野にいるといった風情だ。カッスルはよく職場の人間を頭のなかで即席にスケッチして愉しんでいた。ときにはほんとうに紙に描いてみることもある。

「たしかコーパス（オクスフォード大学コーパスクリスティ・コレッジ）で、あなたのいとこに会ったと思う」とデイントリーは言った。口調は快活だが、少し気が急（せ）いているようだった。キングズクロス駅から北へ向かう列車の時間が迫っているのかもしれない。

「デイントリー大佐は」とトムリンスン准将が説明した。「改革に燃える新任者だ」そう言われてデイントリーが顔をしかめたのにカッスルは気がついた。「メレディスから保安関係の仕事を引き継いだ。と言っても、メレディスには会っていないかもしれないが」

「いとこのロジャーのことですね」とカッスルはデイントリーに言った。「もう長いこと会っていません。オクスフォードの人文で優等でした。今はたしか大蔵省にいるはずです」

「デイントリー大佐にここの状況を説明していたところでね」トムリンスン准将はふたりの会話を意に介さずしゃべりつづけた。

「私は法律専攻だった。情けないことに二級だったがね」とデイントリーは言った。「あなたは歴史専攻だったと聞いたが」

「ええ、じつに情けないことに三級でした」

「クライストチャーチ・コレッジ？」

「はい」

「デイントリー大佐に話したのだ」とトムリンスンは言った。「6Aについては、きみとデイヴィスだけが極秘電報を扱っていると」

「うちの担当地域に〝極秘〟と呼べるものがあればの話ですが。それともちろん、電報は課長のワトスンも読みます」

「デイヴィス――彼はたしかレディング大学卒だったね？」とデイントリーが訊いた。かすかに嫌悪感がにじんでいたかもしれない。

「ずいぶん予習されたんですね」

「じつはさっきまでデイヴィスと話していた」

「だから昼食から帰ってくるのが十分遅れたんですか」

デイントリーの微笑みは、開いた傷口の痛々しさを思わせた。やたらと赤い唇をしていて、その両端だけがどうにか分かれた。彼は言った。「デイヴィスとは、あなたのことを話した。だから今度はあなたにデイヴィスのことを訊きたい。公開調査のようなものだ。改革に燃える新任者（ニュー・ブルーム）を許してくれたまえ。まだやり方を学んで（ラーン・ザ・ロープス）いるところだから」と比喩をごた混ぜにしてつけ加えた。「こういう作業は定期的にやっておかなければならない――もちろん、ふたりのどちらも信頼しているけれど。ところで、この調査のことはデイヴィスから聞いたかな」

「いいえ。と言っても、どうして信じられます？　デイヴィスと示し合わせているかもしれないのに」

傷口がまたわずかに開いて、固く閉じられた。

「政治的に彼は少し左寄りなんだろう？」

「労働党員です。本人から聞いたでしょうが」

「それ自体は悪いことではない、当然だが」とデイントリーは言った。「あなたは？」

「政治には興味がありません。これもデイヴィスから聞いたでしょうが」

「しかしときどき投票はするんだろう？」

「戦争以来、投票した憶えがありません。最近の争点は、なんというか、ちょっと井戸端会議じみていて」

「興味深い見解だ」デイントリーは賛成しかねるという態度で言った。正直な意見を述べたのはまずかったとカッスルは悟ったが、ここぞという重要な場面でないかぎり、真実を話したほうがいい。真実は相手も確認することができる。デイントリーは腕時計を見た。

「あまり長くは話せない。キングズクロスから汽車に乗らなければならないので」

「週末は狩りですか？」

「そう。どうしてわかった？」

「勘です」とカッスルは言い、そう答えるのではなかったと後悔した。目立たないほうがつねに安全だ。ほかの人間ならローズ・クリケット競技場での百打点達成（センチュリー）を夢見るところ、カッスルは目立たず周囲に完全に溶け込んだ自分をよくぼんやりと思い描く。年を追うごとにその回数が増えてきた。

「ドアの横に置いた銃ケースに気づいたのかな」

「そうです」とカッスルは言った。じつはそのときまでケースなど見ていなかった。「あれがヒントになりました」デイントリーが納得したようなのでほっとした。

デイントリーは説明した。「この調査はあなた個人に問題があるからではない。ありふれた定期調査だ。ここには規則が多すぎて、かえって違反者が出る。人間の性だから仕方がないが。たとえば、仕事の資料をオフィスの外に持ち出さない規則だとか……」

デイントリーは意味ありげにカッスルのブリーフケースに眼をやった。そこで軍の士官か紳士であれば、なめらかに冗談など言いながらケースを開けてみせるのだろうが、カッスルは士官ではないし、自分を紳士だと思ったこともなかった。この新任者が新しい箒でどれくらい掃き出すつもりなのか知りたかった。「家に帰るのではありません。昼食に出るだけで」

「見せてもらえるかな、差し支えなければ……」デイントリーはブリーフケースに手を伸ばした。「デイヴィスにも見せてもらった」

「デイヴィスはブリーフケースを持っていませんでした」とカッスルは言った。「さっき会ったときには」

デイントリーは自分のまちがいに顔を赤らめた。もし勢子を撃ったら同じように恥ずかしがるにちがいないとカッスルは思った。「ああ、もうひとりの男と勘ちがいしたのかもしれない」とデイントリーは言った。「名前は忘れたが」

「ワトスンかな？」と准将が言った。

「そう、ワトスンだ」

「つまり課長まで調べているわけですか」

「これも定期調査の一環だ」とデイントリーは言った。

カッスルはブリーフケースを開け、《バーカムステッド・ガゼット》紙を取り出した。

「それは？」とデイントリーは訊いた。

「地元の新聞です。食べながら読もうと思って」

「ああ、なるほど、そうか。かなり遠方に住んでいるのを忘れていたよ。不便じゃないのかね？」

「列車で一時間とかかりません。家と庭が必要なのです。ご承知のように子供もいますし――それと犬も。どちらもアパートメントでは育てられません、少なくとも快適には」

「『クラリッサ・ハーロウ』もある。好きなのか？」

「ええ、これまでのところ。ですがあと四巻あります」

「これは？」

「忘れないためのメモです」

「忘れないため？」

「買い物リストです」とカッスルは説明した。〝キングズ・ロード、一二九番地〟と印刷された自宅の住所の下に〝モルティーザーふた袋。アールグレイ半ポンド。チーズ――ウエンズレデール？　またはダブル・グロスター？　ヤードリー髭剃りローション〟と書かれていた。

「モルティーザーとはいったいなんだね」

「チョコレート菓子です。食べてみるといい、うまいですよ。私はキットカットよりうまいと思います」

デイントリーは言った。「狩りに招待してくれた人も気に入るだろうか。ちょっとふだんとちがうものを持っていきたくてね」腕時計を見た。「ポーターに買いにいかせるか。ちょうど時間はある。どこで売ってる？」

「ストランドのＡＢＣにありますよ」

「ＡＢＣ？」とデイントリーは訊いた。

「膨化パン会社（エアレイテッド・ブレッド・カンパニー）です」

「膨化パン……それはいったい……いや、そんなことを考えている暇はない。その菓子は口うるさい連中の気に入ると思うかね？」

「人の好みはいろいろです」

「フォートナムならすぐそこだ」

「あそこでは売っていません。駄菓子ですから」

「しみったれだと思われたくない」

「では量で勝負しましょう。三ポンドほど買わせればいい」

「名前はなんだった？　そうだ、あなたから直接ポーターに伝えてもらえるかな」

「調査は終わりですか？　もういいんですね」

「ああ、そうだった。もちろんだ。形式だけのものだと言っただろう、カッスル」

「では愉しい狩りを」

「ありがとう」

カッスルはポーターに言づてした。「三ポンドとおっしゃいました？」

「ああ」

「モルティーザーを三ポンド！」

「そう」

「家具用のトラックを使ってもいいですか？」

ポーターはヌード雑誌を読んでいた助手を呼び出して言った。「ディントリー大佐にモルティーザーを三ポンド買ってきてくれ」

「百二十袋とか、そのくらいになりますぜ」助手はしばらく計算してから言った。

「いや、いや」とカッスルは言った。「それじゃ多すぎる。値段じゃなくて、重さのポンドだよ」

計算しているふたりを残して、カッスルは外へ出た。十五分遅れてパブに入ると、いつもの席はふさがっていた。急いで食事をすませ、三分稼いだと思った。セント・ジェイムズ・アーケイドの薬局で髭剃りローションを買い、ジャクスンの店でアールグレイと、ついでにダブルグロスターのチーズを買った。いつもはジャーミン・ストリートの専門店で買うのだが、時間を節約することにした。しかしABCで買うつもりだったモルティーザーは、すでに売りきれていた。予想外にたくさん買われたお客さまがいらっしゃいまして、と店員が言った。カッスルはかわりにキットカットを買うしかなかった。デイヴィスのいる部屋に戻ったときには、わずか三分遅れただけだった。

「調査があるなんて言わなかったな」とカッスルは言った。

「ぜったい秘密だと言われましたから。何かまずいものでも見つけられました？」

「別に何も」

「ぼくはやられましたよ。レインコートのポケットに入れているものを出せと言われて。ちょうど五九八〇〇からの報告書を持っていました。昼食のときに読み返そうと思っていたので」

「彼はなんと言った？」

「警告しただけで解放してくれました。規則は守るためにあるんだぞと言って。同輩のブレイクは塀の内側で四十年間、所得税や知的緊張や責任から逃れてるのに――本人は何から逃れたかったのか知りませんが――こっちではみんながそれに悩まされてるわけです」

「デイントリー大佐はそれほど厳しくなかったな」とカッスルは言った。「コーパスにいる私のいとこを知っていてね。そういうことでずいぶんちがうのさ」

第二章

カッスルはいつもユーストン駅発六時三十五分の列車に乗った。それに乗れば、バーカムステッドにきっかり七時十二分に着く。駅には自転車が置いてあった。長年知っている改札係に預けてあるのだ。運動のために、駅から長い道のりを自転車で走る——運河の橋を渡り、テューダー校のまえを通ってハイ・ストリートに入り、今も十字軍騎士の兜(かぶと)を保存している灰色の石造りの教会を越え、チルターン丘陵をのぼって、キングズ・ロードの二軒建ての家に着く。そのうちの一軒が彼の住まいだった。遅くなると、ロンドンから電話をかけないかぎり、彼はかならず七時半までに帰宅する。息子を寝かしつけ、八時の夕食前にウィスキーを一、二杯飲むのにちょうどいい時間だ。

一風変わった職業についていると、毎日くり返すありきたりのことが大きな意味を持つようになる。カッスルが南アフリカから戻ってきたときに、生まれた土地に住むことにした理由もそこにあるのかもしれなかった。柳の下を流れる運河や、学校や、かつて名をなした城の廃墟がある故郷。城はフランスのルイ王子の包囲攻撃にも耐え、チョーサーが築城の監督官を務めたとも言われる。ひょっとすると、カッスルの先祖も建築にたずさわっていたのかもしれない。今は芝生の丘がいくつかと、運河と線路に面した石の壁が数ヤード残っているだけだ。壁の向こうから、サンザシの生け垣とクリの木が両側に立ち並ぶ長い道が伸び、やがてそれは共有地に至る。古の昔、町の住民たちは共有地で牛を放牧する権利のために戦った。しかし二十世紀の今、シダやワラビやハリエニシダばかりの荒れ地で口を動かしているのはウサギかヤギくらいしかいない。

カッスルが子供のころ、共有地には、最初のドイツとの戦争時に湿った赤土に掘られた古い塹壕が残っていた。法学院将校養成団の若い法律家たちが掘ったもので、彼らはそこで訓練をしたあと、通常部隊の兵士としてベルギーやフランスの戦線に送られ、命を落とした。くわしい知識なしにそのあたりを歩きまわるのは危険だった。イギリス陸軍のベルギー周辺の戦地をまねて掘られた古い塹壕は数フィートの深さがあり、知らない者が突然落ちて足を折る怖れがあった。しかしあたりの様子にくわしい近所の子供たちは、長じて記憶が薄れるまで自由に遊びまわったものだった。カッスルはゆえあって土地勘を失わず、仕事がない日にはときどきサムの手を引いて、共有地の忘れ去られた隠れ場所や、いくつもの危険な場所を教えていた。子供のころ、圧倒的に強い敵を相手にどれほどゲリラ戦をしかけたことか。思えば、ゲリラ戦の日々がまた始まり、白日夢が現実になっていた。なじみのある土地で暮らしていると、老いた前科者が同じ刑務所に戻ってきたときのような安心感を覚えるのだった。

カッスルは自転車でキングズ・ロードをのぼっていった。今の家は、イギリスに戻ってきたときに住宅組合の資金を借りて購入した。現金で支払って金を節約することはたやすかったが、両側に住む学校教師たちとちがうことをして目立ちたくなかった。学校の給与でそれだけの金を貯めることはできない。同じ理由から、玄関ドアの上のけばけばしい『笑う騎士』（十七世紀のオランダの画家フランス・ハルスの代表作）のステンドグラスもそのままにしてあった。歯医者を連想させるので気に入らなかったが——田舎町では患者の苦痛を外から隠すために、よくステンドグラスが使われる——隣の両家がはずしていないので、彼もそれにしたがった。キングズ・ロードに住む教師たちの多くはオクスフォード大学の卒業生で、指導教官と親しく交わった北オクスフォードの美的感覚を非常に大切にしている。カッスルの自転車も、バンベリー・ロード沿いのコレッジの階段の下にしっくりと収まりそうなものだった。

彼はドアのイェール錠を開けた。セント・ジェイムズ・ストリートのチャブの店で売っているような埋め込み錠か、ほかの特別製の錠を買おうかとも思ったこともあるが、やはりやめておいた。隣人たちはイェール錠で満足しているし、この三年間、ボクスムアよりこちら側で窃盗事件が起こっていないのも理由になった。廊下には誰もいなかった。ドアが開いてなかが見える居間にも人影はなかった。台所から物音も聞こえない。サイドボードのサイフォンの横に、いつもどおりウィスキーの壜がないことにすぐに気づいた。長年の習慣が乱れ、カッスルはちくりと虫に刺されたような不安を覚えた。「セイラ」と呼ばわったが、返事はなかった。玄関ドアのすぐ内側にある傘立ての横に立ち、見慣れた家のなかをすばやく確認していった。決定的に足りないのはウィスキーの壜だけ。カッスルは息を止めた。ここへ越してきてからずっと、いつかはかならず災いに追いつかれると思っていた。そうなったら決してパニックに陥ってはならない、壊れた人生のかけらを拾い集めようなどとは考えず、すぐに去らなければならないことはわかっていた。〝そのときユダヤにありし者たちは山へ逃れよ……〟（マタイ福音書二四－一六）。ふと大蔵省にいるいとこのことが頭に浮かんだ。まるで身を守ってくれる魔よけか、幸運を呼ぶウサギの足であるかのように。そのとき階上（うえ）で人の声がして、階段をおりてくるセイラの足音が聞こえた。カッスルはようやく安心し、また息ができるようになった。

「ダーリン、帰ってきたのが聞こえなかったの。ドクター・バーカーと話してたから」

彼女のあとからバーカー医師がおりてきた。左の頬に真っ赤なイチゴ色のあざのある中年男で、汚れたグレーの服の胸ポケットから万年筆を二本突き出している。一本は喉の奥をのぞくための懐中電灯かもしれないが。

「誰か具合でも悪いのか」

「サムがはしかにかかったのよ、ダーリン」

「大丈夫です」とバーカー医師は言った。「安静にしていれば治ります。あまり光に当てないように」

「ウィスキーでもどうですか、ドクター」

「いや、ありがたいがやめておきます。あと二軒、往診がありますんで。今だって食事に遅れているというのに」

「どこで移されたんでしょう」

「あちこちで流行っていますから。心配は要りません。症状は軽いので」

医師が辞去すると、カッスルは妻にキスをした。黒くて強い髪をなで、高い頬骨に触れた。彼女の黒い顔のなめらかな曲線をなぞった。白人旅行者向けにホテルの階段で大量に売られているがらくた同然の彫刻のなかから、真の傑作を見出したかのように。そうして、この世でいちばん大切なものは無事だったとみずからに言い聞かせた。一日の終わりにはいつも、彼女を守りもせず放り出して何年もたった気がするのだった。しかしここに彼女のアフリカの血を疎む者はいない。ふたりがともに暮らすことを妨げようとする法律もない。ふたりは安全だ――少なくとも、望みうるなかでいちばん安全だった。

「どうしたの？」と彼女は尋ねた。

「心配したよ。今日は帰宅したとたん、あらゆるものが混乱しているように思えた。きみはいないし、ウィスキーだってなくなっているし……」

「何もかもいつもどおりじゃないとだめなのね」

カッスルがブリーフケースからものを出しているあいだに、セイラはウィスキーをついだ。「ほんとうに心配することは何もないんだね？」とカッスルは尋ねた。「医者のしゃべり方はどうも好きになれない。とくにこちらを安心させようとしているときには」

「大丈夫よ」

「上がって見てきてもいい？」

「今、寝てるから起こさないほうがいいわ。アスピリンを飲ませたの」

カッスルは『クラリッサ・ハーロウ』の第一巻を本棚に戻した。

「最後まで読んだの？」

「いや、読み終えるには人生は短すぎるようだ」

「いつも思うんだけど、あなたは厚い本が好きよね」

「手遅れにならないうちに『戦争と平和』に挑戦すべきかもしれない」

「うちにはないけれど」

「明日、買うよ」

セイラはイギリスのパブの基準からするとちょうど四倍の量のウィスキーを丁寧につぎ、カッスルのところへ持ってくると、グラスを手に握らせた。まるでほかの誰にも読まれてはならないメッセージを手渡すかのように。実際、カッスルがこれほど飲むことは、ふたりだけの秘密だった。ふだん同僚がいるときには、ビールより強い酒は飲まない。バーでまわりに他人しかいなくてもそうだ。彼の仕事では、アルコール依存の気配でも示そうものなら、たちまち不信の眼で見られる。そんな心配などどこ吹く風とばかりに、誰がいようとなんの気兼ねもなく酒をあおるのはデイヴィスだけだ。しかしデイヴィスには、純粋な無邪気から生じる厚かましさがある。カッスルは南アフリカで不幸を待つうちに、そういう無邪気さも厚かましさも失っていた。

「今晩は食事が温かくなくてもいいかしら」とセイラが訊いた。「ずっとサムにかかりきりだったの」

「もちろん」

カッスルはセイラに腕をまわした。ふたりの愛の深さは、四倍の量のウィスキーに勝るとも劣らない秘密だった。他人に話せば危険を招く。愛は危険そのものだ。文学はつねにそう宣言してきた。トリスタン、アンナ・カレーニナ、そしてラヴレイス（クラリッサの求婚者）の欲望だって――『クラリッサ・ハーロウ』の最終巻にちらりと眼をやった。カッスルはデイヴィス相手に話すときでさえ「私は妻が好きだ」としか言ったことがなかった。

「きみがいなくなったらどうすればいいんだろう」とカッスルは言った。

「今と同じことをすればいいの。八時の食事のまえに、ウィスキーのダブルを二杯飲んで」

「家に帰って、ウィスキーを用意してくれるきみがいなかったから怖かった」

「何が怖いの」

「ひとりとり残されることが。デイヴィスは気の毒だ」と彼はつけ加えた。「家に帰っても誰もいないなんて」

「あなたよりずっと愉しんでるかもしれないわ」

「これが私の愉しみだ」とカッスルは言った。「この安心感が」

「外の世界はそんなに危険なの？」セイラは彼のグラスから少しウィスキーを飲み、J&Bで湿った唇で彼の口に触れた。カッスルがいつもJ&Bを買うのは、色のせいだ——たっぷりそそいでも、ソーダ割りにすれば別の弱い酒に見える。

　ソファの脇の机に置かれた電話が鳴った。カッスルは受話器を上げ、「ハロー」と言ったが、誰も答えなかった。「ハロー」とくり返し、静かに四つまで数え、相手が切る音がしたので受話器を置いた。

「誰も出なかったの？」

「まちがい電話だろう」

「今月に入ってから三度目よ。いつもあなたの帰りが遅くなったとき。誰か家にいるかどうか、泥棒が確かめてるのかしら」

「盗るものなんてないさ」

「よくそういう怖い話があるでしょう、ダーリン。頭からストッキングをかぶった男たちの話。日が沈んでからあなたが帰ってくるまでの時間は大嫌い」

「だからブラーを買ったんだ。ブラーはいったいどこにいる？」

「庭で草を食べてるわ。お腹の調子が悪いみたい。それにブラーは知らない人間に吠えかけもしない。すり寄ってるもの」

「ストッキングの男には吠えるかもしれないよ」

「きっと自分を喜ばすためにかぶってるんだと解釈するわ。クリスマスのときのこと、憶えてるでしょう……みんなが紙の帽子をかぶったとき……」

「あいつを買うまえには、ボクサー犬は凶暴だと思っていた」

「凶暴よ——猫に対しては」

ドアが軋み、カッスルはさっと振り返った。ブラーの四角く黒い鼻先がドアをすっかり押し開け、放り投げられた芋の袋のように、犬がカッスルの股ぐらに飛び込んできた。彼は犬を押さえた。「伏せ、ブラー、伏せ」カッスルのズボンに長いよだれの跡がついた。

「これがすり寄るってことなら、どんな泥棒も逃げ出すな」と彼は言った。ブラーは発作的に吠え、虫のついた犬のように腰や肢をじたばたさせて、うしろ向きにドアのほうに進みはじめた。

「静かに、ブラー」

「散歩がしたいだけなのよ」

「こんな時間に？　具合が悪そうだって言ってなかったか」

「草を食べて治ったみたい」

「こら、静かに、ブラー。散歩なんてしないぞ」

ブラーはがっかりした様子で身を伏せ、寄せ木張りの床に落ち着いて、よだれを垂らした。

「今朝、ガスのメーターを見にきた人が怖がってたわ。ブラーは仲よくしたかっただけなのに」

「でも彼は犬のことを知ってるだろうに」

「初めての人だったの」

「初めて。なぜ？」

「さあ、いつもの人が風邪でも引いたんじゃない」

「職員証を見せてもらった？」

「もちろんよ。ダーリン、今度はあなたが泥棒を怖がってるの？　やめなさい、ブラー、やめて」ブラーは長老議員がスープを飲むときのような意気込みでカッスルの股間を舐めていた。

カッスルは犬をまたいで廊下に出ていった。メーターをよく調べたが、いつもとちがうところは何もなかった。彼はまた部屋に戻った。

「ほんとうに何か心配なことがあるのね？」

「大したことじゃないんだ。オフィスでちょっとあってね。新しい保安担当が張りきってる。それでこちらはいらついた。もう情報部に三十年以上いるんだから、そろそろ信頼してくれてもよさそうなものだ。次はきっと昼食に出ているあいだに、ポケットを探られるんだろう。今日はほんとうにブリーフケースの中身を見られた」

「公平に考えて、ダーリン。彼らが悪いんじゃないわ。仕事が悪いのよ」

「職を変えるには遅すぎる」

「何をするにも遅すぎるってことはないわ」とセイラは言った。そのことばを信じられたらどんなにいいだろうとカッスルは思った。セイラはもう一度キスをして、彼のまえを通りすぎ、冷たい食べ物を取りに台所へ入っていった。

食卓につき、カッスルがもう一杯ウィスキーを飲んだところで、セイラは言った。

「冗談抜きで飲みすぎよ」

「家で飲むだけさ。見ているのはきみしかいない」

「仕事のことを言ってるんじゃないの。あなたの体が心配なの。仕事なんてどうでもいいわ」

「そう？」

「外務省の一部門。みんなその意味はわかっているけれど、あなたはまるで犯罪者みたいに口を閉ざしていなければならない。もしわたしに――妻であるわたしに――今日したことを話せば、あなたはクビになる。いっそクビになったらどう。今日、あなたは何をしたの？」

「デイヴィスと世間話をして、何枚か情報カードを書き、電報を一通送って――ああ、そうだ、例の新しい保安担当からいろいろ質問された。コーパスで私のいとこと知り合いだったと言っていたよ」

「いとこって誰？」

「ロジャー」

「あの大蔵省の気どり屋？」

「そう」

寝室に入るまえに、カッスルは言った。「サムの部屋をのぞいてもいい？」

「もちろんよ。ぐっすり眠っていると思うけれど」

ブラーがふたりについてきて、ベッドカバーにボンボンのようなよだれの染みを作った。

「まあ、ブラー」

犬は褒められたかのように、途中で切れたしっぽを振った。ボクサーのわりに賢くなかった。買った値段はやたらと高かったから、純血でありすぎるのかもしれない。

少年はチーク材のベッドに斜めに寝ていた。枕ではなく、鉛の兵隊の入った箱に頭をのせていた。黒い肌の片足が毛布から飛び出して、指のあいだに戦車隊の兵士がひとりはさまっていた。カッスルはセイラが息子の体を動かし、兵士を抜きとり、腿の下から落下傘兵を掘り出すのを見た。手慣れたぞんざいな仕種で正しく寝かせるあいだ、子供はぐっすり寝入ったままだった。

「熱くてカサカサしているようだ」とカッスルは言った。

「四十度近い熱があったら、あなたもそうなるわ」サムは母親よりもっとアフリカ人らしく見えた。カッスルの頭に飢饉の写真の記憶が甦った――砂漠の砂の上に大の字で倒れ、ハゲタカに狙われている小さな死体の写真。

「すごく高い熱じゃないか」

「子供にとってはそうでもないの」

カッスルはいつも彼女の自信に驚かされる。料理の本など見ずに新しい献立を作り出すし、セイラの手にかかってうまくいかないことはない。息子を少し横向きに寝かせると、きちんと毛布をかけた。サムのまぶたはぴくりとも動かなかった。

「よく寝る子だ」

「悪い夢を見ていないときにはね」

「また見たのか?」

「いつも同じ夢。わたしたちふたりが汽車に乗っていなくなり、ひとりとり残されるの。

そしてプラットフォームで誰か――それが誰かはわからない――に腕をつかまれる。でも心配することはないわ。そういう夢を見る歳だから。学校がつらくなると悪夢を見るって何かで読んだことがある。私立校に行かなくてすめばいいのにね。学校でいじめられているのかもしれない。いっそこの国にも人種隔離政策（アパルトヘイト）があればよかったと思うくらい」

「この子は走るのは速い。何か運動ができればイギリスでは問題ないよ」

その夜、ベッドでセイラは最初の眠りから覚めると、夢のなかで思いついたかのように言った。「不思議よね、あなたがサムをこんなに好きだなんて」

「もちろん好きに決まってる。当然だろう？　寝てたのかと思った」

「これについては〝もちろん〟なんて言えないわ。あのやんちゃ坊主（ア・リトル・バスタード）」

「デイヴィスはいつもそう呼んでるな」

「デイヴィス？　彼は知らないでしょう？」セイラは怯えて訊いた。「もちろん知らないわよね？」

「知らない。心配しなくていい。彼はどんな子供もそう呼ぶんだ」

「あの子の父親がもう死んでいてよかった」と彼女は言った。

「そうだな。私もそう思う。可哀そうに。きみと結婚していたかもしれないのに」

「いいえ。わたしはあなたをずっと愛していた。サムを身ごもってからも、あなたを愛していた。あの子は彼の子というより、あなたの子よ。彼に愛されているときにも、わたしはあなたのことを考えようとしていた。なんだか煮えきらない男だったわ。大学でみんなにアンクル・トムって呼ばれていた。サムは煮えきらない男にはならないわよね？　熱いか冷たいかのどちらかで、生ぬるくはならない」

「どうして今ごろ、大昔の話をしてるんだろう」

「サムが病気だから。あなたが心配してるから。自分が安全じゃないと思うとき、わたしは彼のことを話さなければならないと感じたあの夜を思い出すの。国境を越えてロレンソマルケス（モザンビークの首都）にいたあの最初の夜を。ポラナ・ホテル。わたしは〝この人はまた服を着て行ってしまう。二度と戻ってこない〟と思った。でもあなたはそうしなかった。わたしといっしょにいた。サムがお腹にいるのに愛を交わした」

　ふたりは静かに横たわっていた。長い年月を経て、今は肩と肩だけが触れ合っていた。これが老いることの喜びだろうかとカッスルは思った。他人の顔にそういう幸せの表情が浮かぶのを何度か眼にしたことがある。だがセイラが老いるころには、自分はとうの昔に死んでいるだろう。老境はふたりが分かち合うことのできないものだ。

「悲しいと思ったことはない？」と彼女は訊いた。「ふたりの子供を作っていないことを」

「サムだけでも充分責任は重い」

「冗談で言ってるんじゃないの。わたしたちの子供を作りたいと思わない？」

これは逃れられない質問だとカッスルは悟った。

「思わない」と彼は言った。

「どうして」

「あれこれ考えすぎだよ、セイラ。サムを愛しているのはきみの子だからだ。私の子じゃないからだ。あの子を見たときに、自分の何かを見ないですむからだ。きみの何かだけが見える。自分の何かが延々と続いていくのは嫌だ。自分はここで終わりにしたいんだ」

第三章

1

「朝からいい運動になった」ディントリー大佐はどこか投げやりな調子でレディ・ハーグリーヴズに言い、足踏みをしてブーツの泥を落としてから家に入った。「獲物の鳥が飛びまわっていましたよ」大佐に続いてほかの客が次々と車から出てきた。快活なサッカーチームのようにスポーツの喜びをあふれさせ、泥まみれで凍えるほど寒いという本心は極力表に出さないよう努めていた。

「飲み物が用意してあります」とレディ・ハーグリーヴズが言った。「ご自由にどうぞ。昼食は十分後よ」

一台の車がはるか遠くの敷地を抜けて丘をのぼってきた。誰かが冷たく湿った大気に笑いを響かせ、別の誰かが叫んだ。「やっとバフィが来た。まあ、やつが昼食に遅れるわけがないな」

「かの有名なステーキ・アンド・キドニー・プディングですか?」とディントリーは訊いた。「噂はかねがね聞いています」

「パイのことね。今朝はほんとうに愉しまれました、大佐?」彼女のことばにはかすかにアメリカ訛があった。高価な香水がふっとにおうように、かすかであるがゆえに心地よい訛が。

「キジはあまりいませんでしたが」とディントリーは言った。「あとは大いに愉しみましたよ」

「ハリー」彼女は大佐の肩越しに呼びかけた。「ディッキー」そして「ドドはどこ? まさか道に迷ったの?」ディントリーをファーストネームで呼ぶ者はいなかった。ファーストネームを誰も知らないからだ。彼は一抹の寂しさを覚えながら、すらりとした長身の優雅な女主人がつらそうに右の階段をおりていき、「ハリー」と言って相手の両頰にキスをするのを見た。そして、サイドボードに飲み物が並んでいるダイニングルームにひとりで入っていった。

ツイードの服を着た小太りで血色のよい男が、ドライ・マティーニを作っていた。ディントリーはこの男に以前どこかで会ったような気がした。かけている銀縁眼鏡が陽光に輝いていた。「ついでに私の分もお願いできませんか」とディントリーは言った。「もしドライに作っているのなら」

「十対一だよ」と小柄な男は言った。「ちょっとコルクのにおいがするぐらいだ。私はいつも香料を使う。あなたはデイントリーだろう？　私のことは忘れているだろうね。パーシヴァルだ。一度あなたの血圧を測ったことがある」

「ああ、そうでした。ドクター・パーシヴァル。同じ部で働いているようなものだ。ちがいます？」

「そう。じつは長官の目的も、われわれをここでこっそり会わせることだったのだ。ここなら盗聴防止装置が要らない。私はあれをうまく使えたためしがないよ。あなたは？　ただ問題は、私が狩りをしないことでね。釣り専門だから。ここへ来たのは初めてかな？」

「ええ。あなたはいつ着きました？」

「ちょっと早かった。昨日の午ごろだ。ジャガーが好きでね。時速百マイルは出さないと気がすまない」

デイントリーは食卓を見渡した。全員の席にビールの壜が置かれていた。彼はビールは好きではないが、狩りにはなぜかビールがふさわしいと思われているようだ。おそらくローズ・クリケット競技場で飲むジンジャービールのように勇ましい感じがするからだろう。デイントリーは勇ましくはない。狩りはただ射撃の腕を競い合うスポーツだ。彼はキングズ・カップで二位になったこともあった。食卓の中央、小さな銀の菓子入れに、彼の買ってきたモルティーザーが入っていた。前夜、ほとんど木箱ひと箱分もあるモルティーザーをレディ・ハーグリーヴズに渡したときには少々ばつが悪かった。彼女はそれが何かも、どう扱ったものかもわからなかった。ディントリーはカッスルという男にからかわれた気がした。ビニール袋に入っていたときより、銀の鉢に盛られているほうが見映えがするのでうれしかった。

「ビールは好きですか」とパーシヴァルに訊いた。

「アルコールの入ったものはみんな好きだよ」とパーシヴァルは答えた。「フェルネ・ブランカ（イタリアの薬草系リキュール）を除いて」狩りに参加した男たちがにぎやかな声とともに部屋に入ってきた――バフィ、ドド、ハリー、ディッキー、みんないた。銀器とグラスが陽気に揺れて音を立てた。ディントリーはパーシヴァルがいてくれてうれしかった。パーシヴァルのファーストネームも誰にも知られていないようだったから。

　残念ながら、彼とは席が離れてしまった。パーシヴァルはすぐに一本目のビールを飲み干し、次に移った。ディントリーは裏切られたような気持ちになった。パーシヴァルはまわりの連中とも、やはり同じ情報部のメンバーであるかのように打ち解けている。釣りの話を始めると、ディッキーと呼ばれた男が笑った。ディントリーはおそらくバフィ本人と、法律家のような顔立ちの痩せた年配者のあいだに坐っていた。自己紹介をすると、その男の名字に聞き憶えがあった。法務長官か法務次官だが、どちらかは思い出せず、それが不安で会話ができなかった。

ふいにバフィが口を開いた。「なんてこった、モルティーザーがある！」

「モルティーザーをご存じですか？」とディントリーは訊いた。

「大昔に食べたきりですよ。子供のころ、映画を観にいくたびに買ってた。すごくおいしいよね。でもこのあたりに映画館なんてないでしょう？」

「じつは私がロンドンから買ってきた」

「映画にはしょっちゅう行くんですか？ ぼくはもう十年行ってないな。じゃあ、まだモルティーザーを売ってるんですね」

「店でも買えますよ」

「知らなかった。どこで買ったんです」

「ABCで」

「ABCって？」

ディントリーはカッスルが言ったことを半信半疑でくり返した。「膨化パン会社（エアレイテッド・ブレッド・カンパニー）」

「すばらしい。膨化パンってなんです？」

「さあ」とディントリーは言った。

「最近はいろんなものが発明されてますからね。コンピューターでパンが作られてたって驚かない。でしょう？」手を伸ばしてモルティーザーをひとつ取り、葉巻のように耳元で振った。

　とたんにレディ・ハーグリーヴズが食卓の向こうから呼びかけた。「バフィ！　ステーキ・アンド・キドニー・パイを食べるまでだめよ」

「失礼。我慢できなくて。子供のとき以来なんですよ」そしてデイントリーのほうを向いて、「コンピューターというのはすごいね。一度、五ポンド払って、結婚相手を探してもらったことがありますよ」

「未婚ですか」デイントリーはバフィがつけている金の指輪を見ながら訊いた。

「ええ。これは身を守るためにつけているだけで。とにかく新しいものを試すのが好きなんです。腕の長さほどもある用紙にいろいろ書き込むんですよ。資格、興味、職業、持っているもの」またモルティーザーを取った。「甘いものに目がなくて」と言った。「しょっちゅう食べてた」

「それで、候補者が現われた？」

「娘をひとり紹介されました。娘どころか、ありゃまちがいなく三十半ばだ。お茶をおごらされました。お茶なんて母親が死んだとき以来、飲んでなかった。ぼくは〝ねえ、ウィスキーにしちゃいけないかな。ここのウェイターを知ってる。彼に言えば替えてくれる〟と言ったんです。すると彼女はお酒は飲みませんって。飲まないんですよ！」

「コンピューターが相手をまちがえたとか？」

「ロンドン大学経済学部卒。大きな眼鏡をかけて。胸はなし。料理上手だと言ってたけど、食事はいつもホワイツ・クラブでとっていると言ってやりました」

「その後、彼女とは？」

「当然、会ってません。でも一度、クラブの階段をおりているときに、通りかかったバスのなかから手を振られたことがあります。あれにはまいった。ディッキーがいっしょだったから。セント・ジェイムズ・ストリートにバスを走らせたりするからそうなる。誰にとっても危険だらけだ」

ステーキ・アンド・キドニー・パイのあと、糖蜜のタルトと大きなスティルトン・チーズが出てきて、ジョン・ハーグリーヴズ卿がポートワインの壜をまわした。休暇を長く愉しみすぎたような、いくらか気まずい雰囲気が場に流れた。男たちは窓の外の曇り空に眼をやりはじめた。あと数時間で日も暮れる。時間つぶしに来たのではないと、罪悪感に駆られたようにみなポートワインをあわてて飲み干した。ただパーシヴァルだけはわれ関せずで、ビールの空き壜を四本並べて、あいかわらず釣りの話をしていた。

法務次官——法務長官だったか？——が重々しく言った。「そろそろおいとましなければ。陽が傾いてきました」彼は愉しむために来たのではない。交際の義務を果たしにきたのだ。デイントリーには彼の心配がよくわかった。ハーグリーヴズ卿が気を利かせるべきだったのだが、当人はほとんど眠りかけていた。植民省に長年勤めるうちに——イギリスの若き高等弁務官として当時の黄金海岸（現在のガーナ共和国）に駐在したこともある——はなはだ好ましくない状況で昼寝をむさぼる習慣を身につけていた。バフィよりうるさい声で口論している族長たちに囲まれていてもだ。

「ジョン」とレディ・ハーグリーヴズがテーブル越しに声をかけた。「起きて」

ハーグリーヴズ卿は、青く澄んで泰然とした眼を開けた。「うたた寝だ」若いころ、アシャンティ（ガーナ中央の行政区）のどこかでうっかり人肉を食べてしまったが、腹はこわさなかったらしい。噂によると、あとで総督にこう言ったそうだ。「文句は言えません。持ち寄りパーティに招待されるのはたいへん名誉なことですから」

「さて、デイントリー」と彼は言った。「そろそろ厳しい仕事の時間だ」

大儀そうに立ち上がり、あくびをした。「なあおまえ、ステーキ・アンド・キドニー・パイが美味すぎたんだよ」

デイントリーは羨望の眼差しでハーグリーヴズを見た。まずその地位がうらやましかった。彼のように軍部の外から情報部の長官に任命された人物はごくわずかしかいない。選ばれた理由は部内の誰にもわからなかった。ありとあらゆる奥の手が使われたことは疑いない。卿の情報活動の経験は戦時のアフリカしかなかったからだ。デイントリーは夫人のこともうらやましかった。とても裕福で、華やかで、非の打ちどころのないアメリカ人。アメリカ人との結婚は国際結婚と見なされないようだ。国際結婚には特別な許可が必要で、許可されないこともままあるが、相手がアメリカ人ならむしろ両国の特別な関係を深めるものと考えられるのだろう。それでも、レディ・ハーグリーヴズは保安部(MI5)とFBIに審査され、合格したのだろうとディントリーは思っていた。

「今晩」とハーグリーヴズ卿は言った。「ちょっと話ができるかな、ディントリー？　この騒々しい連中が帰ったあと、きみと私とパーシヴァルで」

2

ジョン・ハーグリーヴズ卿はよたよたと歩きまわり、葉巻を配ったり、ウィスキーをついだり、暖炉の火をかき起こしたりした。「狩りはそれほど好きではなくてな」と言った。「アフリカでは銃は撃た(シュート)なかった。写真は撮った(シュート)がね。しかし家内はとにかく古いイギリスの風習が好きなのだ。彼女に言わせれば、土地を持っているなら鳥を放さなければならない。だが、あまりキジはいなかったのではないかな、ディントリー？」

「愉しい一日でしたよ。全体として見れば」

「マスのいる川があるとよかったんですけどね」とパーシヴァル医師が言った。

「ああ、そうだな。きみは釣りをするんだったな。うむ、これからすることは、ちょっと釣りに似ているかもしれない」火かき棒で薪をつつくと、パッとはぜた。「こうしても意味はないが、火花が散るのを見るのが好きでね。六課から情報漏洩があるようだ」

パーシヴァルが言った。「ロンドンで、それとも現地で？」

「そこははっきりしない。だがロンドンじゃないかという予感がする。アフリカ担当部門のひとつ——6Aで」

「ちょうど六課を調査し終わったところです」とディントリーは言った。「定例の内部調査ですが。どんな職員がいるのか知るための」

「ああ、そう聞いた。だからきみに来てもらったのだ。もちろん狩りに加わってもらったのも愉しかったがね。何かおかしなところはなかったかね」

「保安上、かなり甘いところがありました。ですがそれはどこも同じです。昼食時に彼らが何をブリーフケースに入れて持ち出しているか、ざっと調べました。深刻なものはありませんでしたが、ブリーフケースの数の多さには驚きました。もちろん、単に警告を与えただけですが、神経質な男なら警告をまじめに受け止めるかもしれません。いきなり職員に裸になれと言うわけにはいきませんからね」

「ダイヤモンドの採掘場ではそうしている。だがたしかにウェストエンドで裸になれと言うのは尋常ではないな」

「怪しい人物は？」とパーシヴァルが訊いた。

「とくに怪しい人物はいませんでした。6Aのディヴィスは報告書を持ち出していました。昼食をとりながら読みたかったと言って。もちろん警告し、報告書はトムリンスン准将に預けさせました。ブレイクの事件があってから、内部調査はかなり徹底しておこなわれていますが、過去のよくない時代から情報部にいる人間もまだいくらかいます。なかにはバージェスやマクレーン（ともに一九五一年にソ連に亡命したスパイ）の時代にまでさかのぼる連中もいる。もう一度、彼ら全員を調べ直すことも可能ですが、わずかな痕跡をたどるのは容易ではありません」

「もちろん」と長官は言った。「情報漏洩は海外で起こっていて、証拠だけがこちらに投げられたと見ることも可能だ。敵はこちらを攪乱し、士気を低下させ、アメリカとの関係を悪化させようとしている。漏洩があったと公表されれば、漏洩自体より大きな打撃になる」

「私もそう思っていたのです」とパーシヴァルが言った。「たとえば議会での証人喚問。ヴァッサル（KGBに雇われていたイギリス海軍省職員）、ポートランドスパイ団、フィルビー（バージェスらと同じくソ連に亡命したイギリス情報部のスパイ）といった昔の名前がみんな出てくる。しかし一度公になってしまったら、われわれにできることはほとんどありません」

「王立委員会が設けられて、厩の扉を閉めることになるんだろうな」とハーグリーヴズは言った。「だがとりあえず、敵が求めているのは情報であって、スキャンダルではないとしよう。六課はそういうことにはもっとも向かない部門だ。アフリカに核兵器の秘密はない。ゲリラ、部族間の争い、傭兵、小物の独裁者、飢饉、建設スキャンダル、金鉱、どれも機密情報からほど遠い。だから敵の狙いはスキャンダルじゃないかと思う。またしてもイギリス情報部にもぐり込んだことを証明するわけだ」

「もれたのは重要な情報だったのですか、長官」とパーシヴァルは訊いた。

「わずかなものだ、おもに経済がらみの。しかし興味深いのは、経済のほかに中国に関連した情報が含まれている。アフリカでは新参者のロシア人が、われわれの情報部を使って中国の情報を手に入れようとしているとは考えられないかな」

「われわれから得られるものは皆無に近い」

「しかしきみもわかっているだろう。どの国の情報部も似たようなものだ。白紙のカードがあると、みな我慢がならないのだよ」

「アメリカに渡している情報のコピーを送ってやったらどうです、贈呈のことばも添えて。緊張緩和（デタント）の時期でしょう？　それでみんなの手間が省ける」パーシヴァルはポケットから小さなスプレー容器を取り出すと、眼鏡に液を吹きかけ、きれいな白いハンカチで拭いた。

「よかったらウィスキーをやってくれたまえ」と長官が言った。「狩りのせいで体がこわばって動かない。きみの意見は、デイントリー？」

「六課のほとんどの人員はブレイク事件以後の採用です。もし彼らが信頼できないとなると、安全な人間は誰もいなくなる」

「とは言え、出どころは六課のようなのだ。おそらく6Aのロンドンか、現地か」

「六課長のワトスンは比較的新しいほうです」とディントリーは言った。「かなり入念に調べました。その下はカッスル。情報部は長く、6Aに人が必要になったので、七年前にプレトリア（南アフリカ共和国の行政首都）から連れ戻されています。個人的な理由もありました。彼が結婚を望んだ女のことで問題が生じたのです。内部調査がゆるかった時代の人間ですが、私は白だと思います。鈍そうな男で、整理整頓は一級（ファースト・クラス）の腕前ですが。危険なのはむしろ聡明で野心的なタイプです。カッスルは最初の妻が亡くなったあと、二番目の妻と結婚して仲よくやっています。子供がひとり、家はメトロランドの抵当に入っていて、生命保険はこれまできちんと支払っています。贅沢な暮らしはしていません。車さえ持っていないくらいで。毎日、駅まで自転車です。オクスフォードのコーパスの歴史科を三級（サード・クラス）で卒業。慎重派で几帳面（きちょうめん）。大蔵省のロジャー・カッスルは彼のいとこです」

「彼はかなり白に近いという思うのだな？」

「変わったところはありますが、危険人間ではないと思います。たとえば、モルティーザーをレディ・ハーグリーヴズのおみやげにするよう提案したり」

「モルティーザー？」

「話せば長くなります。今はやめておきましょう。それからデイヴィスがいます。デイヴィスについては、疑いなしとはしません。調査結果は白ですが」

「もう一杯ウィスキーをついでもらえないかな、パーシヴァル。ありがとう。私も毎年、これで狩りは最後にすると言ってるんだがな」

「ですが奥さまのステーキ・アンド・キドニー・パイは絶品ですよ。あれを逃すわけにはいかない」

「だったらあれを食べる別の理由を見つければよろしい」

「川にマスを放ってくだされば……」

ディントリーはまた胸をちくりと刺すような羨望を覚えた。またとり残されたような気がした。保安の仕事の外で彼らと共通する生活はない。狩りで獲物を撃っているときにも仕事をしているような気分だった。パーシヴァルは絵画を収集しているらしい。長官は？ 裕福なアメリカ人の妻をめとって、かぎりなく豊かな社交生活が眼のまえに開けた。勤務時間以外でディントリーが彼らと共有できるのは、ステーキ・アンド・キドニー・パイだけ。それもこれが最初で最後だろう。

「デイヴィスについてもっと聞かせてくれ」と長官が言った。

「レディング大学卒。専攻は数学と物理。オルダーマストンの核兵器研究所にしばらく勤めていました。よって核兵器反対運動を少なくとも公然とは支持していません。当然ながら労働党です」

「国民の四十五パーセントがそうだ」

「ええ、もちろんそうです。それでも……独身でひとり住まい。金は自由に使うほうで、年代物のポートワインが好きです。賭け屋にもかよっています。もちろん、賭けごとは、派手なものを買うときの古典的な言いわけですが」

「どんなものを買ってる？　ポートのほかに」

「ジャガーに乗っています」

「私だって乗っている」とパーシヴァルが言った。「どうして情報漏洩がわかったのか、訊いてはいけないんでしょうね」

「もしそれを説明できないなら、呼んだりはしなかった。ワトスンは漏洩を知っているが、六課のほかの人間は知らない。情報の出どころは通常では考えられないところだ――ソヴィエトで活動しているうちの工作員なのだ」

「六課の海外側からもれた可能性はありませんか」とディントリーは訊いた。

「可能性はあるが、私はちがうと思う。たしかにロレンソマルケスから直接出たように見える報告書もある。六九三〇〇の書いた報告と一言一句同じで、本物の報告書の複写写真と言ってもいいほどだった。だからロレンソマルケスから出たと考えることもできたのだが、よく調べるといくつか訂正や削除があった。ロンドンの保管資料と照らし合わせてようやくわかる類の」

「秘書は？」とパーシヴァルが言った。

「デイントリーがすでに調べはじめている。だろう？　秘書たちは誰よりもくわしく調べられた。つまり残るは、ワトスン、カッスル、デイヴィスということになる」

「気になるのは」とデイントリーが言った。「デイヴィスが報告書をオフィスから持ち出そうとしていたことです。プレトリアからの報告書でした。見たところ重要な内容は含まれていませんでしたが、中国がらみの情報もありました。昼食をとりながら読み返したかったと本人は言っていました。あとでカッスルも含めて、ワトスンと話し合うことになっていたと。ワトスンに確かめたところ、それは事実でした」

「これからどうすべきだと思う？」と長官は訊いた。

「MI5や警視庁公安部の助けも借りて、最大限の保安調査をおこなうことは可能です。六課の全職員の手紙、電話を調べ、アパートメントを盗聴し、行動を監視するといった」

「それほど単純なことですむなら、デイントリー、わざわざきみに来てもらったりはしない。ただしこの狩りの獲物は二級品だ。撃ち落としたキジにはがっかりさせられると思う」

ハーグリーヴズは悪い足を両手で持ち上げ、ゆっくりと暖炉の火のほうに向けた。「デイヴィスが黒だと証明できたとしよう――あるいはカッスルなり、ワトスンが。それからどうする？」

「まちがいなく裁判になるでしょうね」とデイントリーは答えた。

「また新聞の大見出しになる。また非公開の裁判だ。外部の人間は、これがどれほど些末で、取るに足りない漏洩であるかを知ることはない。犯人が誰であれ、ブレイクのように四十年の刑に服すことはない。おそらく十年といったところだろう、刑務所が堅牢であれば」

「そこはわれわれには係わりのないことです」

「そのとおりだ、ディントリー、だが裁判というのはまったく気に入らない。そのあとアメリカからどんな協力が得られると思う？　われわれの情報源の問題もある。利用価値があるかぎり、あちらにいる工作員を捨てたくはない」

「見方によれば」とパーシヴァルが言った。「妻を寝取られたおとなしい夫のように眼を閉じてしまうのがいいのかもしれません。誰であれ、その人間を害のない部署に異動させて、忘れてしまう」

「そうして犯罪をそそのかすんですか？」とディントリーは反論した。

「ふむ、犯罪ね」とパーシヴァルは言い、ハーグリーヴズ卿に共謀者のような笑みを投げた。「われわれはみなどこかで犯罪に手を染めているのではないかね？　それがわれわれの仕事だ」

「問題は」と長官が言った。「今の状況がまさに破綻しかかった結婚に似ていることだ。浮気の場合、もの足りないと思う情夫は、いつでも公然とスキャンダルを起こすことができる。強い札を持っているのは情夫だ。タイミングも自分で決められる。しかし私はスキャンダルを望まない」

ディントリーは軽薄なたとえが嫌いだった。まるで解読表を持っていない秘密の暗号のように理解できなかった。彼は〝極秘〟の印のついた電報や報告書を読む権限を持っているが、この種のたとえはあまりに謎めいていて、そんな権限などなんの役にも立たなかった。彼は言った。「隠蔽するくらいなら個人的には辞職を選びます」ウィスキーのグラスをテーブルに叩きつけたせいで、クリスタルが欠けてしまった。これもレディ・ハーグリーヴズだ、と思った。彼女がクリスタルにこだわったのだろう。ディントリーは言った。

「すみません」

「きみの言うとおりだ、ディントリー」とハーグリーヴズは言った。「グラスのことは気にしなくていい。今回の調査をやめさせるために、わざわざきみを呼んだとは思わないでくれ……しかし、裁判がつねに正しい答とはかぎらない。ロシア人は通常、自国のスパイを裁判にかけない。ペンコフスキー（一九六〇年代のソ連の二重スパイで、軍事情報などをイギリス情報部に流した）は例外だったが、あの裁判はむしろわれわれの士気を大いに高めた。CIA同様、連中も彼を大物に見せたかったんだろうな。今でもどうして裁判などやったのかわからない。私もチェスをやっていればよかった。きみはチェスをやるかね、ディントリー？」

「いいえ、私はもっぱらブリッジです」

「ロシア人はブリッジをしない。少なくともそう聞いた」

「それが重要ですか？」

「われわれはゲームをしているのだ、ディントリー。ゲームをな、みんなして。あまりゲームに身を入れすぎないことが重要なのだ。でないと負けてしまう。柔軟に対応しなければならないが、当然ながら、同じゲームをすることが大前提だ」

「申しわけありませんが」とディントリーは言った。「何をおっしゃりたいのかわかりません」

ウィスキーを飲みすぎたことはわかっていた。長官とパーシヴァルがわざと眼を合わさないでいることも――ディントリーを蔑んでいるのを知られたくないからだ。感情のない男たち、とディントリーは思った。この冷血漢ども。

「あと一杯だけ飲もうか」と長官は言った。「それともやめておくか。今日はずいぶん長く飲んでいるから。パーシヴァル……」

しかしディントリーは言った。「もう一杯いただきます」

パーシヴァルがみんなにウィスキーをついだ。ディントリーは言った。「こだわって申しわけありません。しかし、寝るまえにもう少しはっきりさせておきたいのですが。でなければ眠れなくなってしまう」

「単純なことだよ」と長官は言った。「やりたいなら、最大限の保安調査をやりたまえ。

それで鳥は驚いて飛び立つかもしれない。もし犯人であれば、何がおこなわれているかわかるだろうから。何かテストを考えてもいいかもしれない。古い手だが、紙幣に目印をつけておくとかな。今でもたいていうまくいく。それで犯人がわかったら、単に排除すべきだと私は思う。裁判も、公表もなしだ。事前に彼の連絡相手の情報が得られれば、それに越したことはないが、逃亡されてモスクワで記者会見を開かれる危険を冒すわけにはいかない。逮捕も同様に論外だ。かりに犯人が六課にいるとすれば、どんな情報を流していようと、裁判沙汰のスキャンダルのほうが被害は大きい」

「排除するとは、つまり……」

「過去われわれはあまりそういうことをしてこなかった。どちらかと言えば、KGBかCIAのやりそうなことだ。だからパーシヴァルを呼んできみに会わせたのだ。彼の配下の医師の助けが要るかもしれないから。ただ高度な技術は必要ない。医師による死亡証明書があれば充分だ。避けられるなら検死審問は避けたいからね。自殺にしてしまえばことは簡単だが、自殺の場合にはかならず検死審問がおこなわれ、議会で問題になるかもしれない。今や〝外務省のとある部門〟がどこを指すか誰もが知っているからね。〝これは保安がらみの問題ですか？〟――新人議員がいかにもしそうな質問だろう。公式に回答しても、誰も信じたりなどしない。アメリカ人はとくに」

「ええ」とパーシヴァルが言った。「よくわかります。つまりその可哀そうな男は静かに、平和裡に、痛みもなく死ななければならない。痛みが顔に出ると、親族が何か言い出すかもしれませんから。自然死でないと……」

「新しい抗生物質がどんどん出てきているから、なかなかむずかしいだろうな」と長官は言った。「かりにディヴィスだとすると、四十をすぎたばかりで、働き盛りだ」

「そうですね。心臓発作ということにできるかもしれませんが。ただ……彼は酒をよく飲みますか？」

「ポートを飲むとか言わなかったかね、ディントリー？」

「彼が犯人だとは言っていません」とディントリーは答えた。

「われわれもだ」と長官は言った。「ごく一例としてディヴィスをとりあげただけだ……どのような問題があるかを確認するために」

「彼の医療記録を見たいところです」とパーシヴァルが言った。「何か理由を作って知り合いにもなりたい。たとえばなんらかの方法で、私の患者にならないでしょうか。つまり、もし……」

「ディントリーと相談すれば、何か方法が見つかるかもしれないな。それほど急ぐ必要はない。彼こそわれわれの探している男だとしっかり確認する必要がある。さて、長い一日だった。野ウサギばかりで、キジが少なすぎた。ゆっくり眠ってくれたまえ。朝食はトレイでお持ちしよう。卵とベーコンでいいかな？　ソーセージは？　紅茶、コーヒー？」

パーシヴァルは言った。「イギリス式の朝食を。コーヒー、ベーコン、卵、ソーセージ。よろしいですか？」

「九時に？」

「九時に」

「きみは、デイントリー？」

「コーヒーとトーストだけでけっこうです。よければ八時に。あまり朝寝はできないほうなので。仕事もたくさんたまっていますし」

「もっとのんびりしなければな」とハーグリーヴズは言った。

3

デイントリー大佐はとにかく頻繁に髭を剃る男だった。夕食のまえにすでに一度剃っていたが、またレミントンで顎鬚をあたった。剃った髭を洗面台に振り落として指で触れ、満足した。そのあと歯磨き用の電動ウォーターピックのスイッチを入れた。モーターの低いうなりが生じて、ドアを叩く音が聞こえなかった。鏡に写ったドアが開いて、パーシヴァル医師が遠慮がちに入ってきたので驚いた。

「邪魔して申しわけない、デイントリー」

「どうぞ、入ってください。何か持ってくるのを忘れたとか？　お貸ししましょうか？」

「いや、寝るまえにひと言話したかったのだ。それはまたおもしろい機械だね。しかもしゃれている。ふつうの歯ブラシよりよく磨けるんだろうね」

「水が歯のあいだに入るんです。歯医者に勧められて」

「私はいつも爪楊枝を持ち歩いている」とパーシヴァルは言い、ポケットから小さな赤いカルティエのケースを取り出した。「きれいだろう？　十八金だよ。父が使っていたものだ」

「こちらのほうが衛生的だと思いますが」

「ふむ、それはどうかな。簡単に洗えるからね。私は今の仕事に加わるまえ、ふつうの開業医だった。ほら、よくハーレー・ストリート（ロンドンの一流の医師が集まる通り）にいるような。どうして彼らが私を雇おうと思ったのかはわからない。おそらく、死亡証明書に署名させるためだろうが」パーシヴァルは部屋じゅうを歩きまわり、あらゆるものに興味を示していた。

「しかしフッ素がどうこういった話は、ばかげているからとり合わないほうがいい」サイドテーブルの上に置いてあった、折りたたみ式の写真立てのまえで立ち止まった。「これはあなたの奥さん？」

「いいえ、娘です」

「きれいな娘さんだ」

「妻とは別れました」

「私は結婚したことがない」とパーシヴァルは言った。「じつを言うと、あまり女性には興味がなくてね。誤解しないでくれ、男にも興味はない。今はもっぱらマスのいるきれいな川だね……オーブ川は知っている？」

「いいえ」

「小さな川なんだが、やたらと大きな魚がいる」

「釣りにはあまり興味を持ったことがなくて」とデイントリーは言い、機械を片づけはじめた。

「どう切り出したものかな」とパーシヴァルは言った。「話したいことをすんなり話せたためしがない。これも釣りみたいなものだ。フライをいい位置に落とすのに、百回はキャスティングをしなければならない」

「私は魚ではありません」とデイントリーは言った。「それにもう夜中すぎだ」

「ほんとうに申しわけないね、わが友人。一分以内に切り上げるよ。約束する。ただあなたが悩みを抱えて眠るのは気の毒だと思っただけだ」

「悩んでいるように見えましたか？」

「長官の態度にいくらかショックを受けているように見えたな、私には――話題全般についてという意味だが」

「ええ、おそらくそうでしょう」

「あなたはまだ情報部に入って長くない、ちがうかな？　でなければ、われわれがみな箱のなかに住んでいることを知っているはずだ——おのおの仕切られた箱のなかに」

「まだわかりません」

「たしかさっきもそう言っていたが、われわれの仕事において、わかっているかどうかは大して重要ではない。ベン・ニコルソン（一八九四～一九八二。イギリスの画家）の部屋をあてがわれたんだな」

「私は……」

「私はミロの部屋だ。美しいリトグラフだ、そう思わないか？　じつはここの装飾は私が提案したのだ。レディ・ハーグリーヴズは、ここのキジ狩りに似合うようにスポーツの版画がいいと言ってたんだがね」

「こういう現代絵画はわかりません」とデイントリーは言った。

「あのニコルソンを見てみたまえ。絶妙のバランスだ。色の異なる四角が仲よく同居して、衝突していない。ニコルソンはすばらしい眼の持ち主だよ。色ひとつ、四角の大きさひとつ替えても、よさが完全に損なわれてしまう」パーシヴァルは黄色の四角のひとつを指差した。「あれがあなたの六課だ。これからあれがあなたの四角になる。もう青や赤を気にする必要はない。あなたはただ犯人を見つけて、私に知らせてくれればいい。青や赤の四角で何が起ころうと、それはあなたの責任ではない。いや、黄色の四角で起こることすら気にする必要はない。ただ私に報告すればいいのだ。良心が咎めることもないし、罪悪感を覚えることもない」

「つまり、ある行動の結果をまったく気にする必要がないということですか」

「結果はよそで決定されるのだ、デイントリー。今晩の会話をあまり真剣にとらえすぎてはいけないよ。長官はいろいろなアイディアを空中に放り投げて、どう落ちてくるかを見るのが好きだから。人の度肝を抜くのが好きなのだ。人食いの話は知ってるだろう。私が知るかぎり、犯人は——もし犯人がいればだが——これまでどおりの手続きで警察に引き渡される。あなたが眠れなくなる必要はない。あの絵を理解しようと努めることだ。とくに黄色の四角を。もし私の眼であの絵を見られるなら、今晩はよく眠れるだろう」

第二部

第一章

1

髪をだらしなく肩まで垂らし、十八世紀の大修道院長のように天に捧げる眼差(まなざ)しをした、老人とも若者ともつかない男が、リトル・コンプトン・ストリートの角のディスコを掃除していた。カッスルはそのまえを通りすぎた。

いつもより早い列車に乗ったので、出勤するまえにまだ四十五分あった。この時間のソーホーは、若いころからの記憶にある無垢な魅力を失っていなかった。彼はこの角で初めて外国語を耳にした。角から二軒目の小さな安っぽいレストランでは、初めてグラスワインを飲んだ。あのころ彼にとってオールド・コンプトン・ストリートを渡ることが、ドーヴァー海峡の向こうの世界にいちばん近づくことだった。朝の九時、ストリップクラブはみな閉まり、記憶に残る何軒かのデリカテッセンだけが開いていた。ルルや、ミミといった、平らなベルに書かれた名前だけが、オールド・コンプトン・ストリートの午後から夜にかけての活動を示していた。排水溝にはきれいな水が流れ、薄青色に霞んだ空の下、通りかかるのは朝の早い主婦ばかりだった。サラミやレバーソーセージを袋いっぱいに詰め込んで、何かに勝利したかのように意気揚々と歩いていく。日が暮れると警官たちがふたりひと組みで巡回しているが、今は見るかぎりどこにもいない。カッスルはのどかな通りを渡り、数年間かよいつめている本屋に入った。

ソーホーのこの界隈にはめったにないまともな本屋だった。看板に真紅の文字でただ〝本〟とだけ記された通りの向かいの店とはまるでちがった。真紅の文字の下のウィンドウにはヌード雑誌が並んでいるが、誰かが買ったためしはない。それらは解読されて久しい単純な暗号のようで、店の奥に人には明かせない興味を満たす商品があることを表している。一方、こちらのハリデイ&サン書店は、ペンギン社や、エヴリマン社や、世界古典文学全集の古本をウィンドウにずらりと並べて、真紅の〝本〟に対抗していた。店には息子の姿はなく、ハリデイその人がいるだけだ。背は曲がり、白髪で、古いスーツのように折り目正しい雰囲気を放っている。おそらく本人はそのスーツを着たまま棺に入りたいと思っているだろう。仕事に係わるあらゆる手紙を手で丁寧に書く。今もそのうちの一通を書いているところだった。

「秋らしい、いい日ですね、ミスター・カッスル」ハリデイは〝あなたの忠実なる僕〟ときわめて慎重にペンを動かしながら言った。

「うちの田舎では今朝、霜らしきものが降りていたよ」

「それはまた早い」とハリディは言った。

『戦争と平和』はあるかな。まだ読んだことがないんだ。そろそろ読みはじめてみようかと思って」

「『クラリッサ』をもう読み終えられたのですか」

「いや、だがどうも先に進めなくなってね。この先まだまだあると思うと……ちょっと気分を変えたくなった」

「マクミランから出ていたものは絶版ですが、世界古典文学全集の古本できれいなのがあったと思います。エイルマー・モードの翻訳で。トルストイはエイルマー・モードにかぎります。ただの翻訳者ではなく、作家本人の友人でしたから」ペンを置いて〝あなたの忠実なる僕〟を残念そうに眺めた。明らかに基準を満たす筆跡ではなかったようだ。

「その翻訳がいい。いつもどおり二部お願いするよ」

「最近はいかがですか、もしうかがってよろしければ」

「息子が病気でね。はしかだ。まあ、心配することはない。ほかの病気を併発しているわけではないから」

「それを聞いて安心しました、ミスター・カッスル。このところ、はしかはいろいろ心配ですからね。お仕事のほうは順調で？　国際関係に危機は訪れていませんね？」

「そういう話は聞いていない。どこも穏やかなものだよ。そろそろ引退しようかと真剣に考えている」

「それは残念です。外交問題はあなたのように世界を渡り歩いたかたに処理していただきたいのに。年金は申し分ないんでしょうね」

「どうだろう。そちらの仕事はどうだね？」

「閑なものです。閑すぎるほどで。世のなかは変わりましたね。一九四〇年代には、世界古典文学の新刊が出るたびに、みんな列を作ったものだ。それが今や偉大な作家の需要がほとんどないありさまです。老人はもっと歳をとり、若者は——なんと言うか、ずっと若いままです。趣味もわれわれとはちがう。息子のほうがうまくやっていますよ——通りの向かいの店で」

「いかがわしい客が来るだろうに」

「あまり気にしないことにしたんです、ミスター・カッスル。ふたつの商売にきちんと線を引くことにして——私もそれだけは言ってきました。この店に警官が来たことは一度もありません。つまり、ここだけの話ですが、いわゆる袖の下を求めてね。息子の売っているものが若者に深刻な害を及ぼすことはないんですよ。改宗者に説教と言いますか、もう腐った人間をさらに腐らせることはできませんから」

「いつか息子さんに会いたいな」

「夜はこちらに来て本の仕入れを手伝ってくれるんですよ。私よりはるかに数字に強いので。よくあなたの話が出ます。息子はあなたが買うものに興味があるようです。数は少ないけれど、私のお得意さんをうらやんでいる節がありまして。あちらはこそこそした客ばかりですから。あなたと私みたいに本のことを論じる相手じゃありません」

「『ムッシュー・ニコラ』を売りたいんだ。あまりこちらの店向きじゃないと思うので」

「どうでしょうね。あちらの店にも向いていないかもしれません。ある意味で古典ですが、タイトルが彼のお客さんにはピンとこないでしょうし、値段も高い。目録では〝珍本〟より〝性愛文学〟に入るでしょうな。もちろん借り手はいるかもしれません。息子の店の本は借りるものがほとんどです、ご想像がつくでしょうが。一冊借りて、次はまた別の本にする。ウォルター・スコット卿（一七七一～一八三二。スコットランドの詩人、作家）の全集ひとそろえのように蔵書に向いた本ではありませんから」

「忘れずに伝えてもらえますか、『ムッシュー・ニコラ』のことを」

「わかりました。レチフ・ド・ラ・ブルトンヌ作、ロドカー社の限定本ですな。古い本に関しては百科事典並みの記憶力を持っておりまして。『戦争と平和』を買っていかれますか？　五分もあれば書庫から探してまいりますが」

「バーカムステッドに郵送してもらえるかな。どうせ今日は読む時間がないから。息子さんへの伝言だけお願いしますよ」

「これまで私は伝言を忘れたことがありません」

カッスルは店を出たあと、通りを渡ってもう一軒の本屋をのぞいてみた。そばかす顔の若者がひとり、《男性専用》と《ペントハウス》の棚のまえを惨めったらしくうろうろしているだけだった。店のいちばん奥には緑の横畝織りのカーテンがかかっていた。おそらくその向こうにはより内容の濃い、高価な本がしまわれていて、人目を憚る客もそこにいるのかもしれない。ひょっとすると、まだカッスルが出会う幸運に恵まれていない、若いハリディも——もし〝幸運〟ということばを使ってよければ、とカッスルは思った。

2

デイヴィスがめずらしく先に出勤していた。申しわけなさそうにカッスルに言った。

「今日は早く来たんです。張りきった新任者がまだいろいろ探ってるぞと自分に言い聞かせて。ここでやる気を見せておいても損はないだろうと」

「デイントリーは今日の午前中は来ないことになってたんだ。週末はどこか狩猟に出かけると言っていた。ザイールから何か連絡は？」

「何もありません。アメリカ人がザンジバルにいる中国の使節団についてもっと情報をくれと言ってきていますが」

「こちらには与える情報などない。保安部次第だ」

「こんなに大騒ぎするなんて、まるでザンジバルがキューバぐらいの距離にあるようですね」

「あながち的はずれではないよ。ジェット機時代だから」

少将の娘のシンシアが、コーヒーカップふたつと電報一通を持って部屋に入ってきた。茶色のズボンにタートルネックのセーターという恰好だった。デイヴィスとどこか似た雰囲気があるのは、彼女も喜劇を演じるからだ。本来職務に忠実なデイヴィスが賭け屋と同じくらい胡散臭く見えるとすれば、家庭を重んじるシンシアは若い突撃隊員のように勇ましく見える。単語の綴りをしょっちゅうまちがえるのは残念だが、名前と同様、綴り方にもどことなくエリザベス朝を思わせるところがあった。おそらくフィリップ・シドニー（エリザベス朝の宮廷文人）のような夫を探し求めているが、今のところ見つかっているのはデイヴィスだけだ。

「ロレンソマルケスからです」シンシアはカッスルに言った。

「きみの担当だよ、デイヴィス」

「おもしろくてたまらない仕事だ」とデイヴィスは言った。「〝そちらの九月十日の通達二五三番は誤字により解読不能。再送されたし〟。きみのミスだ、シンシア。もう一度よく見て暗号にしてくれ。今度は綴りをまちがえないように。それでうまくいく。カッスル、ここに配属になったとき、ぼくは夢を描いてたんです。原子爆弾の秘密を知ることになるのではないかと。ぼくが採用されたのは数学ができたからです。物理の成績も悪くなかった」

「原爆の秘密は八課の担当だ」

「せめて気の利いた小道具のことでも学べるんじゃないかと思ってました。秘密のインクとか。秘密のインクのことはよくご存じですよね」

「昔は知っていた。鳥の糞の使い方まで学んだよ。戦争末期にある作戦に送られたのだが、そのまえに研修を受けた。子供の実験道具のように、壜がいっぱい詰まった小さな木箱を与えられた。電気湯沸かし器も——プラスティックの編み棒つきで」

「なんのために?」

「手紙の封を開けるためだ」

「で、開けたんですか」

「いや。だが一度試したことはある。蓋の部分ではなく、横を開けて、同じ糊を使えと教わっていた。問題は同じ糊がなかったことで、結局、読んだあとでまるごと燃やすしかなかった。まあ、どうせ大した内容ではなかったがね。ただの恋文だ」

「ルガーの銃はどうです? ルガーは持っていたんでしょう。あるいは万年筆型のやつを」

「いや。これまでずっとジェイムズ・ボンドふうの発想はなかった。銃の携行も認められなかったし、車も中古のモリス・マイナーだけだった」

「少なくともわれわれふたりで一挺はルガーを支給してもらいたいな。テロリズムの時代ですよ」

「だが盗聴防止装置は与えられている」カッスルは相手をなだめようとした。こういう居心地の悪い会話は、デイヴィスが不機嫌なときに生じがちだ。ポートワインを一杯余計に飲みすぎ、シンシアに失望して……。

「マイクロフィルムを扱ったことは？」

「ない」

「あなたみたいに戦時を経験した古株でも？　だったらこれまででいちばんの機密情報は何です、カッスル？」

「一度、侵攻作戦のだいたいの期日を知っていたことがある」

「ノルマンディの？」

「いや、まさか。アゾレス諸島だ」

「あんなところへ侵攻したんですか。忘れてました。いや、最初から知らなかったのかも。まいったな。さて、そろそろ心を決めてザイールの件にとりかかりましょうか。どうしてわれわれの銅の採掘量の予測にアメリカ人が興味を抱いているのか、教えていただけませんか」

「予算を左右するからだと思うよ。援助プログラムにも影響する。ザイール政府がほかの国から援助を受けようとする可能性もある。ほら、これだ——報告書三九七号。スラブ系の名前の持ち主が、二十四日に大統領と昼食をとっている」

「そんなことまでCIAに伝えなきゃならないんですか」

「もちろん」

「それで彼らは見返りに、誘導ミサイルに関するちょっとした情報を流してくれる？」

まちがいなくデイヴィスが最高に不機嫌な日だった。眼が黄色を帯びていた。昨晩、デイヴィーズ・ストリートの独身者の溜まり場で、いったいどんな酒を混ぜて飲んだのだろう。「ジェイムズ・ボンドだったら、とっくの昔にシンシアをものにしていたでしょうね、太陽の照りつける砂浜かどこかで。フィリップ・ディッパの情報カードを出してもらえますか」

「認識番号は？」

「五九八〇〇／三です」

「最近はどうしてる？」

「キンシャサ郵便局の局長を辞めさせられたという噂があります。自分のコレクションに加えるために、印刷に問題のある切手をわざと大量に作らせたとか。ザイールでいちばん力のある工作員がこのざまです」ディヴィスは両手で頭を抱えて、犬の遠吠えのような苦悩の叫びを発した。

カッスルは言った。「気持ちはわかるよ、ディヴィス。ときどき私も引退したくなる……あるいはせめて仕事を替えたいと思う」

「もう手遅れでしょう」

「かもしれない。でもセイラは、本が書けるかもしれないと言ってる」

「公務上の秘密について」

「ちがう。アパルトヘイトについてだ」

「いわゆるベストセラー向きのテーマじゃないと思います」

ディヴィスはディッバのカードに記入する手を止めて言った。「冗談は抜きにして、どうかそんなことは考えないでください。あなたがいなくなったら、ぼくもここでやっていけません。いっしょに何かを笑ってくれる人がいないと、たちまち神経をやられてしまう。ほかの人たちといるときには、怖くてにこりともできないんです。たとえそれがシンシアでも。彼女のことは愛しているけれど、シンシアは職務に忠実すぎるから、ぼくには保安上の問題があると上に報告しかねない。デイントリー大佐にね。ジェイムズ・ボンドがいっしょに寝た女を殺すようなことになってしまう。もっとも、彼女はぼくと寝てもくれないけど」

「本気で言ったわけじゃない」とカッスルは答えた。「どうして辞められる？　辞めてどこへ行く？　引退するなら別だが。私は六十二歳だよ、デイヴィス。もう定年をすぎている。忘れられてるんじゃないかと思うことがあるよ。それとも彼らが私の資料をなくしたか」

「アグボという男の人物照会が来ています。ラジオ・ザイールの職員で、五九八〇〇が下働きで使いたがっています」

「なんのために」

「ラジオ・ガーナに連絡相手がいるからです」

「あまり価値があるとは思えないな。それにガーナはわれわれの担当外だ。６Ｂに渡して、使えるかどうか彼らに判断させよう」

「あわてて判断しないでください、カッスル、みすみす宝を手放すことはない。アグボから何が飛び出すかわかりませんよ。ガーナからラジオ・ギニアへ入り込めるかもしれません。そうなったらペンコフスキーなんて目じゃない。大勝利です。そんなアフリカの最深部まで、ＣＩＡだって入り込んじゃいません」

やはりデイヴィスの最悪の日だった。

「６Ａではものごとのいちばんつまらない側面だけを見る。そういうことかもしれない」

とカッスルは言った。

シンシアがデイヴィスあての封筒を持って戻ってきた。「ここに受領の署名をして」

「なかに何が入ってる?」

「どうしてわたしにわかるの?　きっと何かの事務手続きでしょ」発送用のトレイから紙一枚を取り上げた。「これだけ?」

「今は忙しくてきりきり舞いって感じじゃない。シンシア、いっしょに昼食でもどう?」

「だめ。今晩の夕食の買い物をしなきゃいけないの」にべもなくドアを閉めて出ていった。

「じゃあまた。まったく、いつだって〝じゃあまた〟ですよ」デイヴィスは封筒を開けた。

「いったい今度は何を考えてるんだか」

「なんだ?」とカッスルは訊いた。

「こういうの、もらったことあります?」

「ああ、健康診断か?　もちろん。若いころ何度受けたことか。雇用保険とか、年金とかに係わるからな。南アフリカに行くまえに、ドクター・パーシヴァルから——きみはまだ会ったことがないだろう——糖尿病の疑いありと言われた。専門医のところに送られたけれど、そこで私は糖が多いのではなく、逆に少ないことがわかった……パーシヴァルも気の毒に。こんなところで働いているから、一般医学の腕がいくらか落ちてしまったんだな。この組織では正確な診断より保安のほうが大事だから」

「この問診票にはまさにパーシヴァルの署名がありますよ。エマニュエル・パーシヴァル。なんて名前だ。エマニュエルは福音をもたらす使者じゃありませんでした？　ぼくも海外に送られるのかな」

「行きたいのか？」

「いつかロレンソマルケスに行きたいと夢見てるんです。そろそろ駐在員の交替時期でしょう。すばらしいポートがあるにちがいない。そう思いません？　革命主義者だってポートは飲むはずだ。シンシアといっしょに行けたらなあ……」

「独身生活を愉しんでいるのかと思った」

「結婚するとは言っていません。ジェイムズ・ボンドは結婚しませんでした。ぼくはポルトガル料理が好きなんです」

「きっともうアフリカ料理になってるさ。六九三〇〇の報告以外にあそこのことを何か知ってるのか？」

「ナイトスポットやレストランの情報をさんざん集めていたのに、いまいましい革命が起こったんですよ。もうみんな閉鎖でしょうね。でもあそこで起こっていることについて、六九三〇〇は私の半分も知らないんじゃないかと思いますよ。資料も持っていませんし。それに彼はまじめすぎるほどだ。寝るときにも仕事のことを考えてるんでしょう。われわれの生活で何を経費にまわせるかな」

「われわれ？」

「シンシアとぼくです」

「大した夢想家だ、ディヴィス。彼女がきみを受け容れるわけがない。父親のことを考えてみろ。少将だぞ」

「誰にだって夢はあります。あなたの夢は何です、カッスル？」

「ああ、ときどき夢見るのは、心配のない生活（セキュリティ）かな。ディントリーの言う保安（セキュリティ）じゃなくて、引退して、充分な年金をもらうといった。私と妻が充分暮らしていけるだけの年金を……」

「あと、やんちゃ坊主も」

「そう。もちろん、やんちゃ坊主もだ」

「この部の年金は大した額じゃありません」

「ああ、きみも私も夢をかなえられそうにない」

「それにしても、この健康診断にはぜったいに何か意味がある。リスボンに行ったとき、あちらの職員に食事に連れていってもらったんですが、エストリルの先の洞窟のようなところで、テーブルの下に波が打ち寄せて……あれほどうまいロブスターは食ったことがありません。調べたところでは、ロレンソマルケスにもあれと似たようなレストランがあるようで……緑色のポルトガル・ワインまで気に入りましたよ、カッスル。ぜったいにぼくが行かなきゃ、六九三〇〇じゃなくて。すばらしい生活なのに、彼にはわかっていない。あなたも行ったことがあるんでしょう？」

「セイラと二泊したことがあるよ、七年前に。ポラナ・ホテルだった」

「たった二泊？」

「プレトリアを早々に発たなければならなかった。わかるだろう、南アフリカの国家秘密情報局が来るまえに。ロレンソマルケスは国境に近すぎて安心できなかった。ＢＯＳＳとセイラのあいだに海を置きたかった」

「もちろん。セイラがいたんですね、うらやましい。ポラナ・ホテルか。外はインド洋だし」

カッスルは独身者のアパートメントを思い出した――使ったグラス、《ペントハウス》や《ネイチャー》。「もし真剣に海外赴任がしたいなら、ワトスンにかけ合ってみるよ。交代要員として申請しておく」

「真剣ですよ。ここから逃げ出したいんです、カッスル。もう必死です」

「そんなにつらいのか？」

「ここにただ坐って意味のない電報を打つ。ほかの人間より、落花生のことや、ザイールのモブツ大統領が私的な会食で言ったことを多少余計に知っているからと誇りを抱く……ここに着任したとき、ぼくはわくわくしていました。知ってました？　わくわくしてたんです、カッスル。なんてばかだったんだ。あなたがこんなに長いことどうやって我慢してきたのか、想像もつかない……」

「結婚が救いになったのかもしれない」

「もしぼくが結婚したら、こんなところで人生を送りたくないな。こんな古臭い国はもううんざりです、カッスル。停電、ストライキ、インフレ。食べ物の値段が上がるのはかまわないけれど、がっかりするのは上等のポートの値段です。この組織に入ったのは、海外赴任ができるんじゃないかと思ったからです。ポルトガル語まで学んだ。ところが毎日、ザイールからの電報に答えたり、落花生のことを報告したり」

「愉しんでるんだと思っていたよ、デイヴィス」

「愉しんでますよ、少々酔っ払ったときには。ぼくはシンシアを愛しています、カッスル。彼女のことが頭から離れない。彼女を喜ばそうとおどけて見せるのですが、おどければおどけるほど彼女はぼくが嫌いになる。でもロレンソマルケスに行ければ……彼女も海外に行きたいと言っていましたから」

　電話が鳴った。デイヴィスが「シンシア、きみか?」と応じたが、ちがった。六課長のワトスンだった。「カッスル、きみか?」

「デイヴィスです」

「カッスルに替わってくれ」

「はい」とカッスルは言った。「なんでしょう」

「長官が会いたいそうだ。私もいっしょに行くから、おりるときに寄ってくれ」

3

長官のオフィスは地下一階なので、かなりの階数をおりなければならなかった。そこは一八九〇年代に作られたときには、億万長者のワインセラーだった。なかに入るドアの上のランプが緑になるまで、カッスルとワトスンは、かつて石炭と薪（まき）を置いていた隣の部屋で待たされた。長官のオフィスにはロンドンでも最高級のワインが蓄えられている。一九四六年に情報部が建物を引き継いで、建築家が部屋を改装しようとしたときに、偽の壁が見つかったという話だ。その奥には、億万長者の驚くべき年代物のワインがミイラのごとく眠っていたらしい。伝説によれば、秘宝さながらのそのワインは、工務局の無知な職員によって、テーブルワインと変わらない値段で陸海軍の販売店に払い下げられた。おそらく作り話だろうが、歴史に残るワインがクリスティの競売にかけられるたびに、ディヴィスは陰気な声で「あれはうちのものだったのに」と言うのだった。

赤いランプは永遠と思われるほど長くついていた。交通事故のあと片づけが終わるまで、車のなかで待たされているような気がした。

「なぜ呼ばれたのかわかります？」とカッスルは訊いた。

「わからない。六課でまだ会っていない人間をみんな教えろと言われただけだ。６Ｂは終わって、今度はきみのところだ。私はきみを紹介して、失礼する。調査だろうな。植民地時代の遺物みたいなものだ」

「まえの長官には会ったことがあります。最初の海外赴任のまえに。黒い片眼鏡をかけていました。黒い丸のなかから見つめられてちょっと怖じ気づきましたが、彼は握手をして、幸運を祈ると言っただけでした。まさかまた海外へ送りたいということじゃありませんよね」

「ちがう。どうしてそんなことを？」

「デイヴィスについてあなたに話さなければならないことを思い出したのです」

ランプが緑になった。

「今朝もっときちんと髭を剃っておけばよかった」

ジョン・ハーグリーヴズ卿は、前長官とちがってまったく威嚇的なところがなかった。机に二羽のつがいのキジを置いて、熱心に電話をかけていた。「今朝、持ってきたんだ。きみの好物だとメアリが言っていてね」ふたつの椅子に手を振った。

デイントリー大佐が週末をすごしたのは長官の家だったのか、とカッスルは思った。キジを撃つために、それとも保安の報告をするために？　カッスルは礼儀をわきまえて、小さくて固いほうの椅子に腰かけた。

「彼女は元気だ。リューマチで脚が少し痛むと言っているが、それだけだ」とハーグリーヴズは言い、電話を切った。

「こちらがモーリス・カッスルです」とワトスンが言った。「6Aの責任者です」

「責任者というのは少し大げさです」とカッスルは言った。「私も入れてふたりですから」

「極秘の情報源を扱っているね？　きみと部下のデイヴィスは」

「ワトスン課長の部下でもあります」

「ああ、もちろんだ。だがワトスンは六課全体を見ている。かなりのことを担当部門にまかせているんだろう、ワトスン？」

「私自身が最大限の注意を払わなければならないのは6Cだけです。ウィルキンスが来て間もないので。まだ仕事に慣れようとしている段階です」

「きみはもういいよ、ワトスン。カッスルを紹介してくれてありがとう」

ハーグリーヴズは一羽の死んだ鳥の羽をなでてから言った。「ウィルキンスのように、私も仕事に慣れようとしているのだ。見たところ、状況は私が昔、若くして西アフリカにいたころに似ている。ワトスンがいわば州の弁務官、きみが郡の弁務官で、管轄地のたいていのことをまかされている。もちろん、きみもアフリカにはくわしいだろう？」

「南アフリカだけです」とカッスルは答えた。

「そうか。私はもう忘れてきた。南アフリカはどうも本物のアフリカという気がしない。北もそうだが。北は6Cの担当だね？　デイントリーがいろいろ説明してくれたのだ、この週末に」

「狩りは愉しまれましたか」とカッスルは訊いた。

「そこそこだ。デイントリーは満足しなかったと思う。きみも来年の秋にはぜひ来るといい」

「まったくだめだと思います。これまでの人生で何も撃ったことがないのです――人間さえ」

「ああ、そうだな、人間はいちばんの獲物だ。ほんとうのことを言うと、私も鳥には飽きた」

長官は机の上の書類を見た。「プレトリアできみはすばらしい仕事をした。一級の管理者だったと書かれている。局の経費を大きく減らした」

「工作員の確保にすぐれた才能を発揮した男のあとを引き継いだのですが、彼には財務管理という考えがあまりなかったのです。私にとっては簡単なことでした。戦争のまえに銀行で働いていましたから」

「プレトリアで個人的な問題が生じたとディントリーが書いているが」

「問題だとは思いません。人を愛したのです」

「なるほど。わかるよ。相手はアフリカの娘。バンツーと総称される部族のひとりだ。きみは現地の人種差別法を破った」

「今は無事に結婚しています。しかし当時あちらではつらい思いをしました」

「うむ。そこできみはわれわれに報告した。問題を抱えたときに、みなきみのように正しい行動をとってくれればと思うよ。きみは南アフリカの国家秘密情報局（BOSS）が飛びかかってきて、きみをばらばらに引き裂くのではないかと怖れた」

「情報部にとって、弱みを持つ代表者を置いておくことは正しくないと思ったのです」

「私がいかにきみのファイルを綿密に調べているかわかるだろう。われわれはきみにただちに出国するよう指示した。しかしまさか当の娘まで連れ出すとは思っていなかった」

「本部はすでに彼女のことを調べていました。何も問題はありませんでした。あなたの立場から見ても、彼女を連れ出した私の行動は正しかったのではないでしょうか。私は彼女を、アフリカの工作員との連絡係に使っていました。表向きの説明は、空いた時間でまじめにアパルトヘイトの批判研究をおこなっていて、それを彼女に手伝ってもらっているというものでしたが、警察は彼女を捕まえて口を割らせるかもしれない。そこで私は彼女を連れ出し、スワジランド経由でロレンソマルケスに入りました」

「ああ、きみは正しいことをしたよ、カッスル。今や結婚して子供もいる。みな元気かな?」

「息子は今、はしかにかかっています」

「なんと。では眼に気をつけることだ。眼はやられやすいからね。じつはカッスル、相談したかったいちばんの用件は、これから数週間のうちに、コーネリアス・ミュラーなる人物の訪問があることなのだ。BOSSの幹部クラスだが、プレトリアにいたときに面識がなかったかな」

「ありました」

「きみが扱っている仕事をいくらか彼に見せてやりたいのだ。もちろん、こちらがなんらかのかたちで協力していることを示すだけで充分だ」

「ザイールについては彼のほうがよく知っています」

「彼がいちばん関心を持っているのはモザンビークだ」

「だとすると、デイヴィスにやらせたほうがいい。彼のほうが私より実状をよく把握していますから」

「なるほど、デイヴィスね。まだデイヴィスには会っていない」

「もうひとつあります。プレトリアで私はミュラーと衝突していたのです。私のファイルをくわしく読んでいただければわかりますが、私の結婚が法律にふれると脅迫してきたのは彼なのです。できるだけ早く国外に出るようにとまえの長官が指示したのも、それがあったからです。そういうわけで、個人的に関係を深められるとは思いません。ディヴィスに対応させるほうが得策です」

「とは言え、きみはディヴィスの上司だ。職位としてもきみが対応するのが自然だ。気乗りしないのはわかる。双方ナイフを抜いているようなものだから。だが意表を突かれるのは彼のほうだ。きみは彼に何を見せるべきでないかを完全に理解している。われわれの工作員を守ることはきわめて重要だ。そのために重要な情報を秘匿しなければならないこともある。ディヴィスはきみのようにBOSSを肌で感じていない――もちろん、ミスター・ミュラーも」

「どんな資料であれ、なぜ彼に見せなければならないのです」

「部族戦争で南アフリカの金鉱が閉鎖されたら、西側に何が起こるか考えたことがあるかね、カッスル。そしてベトナムのときのように、もし支援した側が負けたら？　金に代わるものについて政治家たちが合意するまえに、ロシアが主導権を握る。ロシアは主要な金の産出国だから。石油危機よりややこしい状況になるだろう。南アフリカにはダイヤモンド鉱山もある。デビアスはゼネラルモーターズより重要だ。ダイヤモンドは車のように古くならないから。金やダイヤモンドよりもっと深刻なものもある。ウラニウムだ。アンクル・リーマス作戦に関するホワイトハウスの極秘文書の話は聞いたことがないだろうね」

「ありません。いろいろ噂はありましたが……」

「好むと好まざるとにかかわらず、われわれと南アフリカとアメリカは、アンクル・リーマス作戦におけるパートナーなのだ。つまり、ミスター・ミュラーには礼を尽くさなければならない――たとえ彼がほんとうにきみを脅迫したのだとしても」

「彼に与えるべき情報は……」

「ゲリラの状況、ローデシアへの亡命者、モザンビークの新しい権力者、ロシアやキューバの進出状況……経済情報……」

「ほとんどすべてですね」

「中国についてはいくらか注意しなければならない。南アフリカ人は中国とロシアをひとくくりで見すぎるところがあるから。われわれが中国を必要とする日が来ないともかぎらない。私だってきみ同様、アンクル・リーマスのアイディアは気に入らない。政治家が〝現実路線〟と呼ぶような政策だ。私がかつて知っていたアフリカのような場所に、現実路線はそぐわない。私にとってアフリカは感傷を寄せる場所だ。私はほんとうにアフリカを愛していた、カッスル。中国人はアフリカを愛していない。ロシア人も、アメリカ人も然り。しかしわれわれは、ホワイトハウス、アンクル・リーマス作戦、ミスター・ミュラーと折り合いをつけるしかないのだよ。昔はどれほど気楽だったか。族長や、祈禱師や、草原地帯の学校や、悪魔や、雨乞いの女を相手にしていればよかった。私にとってのアフリカは、ライダー・ハガード（一八五六〜一九二五。イギリスの小説家。アラン・クォーターメインを主人公とする冒険小説などで有名）のアフリカに近かった。そう悪い場所ではなかった。チャカ帝王のほうが、ウガンダのアミン・ダダ参謀総長よりはるかにましだった。まあとにかく、ミュラーに最善を尽くしてくれ。偉大なるBOSSの代表者だから。まず自宅に呼ぶのはどうかね。出会い頭に一撃を加えるために」

「家内が賛成するかどうか」

「私から頼まれたと言ってくれ。もちろん彼女次第だ。あまりにつらいようなら……」

カッスルは約束を思い出して、ドアのところで振り返った。「ディヴィスのことでひとつお話してもいいですか」

「もちろん。なんだね？」

「彼はロンドンでの事務仕事が長すぎます。機会があったらただちにロレンソマルケスに駐在させたいのですが。六九三〇〇もそろそろ気分転換が必要でしょうから、その交代要員として」

「ディヴィス本人が行きたいと言ったのかね？」

「明言したわけではありませんが、本人はここを離れたいのだと思います。行き先がどこだろうと。かなり神経がまいっているようです」

「たとえば？」

「女性とうまくいっていないこともありますし、事務作業の疲れもあるでしょう」

「ほう、そういう疲れはよくわかる。何をしてやれるか考えてみよう」

「ほんとうに心配なのです」

「記憶にとどめておくよ。約束する、カッスル。ところで、ミュラーが来ることは極秘扱いだ。水ももらさぬ〝箱〟を作りたいのはわかっているね。これがきみの〝箱〟になる。ミュラーが来ることはワトスンにも話していないのだ。もちろんディヴィスにも話してはならない」

第二章

十月の第二週、サムは正式にはまだ隔離が必要だった。ただ合併症がなかったので、将来の危険はひとつ減った——カッスルにとって、将来はつねに何が起こるか予測できない待ち伏せのように思われるのだった。日曜の朝、ハイ・ストリートを歩いていた彼はふと、迷信に対してであれ、サムが快復したことに感謝の祈りを捧げたい思いに駆られた。そこで数分間、教区の教会に入って会衆席のうしろに立った。ミサは終わりかかっており、着飾った中高年の信徒たちがみな立ち上がって熱心に讃美歌を歌っていた——〝城壁のかなた、遠く緑の丘ありて〟。そんな風景が存在するのだろうかと心に兆した疑いを吹き払うかのような、力強い歌声だった。緑単色を浮き上がらせる平明な歌詞のことばが、大昔の写生画で幾度となく眼にしたこの地の遠景を思い出させた。城壁は鉄道駅の向こうの古城跡であり、共有地の丘の上、もう使われないライフルの射撃場には、絞首刑に使えるほど高い標的の柱が立っていた。一瞬、カッスルも彼らのたくましい信心を共有しそうになった。セイラの子供に災難が降りかからなかった感謝の祈りを、自分の子供時代の神に、共有地と古城の神につぶやいても害はなかろうと。しかしそこで飛行機の爆音が讃美歌のことばは蹴散らし、西側の窓ガラスを震わせ、柱にかかった十字軍の兜をカタカタ鳴らして、カッスルを大人の世界へ引き戻した。彼はすぐに教会の外へ出て、新聞の日曜版を買った。《サンデー・エクスプレス》紙の一面の見出しは〝森で子供の遺体発見さる〟だった。

午後はサムとブラーを連れて共有地を散歩した。セイラは眠っていたので家に残してきた。ブラーも置いていきたかったが、置き去りにされたのを怒って暴れるとセイラが眼覚めてしまう。共有地でブラーが迷い猫を見つけることはたぶんもうないだろう。三年前の夏以来、怖れはつねにあった。神意が裏目に出たその日、たまたまブナの森でピクニックをしている一行がいて、そのなかの誰かが青い首輪と赤いシルクの引き紐のついた高価な猫を――シャム猫だった――連れてきていた。ブラーはそれを見るや背中に飛びかかり、怒りや苦痛の声を発する間も与えず嚙み殺し、トラックに荷袋を積む男のように死体を肩越しに放り投げたのだった。一匹いるならほかにもいるはずだと、犬が左右を見まわしながら森のなかを走っているあいだ、カッスルは怒り悲しむ一行をひとりでなだめなければならなかった。

十月にピクニックをしている人間はいそうにない。それでも念のため日暮れどきまで待ち、ブラーに鎖をつけてキングズ・ロードを歩いていった。ハイ・ストリートとの交差点にある警察署をすぎ、運河や鉄橋や新しい家並み（と言っても、できて四半世紀はたっているが、子供のころになかったものはカッスルにとってみな新しいように思えるのだ）を越えてから鎖をはずしてやると、ブラーはよく訓練された犬さながら、たちどころに肢を広げ、ゆっくり時間をかけて歩道の端に糞をした。眼はしっかりとまえを見つめ、何ごとか考えているようだった。排泄行為をしているときにだけ、ブラーは知的な犬に見える。カッスルはブラーが好きではなかった。買った目的はただひとつ、セイラを安心させるためだったが、ブラーは番犬としても不甲斐なかった。結局家族の厄介者になったわけだが、ブラーは犬らしい判断力のなさで誰よりもカッスルになついていた。

シダが秋日和の鬱金色に染まり、ハリエニシダの上には花がちらほらと残っているだけだった。カッスルとサムは、かつて共有地の荒野を見下ろす赤土の崖の上にあった射撃場を探したが、見つからなかった。今やくたびれた木や草の下に埋もれているのだ。「ここでスパイを撃ち殺したの？」とサムが訊いた。

「まさか。いったいどうしてそんなことを思いついた？　ただ射撃訓練をしていただけさ。最初の戦争のときに」

「でもスパイっているんでしょう？　本物のスパイ」

「ああ、いると思うよ。どうして？」

「ちゃんと知りたかっただけ」

カッスルは息子と同じ歳のころ、父親に妖精はほんとうにいるのと訊いたことを思い出した。そのときの答は今のカッスルの答よりもっと無愛想だった。彼の父親はセンチメンタルな男だった。なんとしても、幼い息子に人生は生きる価値があると教え込もうとしていた。父親の不誠実を責めるのは公平ではない。問いつめれば、妖精は何かを表わすシンボルだと答えていただろう。それはおおむねまちがいではない。今日でも、わが子に神は存在すると教える父親は大勢いる。

「スパイって007みたいなの？」

「かならずしもそうじゃない」カッスルは話題を変えようとした。「父さんは子供のころ、あの土を掘った古い塹壕のどこかにドラゴンが住んでいると思ってたんだ」

「塹壕ってどこにあるの？」

「シダが生えてるから見えない」

「ドラゴンって何」

「ほら、鎧を着て火を吐くやつがいるだろう」

「戦車みたいに？」

「まあ、そうだな。戦車みたいなものだ」互いに思い浮かべるものにつながりがなく、カッスルはがっかりした。「と言うより、とても大きなトカゲに近いな」そこで、サムは戦車なら何度も見ているが、トカゲのいる土地は生まれるまえにあとにしたことを思い出した。

「ドラゴンを見たことがあるの？」

「塹壕から煙が立ち昇っているのを見て、ドラゴンじゃないかと思っただけさ」

「怖かった？」

「いや、父さんが小さいころは、ほかに怖いものがあったから。父さんは学校が大嫌いだった。友だちがほとんどいなかった」

「どうして学校が嫌いだったの？　ぼくも学校が嫌いになる？　本物の学校のことだけど」

「みんな同じ敵がいるとはかぎらない。たぶんおまえはドラゴンに助けてもらう必要はないだろう。でも父さんには必要だった。まわりのみんなは父さんのドラゴンが大嫌いで、殺してしまいたいと思っていた。ドラゴンが怒ったときに吹き出す煙と炎が怖かったんだ。父さんはよく夜中にこっそり寮から抜け出して、菓子箱に入れておいた缶詰のイワシをやった。ドラゴンは缶に息を吹きかけて料理した。イワシを温めて食べるのが好きだったんだ」

「それ、ほんとうにあったこと？」

「いや、もちろんちがうさ。でもほんとうにあったような気がする。父さんは学校の授業が始まった最初の週に寮のベッドで泣いたことがある。そこから次の休みまで十二週間、ずっと学校があるのがつらくてね。まわりのものすべてが怖かった。冬だった。ふと小さな部屋の窓が熱で曇っているのに気がついた。指で曇りを拭いて下を見ると、そこにドラゴンがいた。濡れて黒い通りの上に寝そべって、まるで川のなかにいるワニみたいだった。ドラゴンは共有地を去っていなかったんだ。みんなに攻撃されることがわかっていたから――ちょうど、父さんがみんなに攻撃されると思っていたように。警察もドラゴンが町に来たら撃ってやろうと、ライフルを戸棚に入れていた。でもドラゴンはすぐそこにいた。静かに寝そべって、大きな温かい雲みたいな息を吹き出していた。ほら、学校がまた始まって、父さんがひとりでつらい思いをしているのを聞きつけたんだな。ドラゴンはどんな犬より賢かった。ブラーなんてお話にならないほど」

「だまそうとしてるんでしょ」とサムは言った。

「いや、思い出してるだけだ」

「それからどうなったの？」

「ドラゴンに秘密の合図を送った。〝危ない。逃げろ〟とね。警察がライフルを用意していることを知らないんじゃないかと思ったから」

「それで、逃げたの？」

「ああ。立ち去りたくないかのように父さんのほうを振り返りながら、ゆっくりと去っていった。でもそのあと父さんは、二度と怖いとも寂しいとも思わなかった。思ったとしても、ほんのたまにだ。合図さえ送れば、ドラゴンはまた共有地の塹壕から出て、丘をおりてきて、父さんを助けてくれることがわかっていたから。父さんとドラゴンはふたりだけにつうじる合図や暗号をたくさん持ってたんだ」

「スパイみたいに」とサムは言った。

「ああ」カッスルは気落ちして言った。「そうだな。スパイみたいに」

昔、シダに隠れたあらゆる塹壕と秘密の通路を記した共有地の地図を作ったことも思い出した。これもスパイのようだ。カッスルは言った。「そろそろ帰ろうか。母さんが心配する……」

「心配なんてしないよ。父さんといっしょだもの。ドラゴンの洞穴が見たい」

「ほんとうはドラゴンなんていないんだ」

「ぜったいにいないとは思ってないでしょう?」

苦労した末、カッスルは古い塹壕を見つけ出した。かつてドラゴンが棲んでいたその穴はブラックベリーの藪に覆われていた。無理になかを進んでいくと、錆びた缶に足が当たって、缶が転がった。

「ほら」とサムが言った。「ほんとうに食べ物を持ってきたんだね」少しずつ進んでいったが、ドラゴンもいなければ、骨もなかった。「やっぱり警察に見つかったのかもしれない」サムは缶を拾った。

「煙草だ」と言った。「イワシじゃないのか」

その夜、ベッドに入ってから、カッスルはセイラに言った。「まだ遅すぎないと思うか？」

「何が？」

「仕事を辞めること」

「もちろん遅すぎないわ。あなたはまだ老人じゃないもの」

「引っ越さなければならないかもしれない」

「どうして？　とてもすてきなところなのに」

「遠くへ行きたいと思わないか。この家はあまり家らしくない。だろう？　海外で仕事が見つかれば……」

「サムに落ち着く場所を与えてやりたいの。一度離れても、また戻ってこられるような。子供のころの思い出になるような。あなたがここへ戻ってきたようにね。何か懐かしいものの、安心できるものを作ってやりたい」

「鉄道のそばの古い廃墟とか？」

「そう」

カッスルは、殺風景な教会で週に一度の信仰を示すために歌っていた中産階級の人々を思い出した。日曜のミサのために着飾った本人たちと同じくらい落ち着いた歌声を——〝城壁のかなた、遠く緑の丘ありて〟。

「あの廃墟はきれいよね」とセイラは言った。

「でもきみは戻れないだろう」とカッスルは言った。「子供時代には」

「それはまた別の話。わたしは安心できなかった。あなたに出会うまで。それに廃墟はなかった。あるのは掘っ立て小屋ばかり」

「ミュラーが来るんだ、セイラ」

「コーネリアス・ミュラー？」

「ああ。今じゃかなり大物になってるだろうな。親しくしなければならない――そう命令された」

「大丈夫。もう危害を加えられることはないわ」

「それはそうだが、きみを困らせたくない」

「どうしてわたしが困るの？」

「長官は彼をこの家に呼べと言っている」

「だったら呼べば。あなたとわたし……そしてサムがどう暮らしているか、見せてやりましょう」

「かまわないのか？」

「もちろん、かまわない。ミスター・コーネリアス・ミュラーには黒人の女主人が似合ってる。黒人の子供もね」ふたりは笑った。一抹（いちまつ）の怖れを感じながらも。

第三章

1

「やんちゃ坊主の具合はどうです」デイヴィスはもう三週間、毎日そう訊いていた。

「ああ、もう治ったよ、完全によくなった。このまえ、きみは今度いつうちに来るんだと訊かれたよ。きみのことが好きなんだ、理由はわからないけれど。夏にいっしょにピクニックに行って、かくれんぼをしたことをずっと話している。きみほど隠れるのがうまい人間はいないと思っているようだ。きみのことをスパイだと思っている。私が子供のころ、みんなが妖精のことを話していたのと同じように、スパイのことを話すんだ。いや、妖精の話なんてしなかったかな」

「彼のお父さんを今晩お借りすることはできますかね」

「どうして。何がある?」

「昨日、あなたがいないときにドクター・パーシヴァルが来て、話をしたんです。驚いたことに、どうやらほんとうにぼくを海外に送ろうと思っているのかもしれません。もう少し調べさせてくれないかと言うんです……血液、尿、肝臓のX線写真、何から何まで。熱帯に行くときには注意しなければならないと。彼は好人物ですね。スポーツをやるようなところがあって」

「競馬か？」

「いいえ、釣りだけだと言っていました。かなり孤独なスポーツですが。でもパーシヴァルはぼくと似ているところがあって、結婚していません。今晩いっしょに町に出ようということになったんです。ぼくも長いこと町にくり出していません。環境省の連中はしみったれでね。ひと晩だけでかまいませんから、奥さんと別居中の旦那を演じてもらえませんか」

「ユーストン行きの最終列車は十一時三十分発だ」

「今晩はアパートメントにぼくしかいないんです。環境省のやつらが汚染地域の調査に出かけたので。うちのベッドを使ってください。ダブルでもシングルでも、好きなほうを」

「ではシングルをお願いするよ。こっちはもう老人になりかかってるんでね、ディヴィス。パーシヴァルとどんな計画を立てているのか知らないが……」

「カフェ・グリルで食事をして、そのあとストリップショーはどうです。レイモンズ・レビューバーで。リタ・ロールズって娘がいて……」

「パーシヴァルはそういうのが好きなのか」

「それとなく訊いてみたら、信じられます？　生まれて一度もストリップに行ったことがないんですって。信頼できる同僚とならぜひいっしょにのぞいてみたいと言っていました。われわれの仕事がどういうものかおわかりですよね。彼も同じように感じているらしいんです。保安上の理由からパーティでも何もしゃべれないと。ふつうの情報部員は顔を上げることすらできない。ひたすらむっつりと押し黙っている。でもそんなふつうの情報部員だって生きる価値はあるはずだ。もちろん、あなたはちがうでしょう。結婚してるから。いつでもセイラに話せますからね……」

「妻にも話してはいけないことになっている」

「でも話しますよね」

「私は話さないよ、デイヴィス。そしてもしきみが娼婦をふたり連れ込むつもりなら、彼女らにも話さない。彼女らの多くはＭＩ５に雇われている。ああ、名前が変わったことをいつも忘れてしまうな。今やわれわれはみなＤＩか。なぜそう呼ばれるのかはわからないが。〝意味論〟省でもできたのか」

「あなたもちょっとうんざりしているようですね」

「そうだな。パーティが気晴らしになるかもしれない。セイラに電話をかけて――なんと言おう」

「正直に話してください。部のお偉方と食事をする。将来の昇進がかかっている。そしてぼくのアパートメントに泊まると。奥さんはぼくを信頼しています。あなたを妙なところへ連れていったりしないと」

「たぶんそうだろうね」

「事実、そうですから」

「昼食に出たときに電話しておくよ」

「ここですれば節約になるのに」

「ふたりきりで話したいのだ」

「こんな電話をわざわざ盗聴していると本気で思ってます?」

「きみが彼らだったらしないかね?」

「するでしょうね。でも退屈きわまりない会話を山のようにテープに録って、なんにするっていうんでしょう」

2

その夜はまずまずの成功で終わった。ともかく出だしは好調だった。パーシヴァル医師はゆったりと構え、めったなことで興奮しないが、気のいい相手だった。カッスルにも、デイヴィスにも部の上司であることを感じさせなかった。デイントリー大佐の名前が出ると、いない相手をいくらかからかうように、週末の狩りで会ったよと言った。「大佐は抽象画が嫌いで、私の存在を認めてくれなかった、狩りをしないからね」と説明した。「私は釣り専門だから」

そのとき三人はレイモンズ・レビューバーにいて、ウィスキーのグラスを三つ置くのがやっとの小さなテーブルの席に押し込められ、うら若い娘がハンモックに横になってくねくねと体を動かすのを見ていた。

「ぼくはあの娘を釣り上げたいな」とデイヴィスが言った。

娘はハンモックの上に吊されたハイ・アンド・ドライのボトルに口をつけ、飲むたびに酔った投げやりな態度で一枚ずつ服を脱いでいった。そしてついに、ソーホーの主婦の網袋に入ったチキンのもも肉のように、彼女の裸の臀部(でんぶ)がハンモックに包まれた。バーミンガムから来た会社員の一団が荒々しく拍手喝采した。ひとりの男は金持ちであることを誇示するつもりか、頭の上でダイナーズクラブのカードを振ってみせさえした。

「あなたは何を釣るんですか」とカッスルは訊いた。

「だいたいニジマスか、カワヒメマスだな」とパーシヴァルは答えた。

「ちがいがあるんですか」

「きみ、それは猛獣狩りのハンターにライオンとトラはちがうんですかと訊くようなものだ」

「どちらが好きですか」

「どの魚が好きかという問題ではない。ただ釣るのが好きなんだよ。ヒメマスはニジマスほど頭がよくない。だから釣りやすいとは言えなくて、また別のテクニックが要る。それにヒメマスはよく闘う。疲れ果てて闘えなくなるまで闘う魚だ」

「ニジマスは？」

「ニジマスは王者だ。ちょっとしたことで驚く。鋲(びょう)つきのブーツだろうと、杖だろうと、ほんのわずかの音を立てても逃げてしまう。フライを投げ入れるときにも、最初からどんぴしゃりの場所に入れなければならない。でないと……」パーシヴァルは腕を振り、ライトで白黒のシマウマ模様に染められたもうひとりの裸の女のほうへキャスティングするまねをした。

「なんて尻だ」ディヴィスが感嘆の声を上げた。ウィスキーのグラスを口に持っていく途中で止め、スイス時計の歯車と同じ正確さで尻が動くのに見入った――まさにダイヤモンドの動き(ムーブメント)。

「血圧に悪いぞ」

「血圧？」

「きみは高血圧だ」

「今晩はぼくのことなんて心配している場合じゃありません」とデイヴィスは言った。

「あれは偉大なるリタ・ロールズですよ。この世にまたとないリタです」

「本気で海外赴任がしたいなら、もっと徹底的に検査しないとな」

「大丈夫ですよ、パーシヴァル。今ほど体調がいいと感じたことはありません」

「それが危険なのだ」

「脅すつもりですか」とデイヴィスは言った。「鋲つきのブーツや杖で。マスが怖がるのも当たりまえだ……」まるで苦い薬でも飲むかのようにウィスキーをひと口飲んで、グラスを置いた。

パーシヴァル医師はデイヴィスの腕をぎゅっとつかんで言った。「冗談を言っただけだよ、デイヴィス。きみはどちらかと言えばヒメマスだ」

「ぼくを哀れな魚にたとえるんですか」

「ヒメマスを侮(あなど)ってはいけない。じつに繊細な神経を持っているのだ。よく闘うし」

「せめてタラにしてください」とデイヴィスは言った。

「タラの話はしないでくれ。その手の釣りはしないんでね」

ライトがついた。ショーが終わったのだ。リタ・ロールズのあとでは何をやっても興ざめだと経営者が判断したのだろう。デイヴィスはしばらくバーにいて、スロットマシンで運を試していたが、持っていたコインをすべて使いきり、カッスルから二枚借りてそれもすった。「今晩はついていない」と暗い面持ちで戻ってきて言った。明らかにパーシヴァルに気分を害されたのだ。

「わが家でナイトキャップでもどうだね」とパーシヴァルが訊いた。

「酒は控えろと言いませんでした？」

「ちょっと大げさに言っただけだよ、きみ。それにウィスキーはいちばん安全な酒だ」

「そろそろ帰って寝ようと思います」

グレート・ウィンドミル・ストリートで、店の入口の赤い日除けの下に立つ娼婦たちが「いかが、ダーリン？」と声をかけた。

「これも控えたほうがいいんですよね？」とデイヴィスは言った。

「規則正しい結婚生活のほうが安全だ。血圧への影響が少ない」

夜勤のポーターがオルバニー・チェンバーズの階段をブラシで磨いていた。パーシヴァルはそこでふたりに別れを告げた。彼の住まいには文字と数字が割り当てられていて——〝D6〟——なじみの情報部の一部門のようだった。カッスルとデイヴィスは、医師が靴を濡らすまいとするかのように慎重に舗道へ歩いていくのを見送った。冷たい流れに膝までつかって釣りをする人間にしては妙な用心だった。

「彼がいたのが残念です」とディヴィスは言った。「いなけりゃ愉しい夜だったのに」

「気に入ってるのかと思ってた」

「気に入っていました。でも今晩はくだらない釣りの話ばかりして、こちらの神経に障りました。あと高血圧の話も。ぼくの血圧がなんだっていうんです。彼はほんとうに医者なんですか」

「診察をしなくなってから長いと思う」とカッスルは言った。「長官の下で細菌戦の研究者との連絡係を務めている。医師の資格を持っている者がいると何かと便利なんだろう」

「あのポートンという場所にはぞっとしますよ。原爆はやたらと話題になるけれど、みんなあの田舎の研究施設のことを忘れている。あれには誰も抗議デモをしようとしない。細菌戦反対のバッジをつけた人なんて誰もいませんが、たとえ爆弾が廃棄されても、あの致命的な細菌の入った試験管が残っていれば……」

　ふたりはクラリッジ・ホテルの角を曲がった。ロングドレスを着た、痩せて背の高い女がロールスロイスに乗り込み、白いネクタイを締めた陰気な雰囲気の男が腕時計をこっそり見ながらあとに続いた。エドワード朝の演劇の俳優たちのようだった。深夜二時。デイヴィスのアパートメントに上がる階段の黄色いリノリウムは、擦りきれてグリュイエル・チーズのように穴が開いていた。住所にW1と書くようなところでは誰もそんなつまらないことは気にしないようだ。台所のドアは開いていて、カッスルはなかに入りながら、流しに汚れた皿が山積みになっているのを見た。デイヴィスは戸棚を開けた。棚にはほとんど空になった壜が並んでいた。家庭では環境への配慮をしないのか。デイヴィスはグラス二個分のウィスキーが残っている壜を探した。「まあ、いいか」と彼は言った。「混ぜましょう。どっちみち混ざってますから」ジョニーウォーカーとホワイトホースの壜に残っていたものを混ぜて、クォーターボトルを作った。

「ここの人間は誰も皿を洗わないのか」とカッスルは訊いた。

「週に二度、家政婦が来るんです。みんな彼女に洗ってもらいます」

デイヴィスはドアを開けた。「この部屋を使ってください。ベッドはできてませんけど。家政婦が来るのは明日なので」床から汚れたハンカチを拾って抽斗にしまい、見た目だけきれいにした。そしてカッスルをまた居間に連れていって、椅子に積んであった雑誌を床に落とした。

「申請して名前を変えようと思ってるんですよ」とデイヴィスは言った。

「どういう名前に?」

「デイヴィスにeを入れるんです。デイヴィーズ・ストリートのデイヴィーズのほうが響きがかっこいいでしょう」両足をソファに上げた。「この自家製ブレンド、なかなかいけますね。〝ホワイト・ウォーカー〟と名づけます。大金持ちになれるアイディアかもしれませんよ。宣伝にはきれいな女の幽霊の絵でも使いますか。正直なところ、ドクター・パーシヴァルをどう思いました?」

「気が置けない感じじゃないか。だが気になるのは……」

「なんです？」

「どうしてわざわざわれわれと夜をすごしたのかな。何が狙いだろう」

「話のできる相手と外出したかったんじゃないですか。どうしてそれ以上勘ぐるんです。あなたは部外者がいる席で口を閉ざしているのにうんざりしてませんか」

「そう口を開いていたとも思えない。われわれ相手でも」

「あなたが来るまえにはよくしゃべってましたよ」

「どんなことを？」

「ポートンの施設の話です。明らかにわが国はある種の商品でアメリカのはるか先を行っていて、アメリカは戦略兵器の分担上、そのきわめて怖ろしい小さな仲間の開発に集中してくれと言ってきているそうです。そいつは高地や砂漠でも生き延びられるようで……気温とか、そういった詳細のすべては、中国を指しています。あるいは、もしかするとアフリカを」

「どうしてきみにそこまで話す」

「さあ。われわれもアフリカの工作員を介して中国人のことは多少知ってますからね。ザンジバルからの報告書があってから、われわれの評判はかなり上がっています」

「あれは二年前の話だし、内容自体もいまだに確認されていない」

「われわれは目立つ行動をとってはならないと言われました。工作員にあれこれ質問してはならない、機密情報だからと。どんな報告書であれ、中国人があの〝地獄の店〟に興味を示しているような徴候が少しでも見られたら、直接報告するようにとのことです」

「どうしてそれをきみに言って、私に言わない？」

「あなたに話したかったのかもしれませんが、あなたが遅れたので」

「デイントリーに捕まっていたのだ。パーシヴァルは話したければ私のオフィスに来ることだってできたはずだ」

「何をそう気に病んでるんです？」

「彼はきみに真実を話したんだろうか」

「いったいどんな理由があって……」

「偽の情報を流したいのかもしれない」

「われわれに流しても無意味です。あなたも、ぼくも、ワトスンも口が軽いほうじゃありませんから」

「ワトスンには話したのかな」

「いいえ。またいつもの水をもらさない〝箱〟の話をしてました。極秘情報だと。でもあなたには話していいんですよね？」

「私に話したことは、彼らには知らせないほうがいい」

「われわれの職業病にかかっているようですね――疑念という病に」

「ああ。この病は感染力が強い。だからこそ引退を考えてるんだ」

「そして野菜を育てる？」

「秘密でも、重要でもないことで、比較的無害なことならなんでもいい。広告代理店にでも入ろうかと思ったこともある」

「注意してくださいよ。彼らにも秘密はある――業務上の秘密が」

階段の上で電話が鳴った。「こんな時間に」とデイヴィスは文句を言った。「迷惑この上ない。いったい誰だ」と言ってソファの上で肩をすくめた。

「リタ・ロールズかも」とカッスルは言った。

「ホワイト・ウォーカーをもう一杯どうぞ」

カッスルがまだ酒をついでいるうちに、デイヴィスが呼ばわった。「セイラですよ、カッスル」

夜中の二時半に近く、カッスルは恐怖に駆られた。隔離期間のこんな遅くになって出てくる合併症があるのだろうか。

「セイラ？」と彼は訊いた。「どうした。サムに何か？」

「ダーリン、ごめんなさい。まだ寝てなかったのね」

「ああ。何かあったのか」

「怖いの」

「サムか？」

「いいえ、サムじゃない。真夜中から二度電話が鳴ったんだけど、無言なのよ」

「まちがい電話だろう」カッスルはほっとして言った。「よくあることだ」

「あなたが家にいないことを誰か知ってるのよ。怖いわ、モーリス」

「キングズ・ロードで何が起こるというんだ。二百ヤード先には警察署もあるというのに。ブラーは？　ブラーもいっしょにいるんだろう？」

「ぐっすり眠ってる。いびきまでかいて」

「できれば帰りたいんだが、汽車がない。こんな時間にはタクシーも呼べない」

「ぼくが車で送りますよ」とデイヴィスが言った。

「もちろんだめだ」

「何がだめなの？」

「デイヴィスに話してた。車で送ると言っている」

「まあ、それはやめて。あなたと話したら落ち着いたわ。ブラーを起こすことにする」

「サムは大丈夫か」

「大丈夫」

「警察の電話番号はわかるだろう。呼べば二分で来る」

「わたしったらばかよね。そうでしょ？　愚かだわ」

「愛すべき愚か者だ」

「デイヴィスに謝っておいて。愉しく飲んでね」

「おやすみ、ダーリン」

「おやすみなさい、モーリス」

　名前を呼ぶのは愛の証だった。ふたりでいるときに彼女が名前を呼べば、愛し合いましょうという合図だった。〝ディア〟や〝ダーリン〟といったことばは社会でやりとりする通貨のようなものだが、名前は完全にふたりだけの秘密だった。ほかの人間に見抜かれることはぜったいにない。愛の絶頂で彼女はふたりだけの名前を叫ぶのだった。セイラが電話を切る音がしたが、カッスルはしばらく受話器を耳に押しあてていた。

「ほんとうに大丈夫だったんですか」とデイヴィスが訊いた。

「セイラは大丈夫だ。まかせておけばいい」

　カッスルは居間に戻ってウィスキーをつぎ、言った。「ここの電話は盗聴されていると思う」

「どうしてわかるんです」

「さあ。なんとなくそういう気がするだけだ。どうしてそんなことを思いついたのか考えてる」

「石器時代じゃないんですよ。今の時代に盗聴されてたってわかるわけがない」

「相手が油断していれば別だ。あるいは、わざと知らせようと思っていれば」

「どうしてぼくに知らせなきゃならないんです」

「怖がらせるためかな。そんなこと、どうしてわかる？」

「それはいいとして、どうしてぼくの電話なんか盗聴するんです」

「保安の連中の考えそうなことだ。彼らは誰も信用していない。とくにわれわれのような立場にある者を。われわれはもっとも危険だ。なんだか知らないが、最高機密を握ることだってある」

「自分が危険だとは思いませんけどね」

「レコードをかけてくれ」とカッスルは言った。

デイヴィスはポピュラー音楽のレコードを集めていた。それらはこのアパートメントのどんなものよりきちんと整理されていた。大英博物館の図書室のように細かく分類されていて、デイヴィスはどの年のヒット曲も、まるでダービーの勝ち馬のようにたやすく思い出すことができた。「古い定番がいいでしょうね」と言って『ア・ハード・デイズ・ナイト』をかけた。

「もっと音を大きくしてくれ」

「これ以上大きくするのはちょっと」

「いいから音量を上げるんだ」

「こんなに大きいと雰囲気も何もない」

「これでゆっくり話ができる」とカッスルは言った。

「部屋も盗聴されてるって言うんですか」

「されていても驚かない」

「完全に病に冒されてますね」とディヴィスは言った。

「パーシヴァルがきみに話したこと、あれが心配だ。どうも嘘くさい。やたら臭う。情報がもれるかどうか試そうとしているんだと思う」

「別にかまわないけど。それが彼らの仕事でしょう？　でもすぐにばれてしまうようじゃ大した作戦でもありませんね」

「そうだな。ただパーシヴァルの話が真実という可能性もある。真実で、すでに広まっている可能性も。敵のスパイは、疑わしいと思いながらも、万一のことを考えて報告しなければならないと感じるだろう……」

「で、彼らはわれわれが情報をもらしていると考えている。そう言うんですね？」

「ああ。ふたりのどちらか、あるいは両方が係わっていると」

「でもちがうんだから、放っておきましょう」とディヴィスは言った。「もう寝る時間です、カッスル。ぼくの枕の下にマイクが隠されてたって、聞こえるのはいびきだけだ」デイヴィスは音楽を止めた。「ぼくもあなたも二重スパイをやるような人間じゃない」

カッスルは服を脱ぎ、電灯を消した。ものの散乱した小さな部屋は息苦しく、窓を開けようとしたが、吊り紐が切れていた。彼は早朝の通りを見下ろした。人影はなかった。巡査の姿さえ。デイヴィーズ・ストリートをクラリッジ・ホテルのほうへ少し行ったところに、タクシーが一台だけ停まっていた。ボンド・ストリートのあたりで、防犯ベルが虚しく鳴り響いた。いつしか霧雨が降りだしていた。濡れた舗道が警官のレインコートのように黒光りしていた。カッスルはカーテンを隙間なく閉めてベッドに入ったが、眠らなかった。頭に浮かんだ疑問符のせいで長いこと寝つけなかった。デイヴィスのアパートメントのこれほど近くに昔からタクシー乗り場があっただろうか。たしか一度、タクシーを拾うのに、仕方なくクラリッジの向こうまで歩いたのではなかったか。寝るまえにまた別の疑問がわいて、頭を悩ませた。もしかすると彼らはデイヴィスを使って自分を監視しているのではないか。そんなことがありうるだろうか。それとも何も知らないデイヴィスに、印のついた紙幣を渡させたのだろうか。カッスルはパーシヴァルの話をかなり疑っていたが、それでもデイヴィスに言ったように、真実の可能性もあると思っていた。

第四章

1

カッスルはデイヴィスのことがほんとうに心配になっていた。たしかに本人は己(おのれ)の憂鬱を冗談の種にしているが、深い心労を抱えていることはまちがいなく、デイヴィスがもはやシンシアをからかわなくなったことも悪い徴候に思えた。口に出す考えも、だんだん手近の仕事からかけ離れたものになってきた。カッスルが「六九三〇〇／四は誰だっけ」と訊いたときに、「ポラナ・ホテルのスイート、海の見える部屋です」と答えたこともあった。それでもデイヴィスの健康に深刻な問題はないようだった。パーシヴァルの健康診断を受けたばかりだったのだ。

「いつものことですが、ザイールからの電報待ちです」とデイヴィスが言った。「五九八〇〇はわれわれのことなどなんとも思っていません。まだ暑い夕暮れどきに、世界がどうなろうと知ったことではないとさっそく一杯やっています」

「督促したほうがいいな」とカッスルは言った。〝通達一八五番につき確認も返答もなし〟と紙に書いて、シンシアが回収しにくるトレイにのせた。

この日のデイヴィスはボートレースの装いだった。真紅と黄色のチェックの絹のハンカチを、風のない日の旗のようにポケットから垂らしている。ネクタイは深緑に真紅の模様。片袖からのぞくハンカチも新しく、色はピーコックブルー。まるで万国旗を張りめぐらした船だった。

「愉しい週末だったか？」とカッスルは訊いた。

「ええ、もちろん。ある意味で。とても静かな週末でした。環境汚染の連中はグロスターの工場の煙のにおいを嗅ぎにいって留守でしたから。ゴム工場です」

パトリシアという名の職員（パットと呼ばれるのをずっと拒んでいる）が秘書室から来て、発信電報を一枚回収していった。シンシアと同じく軍人の家系で、トムリンスン准将の姪だった。すでに軍部内にいる人物の近親者を採用することは、保安上好ましいと考えられている。おそらく人物調査も楽なのだろう。当然ながら、多くの連絡先が一致するからだ。

「これだけ？」と彼女は訊いた。6Aより重要な部門に慣れているかのように。

「このくらいしか処理できないのだよ、パット」とカッスルが答えた。娘はドアを叩きつけるように閉めて出ていった。

「怒らせちゃいけませんよ」とデイヴィスが言った。「ワトスンに言いつけられたら、放課後居残りで電報を打たなきゃならない」

「シンシアは？」

「今日は休みです」

そこでデイヴィスはボートレースの発射の合図を思わせる大音響で咳払いをして、イギリス商船旗のごとく顔を赤らめた。

「あの、ちょっとうかがいたいんですが……十一時に出ていくとまずいでしょうか。一時にはかならず戻ってきます。ちょうど仕事もありませんし。もし誰かに訊かれたら、歯医者に行ったと言っておいてください」

「だったら黒っぽい服を着ていないと」とカッスルは言った。「ディントリーは納得しないだろう。そんなめでたい恰好は歯医者には似合わない」

「もちろんほんとうに歯医者に行くわけじゃないんです。じつはシンシアに動物園で会おうと言われまして。ジャイアントパンダを見たいと。脈ありってことですかね」

「本気で惚れてるんだな、デイヴィス」

「本気で冒険をしたいと思っているだけですよ。終わりのない冒険を。一カ月、一年、十年と。一夜かぎりの関係はもうたくさんです。朝の四時にパーティが終わって、キングズ・ロードから帰宅。そしてひどい二日酔い。で、思うんです。たしかに愉しかった、彼女はすばらしかった、でも混ぜた酒を飲まなければもっとうまくいったはずだったって……そしてシンシアとロレンソマルケスにいたらどうだろうと考える。シンシアとはほんとうの話ができるんです。いくらか仕事の話ができると、ふつうの職員は助かります。チェルシーの鳥たちが相手だと、お愉しみが終わるとすぐにあれこれ探りにかかる。あなたのお仕事は何とか、オフィスはどこにあるのとか。昔はオルダーマストンの研究所にいるふりをしていましたが、今はみんなあそこが閉鎖されたのを知ってますからね。どう言えばいいと思います？」

「金融街（シティ）のどこかとか？」

「魅力ありませんね。それに彼女たちは情報交換しています」デイヴィスはまわりのものを片づけはじめた。まずカードの入った抽斗を閉めて鍵をかけた。机の上にはタイプをした紙が二枚あったが、それはポケットに入れた。

「オフィスからものを持ち出すのか」とカッスルは言った。「デイントリーに気をつけてな。一度持ち出すところを見つかってるんだから」

「うちの課は終わりましたよ。今は七課です。どちらにしろ、いつもの意味もない資料ですから。親展、読後破棄すべし。要するにどうでもいいということです。シンシアを待つあいだ、読んで〝記憶に刻む〟ことにします。彼女はまちがいなく遅れてきますから」

「ドレフュス事件を忘れるな。ゴミ箱に捨てて掃除夫に見つけられるようなことがないように」

「捧げ物としてシンシアのまえで燃やしますよ」一度出ていって、すぐにまた戻ってきた。

「幸運を祈ってほしかったんですけど、カッスル」

「もちろん幸運を祈っている、心から」

陳腐な温かいことばが思わず口をついて出た。カッスルはそのことに驚いた。まるで休日に海に出かけていつもの洞窟に入ったら、それまでカビだと思っていた模様が原始人の描いた人の顔だったことがわかったかのように。

半時間後、電話が鳴った。女性の声が「J・WがA・Dと話したいそうです」と言った。

「あいにくだが」とカッスルは言った。「A・DはJ・Wと話せない」

「あなたはどなた？」と訝る声が訊いた。

「M・Cという者だ」

「ちょっとお待ちください」甲高い犬の鳴き声のようなものが電話越しに聞こえた。そして鳴き声を背景にまぎれもないワトスン本人が出てきた。「カッスルか？」

「そうです」

「デイヴィスと話さなければならない」

「いません」

「どこにいる？」

「一時に戻ってきます」

「それでは遅すぎる。どこにいるんだ」

「歯医者です」カッスルはためらいがちに答えた。ほかの人間の嘘に巻き込まれるのは好きではない。話がややこしくなる。

「盗聴防止装置を使おう」いつもの混乱が生じた。片方が暗号のボタンを早く押しすぎて、もう一方が暗号をかけたときにふつうの通信モードに戻ってしまう。やっと会話ができるようになると、ワトスンが言った。「連れ戻してもらえないか。会議に出せと言われているのだ」

「歯医者の椅子から連れ戻すのははばかられます。ともかくどの歯医者かわかりませんので。ファイルにはのっていません」

「のっていない？」とワトスンは非難する口調で言った。「だったら住所を書いたメモを残しておかなければならないはずだ」

ワトスンはかつて法廷弁護士になろうとして失敗した。高潔すぎるところが判事を怒らせたにちがいない。おおかたの判事は、道徳的な判断は下級法廷弁護士ではなく裁判官がなすべきものと考えている。しかし〝外務省の一部門〟では、法曹界で完全に裏目に出た性格がかえって役に立ち、またたく間にのし上がった。カッスルら上の世代を軽く抜き去る昇進だった。

「外出するなら私の許可が必要だった」とワトスンは言った。

「突然の歯痛だったのかもしれません」

「出席しろという長官じきじきの命令なのだ。デイヴィスと話し合いたい報告書があるらしい。ちゃんと受けとってはいるんだな？」

「話はしていました。いつものくだらない報告書だと思っていたようです」

「くだらない？　極秘情報だぞ。彼はそれをどうした？」

「金庫にしまったと思います」

「調べてもらえないか」

「彼の秘書に訊いて――あ、失礼。だめです。彼女は今日休みです。そんなに重要なことなのですか」

「長官はまちがいなくそう思っている。デイヴィスがいないなら、きみに来てもらうしかないだろう。だがこれはデイヴィスの仕事だ。十二時ちょうど、一二一会議室で」

2

会議は差し迫って重要なものとは思えなかった。カッスルの見たことのないＭＩ５の職員がひとり参加していた。MI5とMI6の責任範囲をより明確に切り分けることがおもな議題だったのだ。このまえの戦争まで、MI6はイギリス連邦内では決して活動をおこなわず、MI5にまかせていた。が、フランスの陥落とともにアフリカの統治制度が崩壊し、ヴィシー政権下の植民地に工作員を送り込む必要が生じた。平和が訪れても、旧体制は復活しなかった。タンザニアとザンジバルは公式にひとつの国となり、イギリス連邦に加わった。しかし中国の訓練施設もあるザンジバル島をイギリスの支配地と見なすことはむずかしく、MI5とMI6がともにダルエスサラームに代表を置くという混乱が生じて、その後両者の関係はかならずしも密接または友好的ではなかった。

「競合状態は」とハーグリーヴズ長官は会議の冒頭で言った。「これまでのところ健全に機能している。しかしときにお互い信頼が足りないこともあった。工作活動を常時報告することはなかったし、同じ人物を諜報と防諜の両方で使ってしまうこともあった」そこで椅子の背にもたれて、MI5側の発言を待った。

ワトスンのほかにカッスルの知っている人間は数えるほどしかいなかった。灰色の服を着た喉仏がやたら目立つ瘦せた男は、情報部の最古参と言われていた。名前はチルトン。ヒトラーの戦争のまえからいて、驚くべきことに敵がおらず、おもにエチオピアを担当していた。十八世紀の商人の遺留品に関する最高の権威でもあり、サザビーズからたびたび相談を受けていた。レイカーは生姜色の髪と口髭を生やしたもと近衛兵で、北アフリカのアラブ諸国を担当していた。

互いの越権行為に関するＭＩ５の男の話が終わった。長官は言った。「以上だな。では一二一会議室の合意をとり結ぶこととしよう。これでみなお互いの立場がよくわかったはずだ。来てくれてありがとう、プラー」

「プレンです」

「失礼、プレン。さて、不躾だと思わないでいただきたいのだが、これから少し内輪で話し合いたいことがあってね……」プレンがドアを閉めると、長官は言った。「ＭＩ５の連中はどうも好きになれない。たえず何かしら警察みたいな雰囲気を漂わせていてな。防諜担当だから当然と言えば当然だが。私には諜報のほうが紳士的な仕事に思える。まあ、いずれにせよ、自分の頭が古いことはわかっているが」

パーシヴァルが部屋の片隅から発言した。カッスルは彼がいることさえ気づいていなかった。「私はＭＩ９が好きですね」

「ＭＩ９は何をしているんだっけ」とレイカーが口髭をなでながら訊いた。軍事情報活動を冠する部門のなかで数少ない本物の軍人であることを自認している。

「とっくの昔に忘れました」とパーシヴァルは言った。「しかし会うとかならず友好的ですよ」チルトンが短く吠えた——いつもそういう笑い方をするのだ。

ワトスンが言った。「戦時の退却法を扱っていませんでしたか。いや、それは11だったかな。ともかくまだ存在しているとは知らなかった」

「たしかに長いこと彼らには会っていませんね」とパーシヴァルは患者をやさしく元気づける医師の声音で言った。まるで風邪の症状を説明するかのように。「ひょっとしたらもう解散してしまったのかもしれない」

「ところで」長官が訊いた。「デイヴィスは来ているかな？　彼と話し合いたい報告書があったのだ。六課をまわったときには、本人に会えなかった」

「歯医者に行っています」とカッスルが答えた。

「私の許可なしで」ワトスンが不満をぶつけた。

「まあ、それほど急ぎではない。アフリカに緊急案件はないから。変化はゆっくりと起こり、たいてい長続きしない。ヨーロッパでも同じならいいのにと思うよ」机の上の資料を集めて、静かに片づけた。自分がいなくなればパーティがいっそう愉しくなると思っている招待主のように。

「妙ですね」とパーシヴァルが言った。「先日、デイヴィスを検診したときには、歯は立派なものでしたが。本人も痛くなったことはないと言っていました。歯石もまったくなし。ところでカッスル、彼のかかっている歯医者を教えてもらえないかな。こちらの医療記録に残しておくだけだ。もし歯に問題があるのなら、われわれの勧める医者にかかってもらいたい。そのほうが保安上、都合がいいから」

第三部

第一章

1

パーシヴァル医師はいきつけのリフォーム・クラブでの昼食に、ジョン・ハーグリーヴズ卿を誘っていた。ふたりは月に一度、ほとんどの会員が田舎に出かけている土曜に、リフォームとトラヴェラーズを交互に訪れて昼食をとることにしていた。広々とした窓の外に、ヴィクトリア朝の彫刻のように青みがかった灰色のペルメル・ストリートが見えた。インディアンサマーも終わりに近く、時計も一時間戻されて、ほんのわずかな風にも冬の訪れが感じられた。ふたりはマスの燻製(くんせい)から食べはじめた。それを見てハーグリーヴズ卿は、農地から水を引き込んで敷地を横切る川を作ることを真剣に考えていると言った。

「きみの助言がほしいのだ、エマニュエル」彼らはほかに誰もいないのが確実なときにはファーストネームで呼び合った。

ふたりはマス釣りについて長いこと話した。と言うより、話したのはもっぱらパーシヴアルだった。ハーグリーヴズにとってあまり得意な話題でないのはたしかだが、パーシヴァルは夕食まで語りつづけられる。しかし医師はふとしたきっかけでマスからもうひとつのお気に入りの話題――クラブのこと――に移った。「もし私に良心があるなら」と彼は言った。「ここの会員は辞めているでしょうね。まだ会員としてとどまっているのは、出てくるものがロンドン一うまい――そしてジョン、こう言ってよければ、とりわけマスの燻製がうまい――からです」

「トラヴェラーズの食べ物も同じくらいうまいと思うがね」とハーグリーヴズは言った。

「ええ、でもステーキ・アンド・キドニー・プディング、、、のことを忘れていますよ。こう言うと気分を害されるかもしれませんが、私はあなたの奥さんの作るパイよりここのプディングのほうが好きです。パイ生地はグレイビーソースを遠ざけてしまう。プディングにはグレイビーがしみ込みます。いわばプディングのほうがグレイビーと相性がいい」

「だがどうしてきみの良心が痛むんだね、エマニュエル？　良心があると仮定してだが――それ自体なさそうなことだけれど」

「ここの会員になるには、一八三二年の選挙法改正を支持するという宣言書に署名しなければならなかったのです。たしかにあの改革案は、そのあと出てきた十八歳で選挙権を与えるものほどひどくはなかった。ですが、ひとり一票というじつに有害な原則に門戸を開いたのです。今やロシア人でさえそれをプロパガンダ目的で利用しているくらいで。ただりです」
彼らは利口ですから、自国において投票で決められることはどうでもいいようなことばか

「とんだ反動主義者だな、エマニュエル。だがプディングとパイに関するきみの主張には一理ある。来年はプディングにしてみよう——もしまだ狩りをする余力があれば」

「もしないとしたら、ひとり一票のせいです。正直になりましょう、ジョン、あのばかな考えがアフリカにどれほどの混乱をもたらしているか考えてごらんなさい」

「真の民主主義を実現するのには時間がかかるのだ」

「あの手の民主主義は決してうまくいきません」

「世帯主一票の時代にほんとうに戻りたいと思っているのかね、エマニュエル?」ハーグリーヴズには、パーシヴァルがどこまで本気なのかわからなかった。

「当然です。なぜそれでいけないんです? もちろん、毎年インフレを考慮して、投票権を得るのに必要な収入額は調整しなければなりませんが。今なら年に四千ポンドあたりが妥当かもしれません。それなら鉱山労働者や埠頭の作業員にも選挙権が与えられるので、問題がだいぶ回避できます」

コーヒーを飲み終わると、ふたりは暗黙の了解のうちにグラッドストン時代の階段をおり、そぞろ寒いペルメル・ストリートに立った。灰色の雲の下、古い煉瓦造りのセント・ジェイムズ宮殿が消えかけた火のように輝いていた。衛兵がちらつかせた真紅の軍服が、

最後の滅びの炎だった。公園を横切りながらパーシヴァルが言った。「またマスの話に戻りますが……」ふたりは池のそばのベンチに腰かけ、水面を磁石のおもちゃのようになめらかに動くアヒルを眺めた。ふたりとも分厚いツイードのオーバーコートを着ていた。みずから田舎での暮らしを選んだ男の着るコートだ。山高帽をかぶった男が彼らのまえを通りすぎていった。傘を持ち、歩きながら何やら考え込んで眉根を寄せていた。「あれはブラウンです——最後にeのつくブラウン」とパーシヴァルが言った。

「顔が広いな、エマニュエル」

「首相の経済顧問のひとりです。彼がいくらがんばろうと私はぜったいに投票しません」

「そろそろ仕事の話をしてもいいかね。ふたりきりになったから。リフォームでは盗聴されているのではないかと思っていたんだろう？」

「されない理由がありますか？　ひとり一票の狂信者にあれほど囲まれていたのに。できるなら人食い部族にも投票権を与えるような連中ですよ」

「人食い部族をけなしてはならない」とハーグリーヴズは言った。「何人かは私の親友だ。さて、eのつくブラウンに盗み聞きされる心配はなくなったから……」

「デイントリーときわめて慎重に調査を進めています、ジョン。個人的には、デイヴィスがわれわれの探していた人間だと思います」

「デイントリーも確信しているのか？」

「いいえ。今のところ状況証拠だけですから。ディントリーは法律家のようにそのあたりを厳密に解釈するほうで。正直言って、彼は好きになれませんね。ユーモアがわからず、だから当然と言うべきか、やたらと良心的で。数週間前、デイヴィスといっしょに夜をすごしました。バージェスやマクレーンのように重度のアルコール依存症ではありませんが、かなり飲みます。しかもわれわれの調査が始まってから、酒量が増えているように見受けられます。バージェスたちやフィルビーと同じく、明らかにある種の緊張を強いられています。躁鬱病の気もある。躁鬱病はたいていいくらか分裂病的な症状をともない、後者は二重スパイにかならず見られる資質です。デイヴィスは海外に出たがっています。おそらく監視されているのがわかっている一方で、今逃亡してはならないと彼らに言われているからでしょう。もちろんロレンソマルケスに赴任すれば、われわれのコントロールは及ばず、彼らにとっては絶好の連絡員になります」

「だが証拠はあるのか」

「まだつぎはぎの状態ですが、完全な証拠が見つかるまで待っている余裕がありますか、ジョン？　どっちみち裁判にかけるわけではありません。もうひとつの可能性はカッスルです（このまえ話し合ったときに、ワトスンは除外していいということになりましたね）。カッスルについても同じくらい丹念に調べました。二番目の妻との幸せな結婚生活。最初の妻はロンドン大空襲時に死亡。立派な家系。父親は医者でした。昔ながらの開業医で自由党員、しかしおもしろいことに党の社会改革には反対。息を引きとるまで患者を診てやって、請求書を送るのを忘れるようなタイプでした。母親はまだ生きていて、大空襲時には監視員長を務め、ジョージ勲章を送られています。愛国者の傾向があり、保守党の集会に参加します。申し分のない家系と言っていいでしょう。カッスルは酒もあまり飲まず、金遣いも慎重です。ディヴィスはポートとウィスキーとジャガーにかなり金をかけ、競馬にしょっちゅう出かけます。馬を見る眼があってかなり勝っているふりをしていますが、それは給料を上まわる出費があるときに昔からよく使われる口実です。さらにデイントリーの話によると、一度、五九八〇〇の報告書をオフィスから持ち出そうとして見つかっています。昼食をとりながら読むつもりだったと言いわけしたそうですが。それから、MI5との会議があった日を思い出してください。あなたが出席を求めたのに、ディヴィスは歯医者に行くと言ってオフィスを離れていました。しかし歯医者には行っておらず（彼の歯は完璧です。それは私自身がたしかめました）、二週間後にまた情報漏洩が発覚したのです」

「どこへ行っていたかわかっているのか」

「デイントリーがすでに公安部による尾行を手配していました。ディヴィスは動物園に行き、会員用の入口からなかに入りました。尾行者は一般の入口に並ばなければならず、彼を見失いました。見事なものです」

「誰と会ったかわからないのか」

「デイヴィスは賢い男です。尾けられているのを知っていたにちがいありません。じつはカッスルには歯医者に行くのではないと打ち明けていたことがわかりました。パンダの檻のまえで秘書に会うと説明していました。彼の秘書はこの日、休みでした。ともかく、あなたが彼に尋ねたかった報告書の件があります。それは金庫のなかには入っていませんでした。デイントリーが確認したのです」

「大して重要な報告書ではないのだ。ああ、たしかにいくらか怪しいのは認める。だがどれも確たる証拠とは言えないな、エマニュエル。彼は実際に秘書と会ったのか」

「ええ、会っていました。彼女といっしょに動物園を出ています。しかしそのあいだに何があったのか」

「印つきの紙幣は試してみたのか？」

「極秘としたうえで、ポートンでの研究に関する偽の情報を伝えましたが、まだ何も起こっていません」

「これまで得られた情報で何をすべきか、私にはよくわからんね」

「彼がパニックに陥って逃げようとしたらどうします？」

「だとすれば、すばやく行動しなければならない。今後の方針は立てているのかね」

「ちょっとしゃれた小細工を思いつきました、ジョン。落花生です」

「落花生！」

「カクテルのつまみにする、あの塩味の」

「もちろん落花生がなんなのかくらいわかっているよ、エマニュエル。西アフリカで長官を務めていたのだから」

「ともかくそれが答です。落花生を長いこと置いておくと、カビが生えます――アスペルギルス・フラブスが。名前は忘れてください、重要ではありません。それにあなたはラテン語が得意ではないでしょう」

「いいから続けたまえ」

「わかりやすくするために、単にカビと言います。そのカビは、総じてアフラトキシンと呼ばれるかなり毒性の強い物質を生み出します。それがわれわれの小さな問題を解決してくれるのです」

「どういうふうに」

「人間への効果は確認されていませんが、効かない動物はいませんから、まずまちがいなく人間にも有効でしょう。アフラトキシンは肝臓の細胞を殺すのです。三時間、この毒にさらされると発症します。やられた動物はまず食欲を失い、無気力になります。鳥も羽に力が入らなくなります。解剖すると肝臓内に出血と壊死が見られます。医学用語を使って申しわけありませんが。そして通常、一週間以内に死が訪れます」

「なんということだ、エマニュエル。落花生が大好きだったのに。そんな話を聞くと二度と食べられなくなるじゃないか」

「心配は要りません、ジョン。あなたの食べる落花生は丁寧に選ばれたものですから。もっとも、事故が起こる確率がゼロとは言いきれませんが。あなたが缶を空ける早さからすれば、悪くなりようがありません」

「研究を心から愉しんでいるようだな、エマニュエル。ときどき聞いていて、ぞっとするよ」

「でもこれがじつにうまく問題を解決してくれることには同意するでしょう。解剖しても肝臓が悪くなっているだけ。検死医はポートの飲みすぎには注意と大衆に警告を出すことでしょう」

「入手方法もすでに検討しているんだろうな、そのアエロ——」

「アフラトキシンです、ジョン。手に入れるのはさほどむずかしくありません。ポートンにいる知り合いがいくらか準備してくれています。ほんのわずかあれば充分なのです。体重一キロにつき、〇・〇〇六三ミリグラム。もちろん、デイヴィスの体重は量りました。〇・五ミリグラムあれば事足りますが、確実を期して〇・七五とします。もっと少ない量で試してみるかもしれませんが。当然ながら、今回の副産物として、アフラトキシンが人体にどう影響するかという貴重な情報も得られます」

「これで多少なりとも心が痛むことはないのかね、エマニュエル」

「どうして心が痛むのですか、ジョン。デイヴィスが死ぬほかの理由を考えてみてください。本物の肝硬変はもっとゆっくりと訪れます。アフラトキシンを一服口にするだけで、まったく苦しまないですむのです。だんだん体に力が入らなくなり——おそらく脚が動かなくなるでしょう、彼には羽がありませんから——いくらか吐き気ももよおすでしょう。ですが一週間で死ねるなら、ほかの多くの人々の苦しみと比較して、むしろ運がよかったと考えるべきです」

「もう彼が有罪であるような口ぶりだ」

「ジョン、彼が犯人であることはまちがいありません。私はあなたのゴーサインだけを待っているのです」

「デイントリーがいいと言うのなら……」

「ああ、デイントリーですか、ジョン。デイントリーの求める証拠が出てくるまで待ってはいられませんよ」

「いい、いい、たったひとつでいいから、確実な証拠がほしい」

「それはまだです。しかし待ちすぎるのはよくありません。狩りのあとで言ったことを思い出してください。おとなしい夫は情夫を利するだけだとあなたは言った。これ以上、情報部からスキャンダルを出すわけにはいかないのです、ジョン」

またひとり、コートの襟を立て、山高帽をかぶった男が近くを通りすぎ、十月の黄昏のなかへ消えていった。外務省の建物に明かりがひとつ、またひとつと灯りはじめた。

「マスのいる小川についてもう少し話そうじゃないか、エマニュエル」

「そう、マスですね。サケのことを自慢する人間は放っておきましょう。ただ追われるように上流にさかのぼるだけのあんなぬらぬらしたばかな魚、釣ることなどわけはありません。大きな長靴と腕力があって、賢い案内人がついていさえすればいい。ですがマスは――ああ、マスはすばらしい――本物の魚の王です」

2

デイントリー大佐はセント・ジェイムズ・ストリートのふた部屋のアパートメントに住んでいた。情報部のほかの職員の仲介で手に入れたものだった。戦時中は、新しい職員の面接に使っていた場所だ。建物のなかにはアパートメントが三つしかなく、同じ屋根の下のどこか見えない場所に年寄りの家主が住んでいた。デイントリーの住まいはレストランのすぐ上の二階で、夜更けに店から最後のタクシーが出るまで、浮かれ騒ぐ声のために眠ることができなかった。彼の階上にいるのは、もうひとつの戦時機関である特殊作戦局とSOE

取引をし、今や引退したビジネスマンと、西アフリカの砂漠で戦ったもと陸軍大将だった。大将は歳をとりすぎて、もうめったに階段でも見かけないが、痛風を病むビジネスマンのほうは道向かいのカールトン・クラブまでよく出かけていた。デイントリーは料理をせず、たいていはフォートナムでチポラータ（香辛料の利いたソーセージ）をひとり分買って、食費を節約していた。クラブは好きではなかった。まれに空腹を覚えるときには、階下のオーヴァートンズに行く。寝室とバスルームは、日時計と銀細工師の工房のある古色蒼然とした小さな路地に面していた。セント・ジェイムズ・ストリートを行き交う人々は、ほとんどこの路地のことを知らない。デイントリーの住まいはじつに慎ましく、孤独な男に似合わないでもなかった。

三度目の髭剃りをすませ、デイントリーは自分の顔をなでた。清潔さに固執することのうしろめたさが、孤独感とともに、死んでまもない男の毛のように育った。彼はこれから娘といっしょに、めずらしくきちんとした夕食をとるところだった。顔が利くオーヴァートンズにしようと提案したところ、娘はローストビーフが食べたいと言った。しかも、やはりデイントリーの顔が利くシンプスンズは、雰囲気が男らしすぎるから嫌だと拒み、パントン・ストリートのストーンズにしたいと言い張った。結局、そこで八時に会うことになった。娘はデイントリーのアパートメントに来たことがない。女性がいっしょに住んでいないことはわかっているのだが、母親に申しわけが立たないと思っているのだろう。ひょっとすると、オーヴァートンズも、彼のアパートメントに近いという理由で寄りつきたくないのかもしれない。

ストーンズに入って、ばかげたシルクハットの男に予約されていますかと訊かれると、ディントリーはいつも苛立った。若いころの記憶にある、昔ながらのチョップハウスは大空襲で焼き払われ、かわりに社用族向けの装飾も華やかなこの店が建ったのだ。くすんだ黒い燕尾服を着た古風な給仕たちや、床のおがくずや、バートンオントレントで特別に醸造された度の強いビールが懐かしかった。今や階段の途中の壁には、賭博場にむしろふさわしい、意味もなく巨大なトランプ模様のパネルが張られ、店の端にある板ガラスの向こうで、白い彫刻の裸像が噴水の水を浴びている。外の空気より秋冷えを感じさせる光景だった。ディントリーの娘はすでに待っていた。

「遅れて悪かった、エリザベス」とディントリーは言った。待ち合わせの時間より三分早いことはわかっていたが。

「いいの。もう飲んでるから」

「私もシェリーをもらおう」

「ひとつニュースがあるの。まだお母さんしか知らないんだけど」

「母さんはどうしてる」とディントリーは儀礼的に訊いた。これまでもずっと最初にそう訊いてきた。今回も無事にそれを片づけられてうれしかった。

「いろいろあることを考えれば、かなり元気なほうよ。気分転換に一、二週間、ブライトンへ出かけてる」

まるでディントリーがほとんど知らない相手のことを話しているようだった。彼と妻に性的な興奮を分かち合うほど近しい時期があり、その結果、眼のまえで優雅にティオ・ペペを飲んでいる美しい娘が生まれたことを思うと、奇妙な感じがした。娘と会うときにかならずつきまとわれる悲しさにまた包まれた。それは罪悪感のようでもあった。なぜ罪悪感なのか。ディントリーは胸の内で問いかけた。自分はこれまでずっと、世に言う誠意を尽くしてきた。「天気がよくなるといいな」と彼は言った。昔、妻を退屈させてしまったのはわかっていた。だがどうしてそれが罪悪感と結びつく？　つまるところ、彼女もすべてを知ったうえで結婚に同意したのだ。長い沈黙の続く冷え冷えとした世界へみずから足を踏み入れたのだ。ディントリーは、家に帰ってオフィスの噂話を好きなだけ口にできる男たちがうらやましかった。

「わたしのニュースを聞きたくない、お父さん？」

ふいに彼は娘の肩の向こうにデイヴィスがいることに気づいた。デイヴィスはふたり分の食器の置かれたテーブルにひとりでついていた。指でテーブルを叩き、じっとナプキンを見つめて待っていた。顔を上げないでくれとディントリーは願った。

「ニュース？」

「言ったでしょ、お母さんだけに話したの。それと、もちろんもうひとり、知っている人がいるけれど」彼女は照れたように笑った。ディントリーはデイヴィスの両側のテーブルを見た。尾行者がいるだろうと思ったが、食事も終わりかけている老齢のカップルふた組はとても警視庁公安部の職員には見えなかった。

「ちっとも興味があるように見えないわ、お父さん。何マイルもかなたにいるみたい」

「悪かった。知り合いがいるのに気をとられて。それで秘密のニュースっていうのはなんだい？」

「結婚するの」

「結婚！」とディントリーは叫んだ。「母さんは知ってるのか」

「話したってさっき言ったでしょう」

「すまない（アイム・ソリー）」

「どうしてわたしが結婚するのが残念（ソリー）なの？」

「いや、そうじゃない。ただ……もちろん、おまえにふさわしい相手なら残念なわけがない。おまえはとてもきれいな娘だから、エリザベス」

「わたしは売りに出されてるんじゃないのよ、お父さん。お父さんの時代には、きれいな脚には値段がついたのかもしれないけれど」

「相手の彼はどんな仕事をしてる」

「広告代理店に勤めてるの。ジェイムスンのベビーパウダーを担当しているわ」

「それはいいことなのか」

「とてもいいことよ。ジェイムスンは、ジョンソンのベビーパウダーを業界二位に落としてやろうと、たいへんな額をつぎ込んでるの。コリンはそのためにすばらしいテレビコマーシャルを作った。曲も自分で書いたの」

「ほんとうに好きなんだな？　心から愛し合っているなら……」

デイヴィスが二杯目のウィスキーを注文した。メニューを見ているが、すでに何度も眼を通したにちがいない。

「わたしたち、愛し合ってるわ、お父さん。じつはこの一年、いっしょに暮らしてたんだから」

「すまない」デイントリーはまた謝った。今晩はもっぱら謝る夜になりそうだ。「知らなかった。母さんは知ってたんだろうね」

「うすうす感づいてたと思う、当然だけど」

「母さんは、おまえを見ている時間が父さんより長いから」

長い流浪の旅に出て、船の甲板で振り返り、水平線の向こうに沈みかけたかすかな祖国の海岸線を見つめている男のような気分だった。

「今晩いっしょに来て、お父さんに紹介してもらいたいと言われたんだけど、わたしは今回はお父さんとふたりきりで話したいと答えたの」〝今回は〟——長い別れのまえのことばのように響いた。もう水平線しか見えなくなった。陸地は消え去った。

「いつ結婚する？」

「二十一日の土曜日。登記所で。誰も呼ばないの。もちろんお母さんは別だけど。友だちも数人来るわ。コリンのご両親は亡くなったの」

コリン、と彼は思った。コリンて誰だ？　もちろんジェイムスン担当の男だ。

「お父さんも来てくれるとうれしいけれど、お母さんと会うのは怖いでしょう。いつもそんな気がしてた」

ディヴィスはどんな希望を持っていたにしろ、すでにあきらめていた。ウィスキーの代金を置くと、勘定書から眼を上げてディントリーを見た。まるでふたりの移住者が最後に祖国を見るという同じ目的で甲板に上がってきて、互いを認め合い、声をかけようかと思案しているようだった。ディヴィスは顔を背け、ドアに向かった。ディントリーは残念な思いでそのあとを見送った。だがまだ互いに知り合う必要はない。ふたりともこれから長い船旅に出るのだから。

ディントリーはグラスを勢いよくテーブルに置き、シェリーを少しこぼしてしまった。突如としてパーシヴァルに苛立ちを覚えた。あの男はディヴィスを法廷で有罪にできる証拠を握っているわけではない。パーシヴァルは信用できなかった。狩りのときのパーシヴァルを思い出した。孤独になることもなく、いともたやすく話して笑い、絵にもくわしく、他人に打ち解けていた。もちろん、父親に会わせたこともない男と同棲している娘もいない。ディントリーは娘のアパートメントがどこにあるのかさえ知らなかった。

「届けをすませたあと、ホテルで飲み物とサンドイッチをとるつもり。お母さんのアパートメントでもいいけど。そのあとお母さんはブライトンに戻るわ。でもお父さんが来たいなら……」

「いや、行けないと思う。週末は出かける用事があって」ディントリーは嘘をついた。

「ずいぶんまえから約束してるのね」

「そうせざるをえない」と惨めな思いでまた嘘を言った。「いろいろ約束が多すぎて。父さんは忙しいんだよ、エリザベス。もっと早くわかっていれば……」

「びっくりさせようと思ったの」

「何か注文しないとな。ローストビーフでいいのかな？　マトンの背肉じゃなくて」

「ローストビーフでいい」

「新婚旅行は？」

「週末、家ですごすだけ。春になったらどこか行くかもしれないけれど……とにかくコリンがジェイムスンのベビーパウダーで忙しいから」

「お祝いをしなくちゃな」とディントリーは言った。「シャンパンのボトルでも頼むか」

シャンパンは好きではないが、男は義務を果たさなければならない。

「赤のグラスワインで充分」

「プレゼントも考えないと」

「小切手がいちばんよ。お父さんも楽でしょう。買い物に行きたくないでしょうから。お母さんはすてきなカーペットをくれるって」

「小切手帳は持ってこなかった。じゃあ月曜に送るよ」

食事のあと、ふたりはパントン・ストリートで別れのことばを交わした。ディントリーはタクシーで家まで送ろうと言ったが、エリザベスは歩きたいと答えた。彼女が男と住んでいるアパートメントがどこか、ディントリーには見当もつかなかった。エリザベスの私生活は、彼の私生活と同じくらいしっかりと守られている。もっとも、彼のほうに守るべき秘密がたくさんあったためしはない。これまで娘とする食事を愉しんだことはあまりなかった。共通の話題があまりに少ないのだ。しかし、もう二度とふたりきりで会うことはないと思うと見捨てられたような気分になり、ディントリーは言った。「週末の約束は先に延ばせるかもしれないな」

「コリンが喜ぶわ、お父さん」

「友人を連れていってもいいかな」

「もちろん、誰でもどうぞ。誰を連れてくるの？」

「わからない。たぶん職場の人間かな」

「いいわよ。でも、ほら、お母さんを怖がる必要はないのよ。お母さんはお父さんのことが好きだから」ディントリーは彼女が東のレスター・スクウェアのほうへ歩いていくのを見つめた。それからどこへ？　わからない。彼は西のセント・ジェイムズ・ストリートへと歩きはじめた。

第二章

1

インディアンサマーが一日だけ戻ってきて、カッスルはピクニックに行くことに同意した。長い隔離期間のあとでサムもいらいらしているし、セイラも、紅葉のブナの森に入れば、病原菌が残っていたとしてもみな追い払われてしまうだろうと、現実離れした考えを抱いていたからだ。セイラは熱いオニオンスープの入った魔法瓶、手でちぎって食べるチキンを半分、丸パン、ブラーにやるマトンの骨、そして別の魔法瓶にコーヒーを用意した。カッスルはそれにウィスキーのフラスクを加えた。地面に敷く毛布は二枚。サムですら、風が吹いたときに着るオーバーコートを持っていけと言うと、素直にしたがった。

「十月にピクニックだなんて、ちょっと頭がおかしいな」カッスルは無謀な計画に浮き浮きした様子で言った。ピクニックはオフィスでの細心の気配りや、慎重なことばづかいや、将来の先読みを忘れさせてくれる。だが当然のごとく、みんなで自転車に荷物を積んでいる最中に、電話が警察の笛のように鳴り響いた。

セイラが言った。「また泥棒ね。わたしたちのピクニックを邪魔して。せっかく出かけても、家のことが心配でたまらなくなるんだわ」

カッスルは低い声で（受話器を手で押さえて）言った。「いや、心配しなくていい。デイヴィスだ」

「なんの用事なの」

「車でボクスムアまで来ているらしい。あんまりいい天気だから、こちらに立ち寄りたいって」

「まあ、困った人。何もかも準備ができた今になって。もう食べるものなんてないわ、わたしたちの夕食を除いて。それだって四人分もない」

「なんならサムとふたりで行ってくれ。私はデイヴィスと白鳥（スワン）亭で食べるから」

「ピクニックに行っても愉しくないわ」とセイラは言った。「あなたがいないと」

サムが割り込んだ。「ミスター・デイヴィスと話してるの？　ミスター・デイヴィスに会いたいよ。かくれんぼができるから。ミスター・デイヴィスがいないと人数が足りないよ」

カッスルは言った。「デイヴィスを連れていってもいいけれど」

「四人でチキン半分……？」

「パンは一連隊分あるじゃないか」

「あの人も頭がおかしくなきゃ、十月のピクニックは愉しめないと思う」

しかしデイヴィスは彼らと同じくらい頭がおかしかった。スズメバチやハエが飛びまわる真夏でも愉しいが、やはりピクニックは秋にかぎると言った。ジャガーに全員乗り込むことはできないので、デイヴィスは共有地で落ち合い、昼食のチキンでは、手首をすばやくひねって叉骨（ウィッシュボーン）の長いほうを手に入れた（骨の長いほうを取ると願いがかなうと言われる）。それから彼はみんなに新しいゲームを教えた。残りの三人が彼にいろいろ質問をして、願いごとを当てるというものだ。当てられなかったときにだけ、彼の願いごとはかなうらしい。セイラは鋭い直感でそれを当てた。デイヴィスは〝ポピュラー音楽の頂点〟に立ちたかったのだ。

「まあ、もともとめったなことで実現するとは思っていませんからね。楽譜も書けないし」

最後のパンを食べ終わるころには、午後の太陽はハリエニシダの茂みの上あたりまで傾き、風が出てきた。赤銅色の葉がまえの年の実の上にひらひらと落ちてきた。「かくれんぼをしようか」とデイヴィスが提案した。カッスルは、サムがまるで英雄に憧れるような眼でデイヴィスを見ているのに気づいた。

くじを引いて、最初に誰が隠れるかを決めた。勝ったのはデイヴィスだった。彼はラクダ毛のオーバーコートにくるまって、動物園から逃げ出してきたクマのように、木々のあいだを軽やかに走り抜けていった。残りの三人は六十まで数え、デイヴィスを探しはじめた。サムは共有地の端のほう、セイラはアッシュリッジ・ロードのほう、カッスルはデイヴィスが最後に入っていくのを見た森のほうへ進んでいった。ブラーはカッスルのあとを追った。また猫がいると思っているのかもしれない。低い口笛が聞こえたので、カッスルが近づくと、シダに覆われた窪(くぼ)みにデイヴィスが隠れていた。

「隠れていると、とんでもない寒さですね」とデイヴィスは言った。「とくに日陰は」

「自分がやろうと言い出したんじゃないか。みんなもう家に帰るつもりだったのに。伏せ、ブラー、伏せるんだ、こら」

「わかってます。でもやんちゃ坊主がどうしてもやりたそうだったので」

「私より子供の気持ちがよくわかるんだな。ふたりを呼ぼう。こんなところにいたら風邪を引いて死んでしまう……」

「いや、まだ待ってください。あなたが探しにこないかと思ってたんです。ふたりで話したかったので。重要なことについて」

「明日、オフィスで聞くわけにはいかないのか」

「だめです。オフィスは怪しいと言ったのはあなたじゃないですか。カッスル、ぼくは尾行されています。まちがいありません」

「きみの電話は盗聴されていると言っただろう」

「信じられませんでした。でもあの夜から……木曜にシンシアと、スコッツに行ったんです。オフィスからエレベーターでおりるときに、男がいました。その男がスコッツで、ブラックベルベットを飲んでいたのです。そして今日も、バーカムステッドに来る途中、マーブルアーチ（ロンドンのハイドパークの北東の端にある凱旋門）の下でうしろから車がついてくるのに気がつきました。なぜ気づいたかというと、運転しているのが例の男じゃないかと一瞬思ったからですが――別人でした――ボクスムアにもその男がいたのです。黒のメルセデスに乗って」

「スコッツにいた男じゃなかったんだな？」

「別の男でした。彼らはそんな間の抜けたことはしません。ぼくはジャガーのスピードを上げ、道も日曜ですいていたので、バーカムステッドに入るまえに相手は見えなくなっていました」

「われわれは信用されていないのだ、デイヴィス。信用されている人間はいない。われわれが潔白だからといって、そんなこと誰が気にする？」

「ええ、そういうことはみんなわかっています。みんなが口ずさむ古い歌みたいなものですよね。誰が気にする、というのは。〝ぼくは潔白だ。でもそんなこと誰が気にする？ふいに捕まえられたら言ってやるのさ、トマトとナシを買いにいっただけだと……〟。これからポピュラー音楽の頂点に立とうってのに」

「バーカムステッドに入るまえにいなくなったのはたしかなんだな」

「ええ。ぼくが見たかぎり。でもいったいなんのためなんです、カッスル。ディントリーが言うように、ありきたりの定期調査なんですか？　あなたは誰よりこの部に長くいる。あなたならわかるはずだ」

「パーシヴァルがいっしょにいた夜に言っただろう。ある種の漏洩があって、たぶん彼らは二重スパイがいるんじゃないかと疑っている。だから保安調査を始めた。きみに気づかれないようになどということはあまり考えていない。きみが漏洩の犯人なら神経がまいるだろうぐらいにしか思っていない」

「ぼくが二重スパイ？　あなたはそんなこと信じてないでしょう、カッスル？」

「もちろん信じていない。心配するな、しばらくの辛抱だ。調査が終われば彼らもまちがっていたことがわかるさ。同じように私のことも調べているはずだ――ワトスンも」

遠くでセイラが呼ぶ声がした。「降参、降参よ」さらに遠くからか細い声も聞こえた。「だめだめ、まだ降参しないよ。隠れてて、ミスター・デイヴィス、お願い、ミスター・デイヴィス……」

ブラーが吠え、デイヴィスはくしゃみをした。「子供は容赦がない」と言った。

彼らのいるまわりのシダがかさかさと鳴り、サムが現われた。「見つけた」と言ったあとでカッスルを見た。「あ、ふたりでだましてたの」

「ちがう」とカッスルは言った。「大きな声を出せなかったんだ。彼に銃を突きつけられてたから」

「銃はどこ」

「彼の胸のポケットを見てみなさい」

「万年筆しかないよ」とサムは言った。

「ガス銃なのさ」とデイヴィスが言った。「万年筆に見えるけど。このつまみを見て。押すとインクのようなものが飛び出す。ただ本物のインクじゃなくて、神経ガスなんだ。ジェイムズ・ボンドも持ち歩かせてもらえなかった——あまりに極秘の武器だから。さあ、両手を上げて」

サムは両手を上げた。「本物のスパイなの？」と訊いた。

「ロシアの二重スパイなんだ」とデイヴィスは言った。「もし命が惜しければ、ぼくが五十ヤード離れるまで動いてはならない」シダのなかを駆け出し、分厚いコートのせいでぎくしゃくしながら、ブナの木立のなかを走っていった。サムはあとを追って坂をのぼり、くだった。デイヴィスは、真紅のジャガーを停めてあるアッシュリッジ・ロードを見下ろす土手に達すると、サムに万年筆を向け、シンシアの電報くらい変形したメッセージを叫んだ。「ピクニック……愛……セイラ」そして車の排気口から大きな爆発音を立てて去っていった。

「また来てもらって」とサムは言った。「お願い、ミスター・デイヴィスにまた来てと言って」

「いいとも。また呼ぼう。春になるころに」

「春じゃ遅すぎるよ」とサムは言った。「学校が始まっちゃう」

「週末はいくらでもあるさ」とカッスルは答えたが、自信にあふれた口調ではなかった。子供のころ、時間がどれほどゆっくりと、ぎこちなくすぎていったか、彼自身もよく憶えていたからだ。ロンドンに向かって一台の車が通りすぎていった。黒い車——メルセデスなのかもしれないが、カッスルは車のことをまるで知らない。

「ミスター・デイヴィスが好きなんだ」とサムは言った。

「ああ、父さんも好きだよ」

「ミスター・デイヴィスほどかくれんぼがうまい人はいないよ。父さんだって敵わない」

2

「『戦争と平和』もなかなか先に進まないよ、ミスター・ハリデイ」

「なんとそれは。ですが根気よく読みさえすれば、すばらしい本ですよ。モスクワ撤退のところまでいきました？」

「いや」

「悲惨な話です」

「今よりはずっと悲惨でない気がするがね。ともかくフランス人は兵士だったんだし、雪はナパーム弾ほどむごくもない。ただ眠ってしまうと言うじゃないか——生きながら焼かれるよりましだ」

「ええ、ヴェトナムの可哀そうな子供たちのことを思えば、そうですな……昔このあたりでよくあった反戦デモに、私も参加したかったんですが、息子にぜったいだめだと釘を刺されましてね。彼がやっている店に警察が来てはたまらないということで。あんなエロ本の一冊や二冊でどんな悪いことができるのか、私にはわかりませんけどね。いつも言ってるんですが、ああいう本を読む連中に害を与えようたって、なかなかできません」

「そうだな。彼らは高潔なアメリカの若者とはちがうから——軍務に忠実にしたがってナパーム弾を落とす兵士のような」とカッスルは言った。水に沈んだ氷山のごとき人生の一端を見せずにはいられなくなることがときにある。

「とは言え、われわれにできたことは何もないんですがね」とハリデイは言った。「政府は民主主義と言うけれど、われわれの垂れ幕やスローガンから何か取り入れたことがありますか。選挙の時期は別として。選挙は彼らにどの約束を破るかを決めさせる。それだけです。で、翌日の新聞に、また罪もない村がひとつまちがって消されたと報道される。ええ、遠からず南アフリカでも同じことが起こりますよ。最初にやられたのは黄色い小さな子供たち——と言ったって、日本人もわれわれと変わりゃしません——次にやられるのは黒い小さな子供たち……」

「話題を変えよう」とカッスルは言った。「戦争と関係のない本を何か推薦してくれないか」

「それならトロロープがあります」とハリデイは言った。「息子はトロロープの大ファンでして。あいつが売っているものからはなかなか想像できませんが」

「トロロープは読んだことがないな。ちょっと宗教がかっていないかな。まあ、とにかく息子さんに尋ねて、どれか自宅に送ってもらいたい」

「ご友人も『戦争と平和』はお気に召さなかったのですか」

「そうだね。私より先に飽きていたよ。彼にとってはおそらく戦争の場面が多すぎたのだろう」

「道を渡って息子とちょっと話せばすむことです。あいつは政治小説——本人に言わせれば社会小説——が好きなんですが。たしか『今生きること』という小説の話をしていました。題名がよくできています。つねに読者の時代を扱っているように聞こえますから。今晩、お持ち帰りになりますか」

「いや、今日はいい」

「いつものように二部ですね？　文学を論じ合えるご友人がいるのはうらやましいかぎりです。今どき文学に興味を持っている人なんてめったにいませんから」

ハリデイの店を出て、カッスルはピカデリーサーカス駅まで歩き、公衆電話を探した。いちばん端のボックスに入り、ひとりだけいたほかの人間をガラス越しに見た。そばかすのある太った娘で、愉快な相手の話を聞きながらクスクス笑い、ガムを噛んでいた。声が「ハロー」と応じ、カッスルは「失礼、また番号をまちがえた」と言って電話を切り、ボックスを出た。娘はいよいよ愉しい会話に没頭しながら、ガムを電話帳の背に貼りつけていた。カッスルは発券機のまえにしばらく立ち、彼女が彼にまったく関心を抱いていないことを確認した。

3

「何をしてるの」とセイラが訊いた。「呼んだのが聞こえなかった？」

彼女はカッスルの机の上にあった本を見て言った。『戦争と平和』、もう飽きてるのかと思った」

カッスルは一枚の紙をさっと取り、たたんでポケットに入れた。

「エッセイでも書いてみようと思って」

「読ませて」

「だめだ。活字になったらな」

「どこへ送るの」

「《ニュー・スティツマン》……《エンカウンター》……どこでも」

「あなたがものを書かなくなってずいぶんたつわ。また書く気になってくれてよかった」

「ああ、私は同じことを何度もやる運命にあるようだ」

第三章

1

カッスルはもう一杯、ウィスキーをついだ。セイラはもう長いことサムと二階に上がっている。カッスルはひとりで呼び鈴が鳴るのを待っていた……心はまた、コーネリアス・ミュラーのオフィスで小一時間待たされたあのときへと戻っていった。待っているあいだ、時間つぶしに《ランド・デイリー・メイル》紙を与えられた。ミュラーの勤める国家秘密情報局（BOSS）の方針にことごとく敵対している新聞だから、思えば妙なとり合わせだった。カッスルはその日の朝刊はすでに朝食のときに読んでいたが、ほかにすることもないのですべてのページを読み直した。顔を上げて時計を見るたびに、しゃちほこばって机についているふたりの若い職員のうちのどちらかと眼が合った。順番に彼の見張りを命じられていたのだろう。カッスルが剃刀（かみそり）を取り出して、血管をかき切るとでも思っていたのだろうか。拷問は公安警察のお家芸だ、とカッスルは胸につぶやいた。少なくともそう信じられている。しかし彼の場合には、どんな機関からも拷問される怖れはなかった。外交特権で守られた、拷問できない人間だからだ。しかしその外交特権もセイラには及ばなかった。南アフリカですごした最後の一年で、カッスルは、怖れと愛は不可分であるという古くからの知恵を学んでいた。

カッスルはグラスのウィスキーを空け、また少しだけ注いだ。ここは慎重にならなければならない。

セイラが階上から呼びかけた。「ダーリン、何をしてるの」

「ミスター・ミュラーを待ってる」と彼は答えた。「もう一杯ウィスキーを飲みながら」

「あまり飲んじゃだめよ、ダーリン」ふたりは相談して、まずカッスルひとりがミュラーを出迎えることにしたのだった。ミュラーはまちがいなくロンドンから大使館の車に乗ってくる。南アフリカで政府高官が使うような黒のメルセデスだろうか。「最初は気まずいかもしれないが、うまくやってくれ」と長官は言った。「もちろん、深刻な問題は部にまかせてくれればいい。家で会うほうが有益な情報が得られることが多い……つまり、こちらにはあって、あちらにはないものといったようなことだ。だがいいかね、カッスル、とにかく冷静に対応してくれ」そしてこのとき彼は、三杯目のウィスキーの力を借りて懸命に冷静さを保とうとしていた。どんな車であれ、音はしないかと耳をそばだてていたが、この時間、通勤者はみなとっくに帰宅していて、キングズ・ロードを走る車はほとんどなかった。

怖れと愛が不可分なら、怖れと憎しみもまた不可分だ。憎しみは怖れに対する自然な反応だ——怖れることで屈辱を与えられるから。些細なアパルトヘイトの事例をことさらに難じるいつもの無意味なトップ記事を四度目に読んでいたところへ声をかけられ、ようやく《ランド・デイリー・メイル》紙から解放されたとき、カッスルは自分の臆病を身にしみて感じていた。南アフリカでの三年間の生活と、セイラを愛するようになった六カ月が彼を臆病者にした。それはよくわかっていた。

オフィスに入ると、ふたりの男が待っていた。ミュラーは南アフリカの最高級の木材でできた机について坐っていた。机の上には真っ白な吸い取り紙と、きれいに磨かれたペン立てが置かれ、意味ありげにファイルが開かれていた。カッスルよりいくらか若く、五十代に近づいているといったところで、ごくふつうの状況で会っていればすぐに忘れてしまいそうな顔だった——銀行員か若い公務員のように、室内にこもりきりのなめらかで蒼白い顔。人間的あるいは宗教的な信念の苦しみがまったく刻まれていない顔。命令を受け容れ、なんら疑問を抱かずただちにしたがう顔。体制順応者の顔だった。断じて弱い者いじめの顔ではない。が、制服姿のもうひとりの男の顔はまさにそうだった。どんな相手にも臆さないことを誇示するがごとく不遜な態度で横向きに坐り、安楽椅子の肘かけに両脚をかけていた。彼の顔は太陽を避けていなかった。常人には苛酷すぎる灼熱にさらされたかのように、この世ならざる赤みを帯びていた。ミュラーの眼鏡は金縁だった。南アフリカはすべてが金縁の国だ。

「坐りなさい」とミュラーはカッスルに言った。口調の丁寧さはとりあえず礼儀を失さない程度だったが、ただひとつ坐るべく残されていた椅子は硬く、狭く、教会の椅子のように快適からほど遠かった。ひざまずけと言われれば、硬い床の上には膝布団がない。カッスルは静かに坐っていた。対するふたり――蒼白い顔と赤ら顔――はじっと彼を見返して、何も言わなかった。この沈黙はいつまで続くのだろうとカッスルは思った。コーネリアス・ミュラーは眼のまえのファイルから一枚紙を取り出すと、しばらくして金のボールペンの末端でそれを叩きはじめた。留め具でも打ち込むように、同じ場所を何回も。沈黙のなかで、コツ、コツ、コツと、時計が秒を刻むように音が響いた。もうひとりの男が靴下の上の皮膚を掻きはじめ、音はずっと続いた――コツ、コツ、コツ、ポリ、ポリ。

ようやく満足してミュラーが口を開いた。「ここに来てくれてうれしいよ、ミスター・カッスル」

「ええ、あまり都合はよくありませんでしたが、とにかく来ました」

「そちらの大使に手紙を書いて、不必要なスキャンダルを起こしたくなかったのだ」

今度はカッスルが口を閉ざした。その間〝スキャンダル〟とはどういう意味だろうと考えた。

「ヴァン・ドンク警部が――こちらはヴァン・ドンク警部だ――本件をわれわれの手にゆだねた。公安警察より、われわれが扱うほうがいいだろうと考えてね。イギリス大使館のあなたの立場があるから。ミスター・カッスル、あなたは長期間にわたって監視されていた。だがあなたの場合、逮捕しても実質上、意味がない。そちらの大使館は外交特権を主張するだろう。ただ、いつでも法廷で争うことはできるし、そうすれば彼らはまちがいなくあなたを本国へ送り返すだろう。それでおそらくあなたのキャリアは終わりだ、ちがうかね？」

カッスルは何も言わなかった。

「あなたはまったく思慮に欠ける行動をとった。愚かだと言ってもいい」とコーネリアス・ミュラーは言った。「ただ、私は愚かさを犯罪として罰すべきだとは思わない。ヴァン・ドンク警部と公安警察は、しかし別の考えを持っているようだ。法律を尊重する考えだ。彼らが正しいのかもしれない。警部はあなたを正式に逮捕し、起訴したいと思っている。外交特権が大使館の下級職員にまで不当に及ぶことが多すぎるので、この原則を法廷で争いたいと考えている」

硬い椅子が苦痛になってきた。カッスルは体を動かしたかったが、動けば気弱になっているととられるのではないかと思った。相手がどこまで知っているのかを、どうしても探り出さなければならなかった。自分の抱える工作員は何人捕まったのだろう。彼らに比べて自分がまだ安全であることが恥ずかしかった。本物の戦争では上官はつねに部下とともに死に、自尊心をまっとうする。

「さっさと話すんだ、カッスル」とヴァン・ドンク警部が命じた。肘かけから足をさっとおろし、立ち上がろうとした——少なくともそう見えた——が、おそらくこけおどしだったのだろう。片方の手を開き、また握って、印章のついた指輪を見つめた。そしてその金の指輪を、オイルでまめに手入れしなければならない銃か何かのように指で磨きはじめた。この国では金から逃れられない。金は町の埃にも混じっているし、画家も絵を描くときに使う。警察が人の顔を殴るときに使ってもなんの不思議もない。

「何について話すのですか」とカッスルは訊いた。

「あなたは南アフリカに来るたいていのイギリス人と同じだ」とミュラーが言った。「アフリカの黒人に自然な同情を憶える。それはわれわれにもわかる。われわれもほかならぬアフリカ人だからだ。もうここに三百年住んでいる。バンツー族はあなたたちと同じように新参者だ。だが歴史の講義をする必要はないね。くり返しになるが、あなたの考え方はわかる。それがいかに無知なものであるにしても。けれどそこに感情が加わると危険だ。あまつさえ法律を犯したとなると……」

「どの法律です」

「どの法律かはよくわかっているはずだ」

「私がアパルトヘイトについて研究しようとしているのは事実です。大使館も反対していない。しかしそれは純粋に社会学的な研究で、きわめて客観的なものですし、しかもまだ私の頭のなかにしかない。あなたがたに検閲する権利はないでしょう。いずれにせよ、この国で出版される可能性はないと思います」

「黒い売春婦とやりたいなら」とヴァン・ドンク警部が業を煮やして割り込んだ。「レソトかスワジランドの売春宿へなぜ行かない？　あそこはまだおまえらの言うイギリス連邦の一部だろうが」

そのとき初めてカッスルは、危険にさらされているのは彼ではなくセイラであることに気がついた。

「こんな歳ですから、もう売春婦に興味はなくて」と彼は言った。

「二月四日と七日の夜、どこにいた？　二月二十一日の午後は？」

「あなたは明らかに知っているでしょう――あるいは、知っていると思っている」とカッスルは言った。「スケジュール帳はいつもオフィスに置いたままです」

セイラには四十八時間会っていなかった。すでに彼女はヴァン・ドンク警部のような男たちに捕らえられてしまったのだろうか。怖れと憎しみが同時にふくれあがった。理屈のうえで地位は低くとも自分が外交官であることを忘れていた。「いったいなんの話をしてるんです。あなたもだ」とコーネリアス・ミュラーのほうを向いてつけ加えた。「私に何を求めるのですか」

ヴァン・ドンク警部は、いかに不快なものであれ何かを正しいと信じている、粗野で単純な男だ。こういう男はまだ赦せる。カッスルがどうしても赦せないのは、有能でそつのないBOSSの幹部のほうだった。この種の男、自分が何をしているかを理解する教育を受けたこういう男が〝天国を蔑みて地獄を築く〟（ウィリアム・ブレイクの詩『土くれと小石』より）のだ。コミュニストの友人、カースンに幾度も言われたことを思い出した――〝われわれの最大の敵は無知で単純なやつらじゃない、どれほど残忍だろうとね。われわれの最大の敵は教養があって腐敗したやつらだ〟。

ミュラーが言った。「バンツー族のガールフレンドを作って人種関係法を犯したことは、あなたにもよくわかっているはずだ」理屈をわきまえた非難の口調だった。銀行員がさほど重要でない顧客に対して貸越を断るときのような。「外交特権がなければ今ごろ留置場に入っていることは百も承知だろう」

「あの女をどこに隠した」とヴァン・ドンク警部が訊いた。カッスルはその質問に内心大きな安堵を覚えた。

「隠した？」

ヴァン・ドンク警部は金の指輪をこすりながら立ち上がった。唾までつけて磨いていた。

「警部、もういい」とミュラーが言った。「ミスター・カッスルは私にまかせてもらおう。

これ以上あなたの手を煩わしても申しわけないので。いろいろご協力いただき、感謝する。ミスター・カッスルとふたりきりで話させていただきたい」

ドアが閉まると、カッスルはカースンの言う本物の敵と向かい合った。ミュラーは続けた。「ヴァン・ドンク警部のことは気にしなくていい。ああいう男は自分の鼻より先にあるものは見えないのだ。本件をより穏当に解決する手段もいくつかあるんだがね。告発ということになると、あなたにとっては破滅だし、こちらの利益にもならない」

「車の音が聞こえる」女性の声が現在からカッスルに呼びかけた。

階段の上からセイラが声をかけたのだった。カッスルは窓辺に近づいた。見分けのつかない通勤者の家が並ぶキングズ・ロードを、黒いメルセデスがゆっくりと走っていた。運転手は明らかに家の番号を探しているが、例によって街灯のいくつかは消えてしまっている。

「たしかにミスター・ミュラーだ」とカッスルは階上に向かって言った。ウィスキーのグラスを置くと、あまりに強く握っていたせいで手が震えているのに気づいた。

呼び鈴の音に反応してブラーが吠えはじめたが、カッスルがドアを開けると、ブラーは見知らぬ相手であることなど一向にかまわずじゃれつき、コーネリアス・ミュラーのズボンに愛情のこもったよだれの跡を残した。「いい子だ、いい子だ」とミュラーは警戒しながら言った。

歳月がミュラーにはっきりとわかる変化を及ぼしていた。髪はほとんど真っ白で、顔にもずっとしわが増えていた。杓子定規な答しか知らない役人にはもう見えなかった。最後に会ったとき以来、ミュラーには何かが起こっていた。人間らしさが感じられた。昇進してより大きな責任を担い、先の見えない案件や答えられない質問を数多く抱えることになったせいかもしれない。

「こんばんは、ミスター・カッスル。遅くなって申しわけない。ワットフォードで渋滞に巻き込まれて――たしかワットフォードという場所だったと思うが」

今やミュラーはもの怖じしているようにすら見えた。いつものオフィスや、美しい木の机や、待合室のふたりの部下から離れて、当惑しているだけかもしれないが。黒いメルセデスはすべるように走り去った。運転手が食事をとりにいくのだろう。ミュラーは外国の見知らぬ町でひとり取り残された――郵便受けにエリザベス二世のイニシャルが記され、どの市場にもクルーガー大統領の像が立っていない場所に。

カッスルはふたつのグラスにウィスキーを注いだ。「最後に会ったときから、ずいぶんたったね」とミュラーは言った。

「七年ですか」

「自宅の食事に招いてくれてありがとう」

「こうするのがいちばんだという長官の考えで。緊張をほぐすために。お互い協力し合わなければならないようですね、アンクル・リーマスの件で」

ミュラーの眼が電話に向けられ、机のランプ、花瓶へとさまよった。

「大丈夫です。ご心配なく。盗聴されていたとしても、聞くのはうちの人間だけですから」とカッスルは言った。「いずれにせよ、盗聴されていないのは確実です」グラスを掲げた。「われわれの最後の話し合いに。憶えていますか？　あのときあなたは私に、あなたの機関のために働かないかと提案した。今、そのとおりになりました。こうやっていっしょに働いている。歴史の皮肉と言うべきか、定められた運命と言うべきか。あなたがたのオランダ教会はそういうことを信じているんでしょう」

「もちろんあのときには、あなたのほんとうの仕事を知らなかった」とミュラーは言った。「もし知っていれば、哀れなバンツー族の娘のことで脅したりはしなかったよ。今はもうわかっている、彼女はあなたの工作員のひとりにすぎなかった。いっそ共同で彼女を使ってもよかったくらいだ。だがあのときには、あなたはよくいる志の高い、反アパルトヘイトのセンチメンタリストに見えたのだ。そちらの長官が、アンクル・リーマスの件で会うべき人間はあなただと指定してきたときには、正直言って驚いた。私のことを恨んでいなければいいのだが。つまるところ、あなたも私もプロだし、こうして同じ側で働くことになったわけだから」

「ええ、そのようですね」

「だがひとつ教えてくれないか——もう言っても問題ないだろう——バンツー族の娘をどうやって連れ出した？　スワジランド経由かな」

「ええ」

「あの国境はかなりうまく封鎖していたと思っていた。もちろん、本物のゲリラ戦の専門家にかかれば別だ。まさかあなたが専門家だとは思わなかったから。コミュニストとつながりがあるのはわかっていたが、アパルトヘイトの本のことで協力してもらっているのだろうとしか考えなかった。結局、本は出版されなかったがね。見事に裏をかかれたよ。ヴァン・ドンク警部も同様だ。ヴァン・ドンク警部は憶えている？」

「もちろん。忘れるわけがない」

「あなたの件で、彼の降格を公安警察に提言するしかなかった。じつに手際が悪かったのでね。娘を拘留していればあなたもわれわれに協力しただろうに、彼女を取り逃がしたのだ。笑わないでもらいたいんだが、私はあれは本物の恋愛だと確信していた。アパルトヘイトを攻撃しようと思いながら、結局、バンツー娘のベッドというわれわれの罠にからめとられるイギリス人はあまりにも多い。正しくないと自分が考える法律を破るのは、黒い尻と同じくらいロマンティックな気分をかき立てる。しかし、あの娘——名前はセイラ・マンコーシだったかな——がずっとMI6の工作員だったとは夢にも思わなかったよ」

「本人も知らなかったのです。彼女もやはり本のためだという私の説明を信じていました。もう一杯つぎましょう」

「ありがとう。いただくよ」カッスルは自分のほうが酔わないことに賭けるつもりで、またふたつのグラスを満たした。

「あらゆる点から見て、彼女は聡明だった。経歴をかなりくわしく調べたのだ。トランスヴァールのアフリカ大学を出ている。アメリカ人の教授が危険な学生を大勢生み出す大学だ。だが個人的には、頭のいいアフリカ人ほど転向させやすいという実例を何度も見てきた。方法はいろいろあるけれど。留置場に一カ月入れておけば、ぜったいに彼女も転向していたと思う。今回のアンクル・リーマス作戦でも、われわれ双方の役に立ってくれたかもしれない。今からでも遅くないだろうか。あの悪魔のような時代はみんな忘れている。今では彼女もだいぶ老けただろう。バンツー族の女は老け込むのが早い。三十になるはるかまえに――ともかく白人の趣味からすれば――だいたい終わっている。わかるだろう、カッスル、私はこうしていっしょに働けることがうれしいんだ。あなたが、BOSSで考えていたような人間――人の本性を変えたいと思うような理想主義者――でなかったこともうれしい。われわれはあなたが連絡をとっていた人間を知っていた、少なくともそのほとんどを。彼らがあなたに伝えていた無意味な情報も。だがあなたはわれわれを出し抜いた。つまり、バンツー族やコミュニストを出し抜くことなど赤子の手をひねるようなものだった。彼らもあなたがいずれ彼らの役に立つ本を書いていると思い込んでいたのだろう。ただ私はヴァン・ドンク警部のようにアフリカ人を否定しているのではない。私も自分自身を百パーセント、アフリカ人だと思っている」

ここで話しているのは、断じてプレトリアのオフィスにいたコーネリアス・ミュラーではなかった。遵法者の仕事をこなしていたあの蒼白い顔の役人は、これほどの流暢さと自信をもって話したことがなかった。ほんの数分前の内気で不安そうな態度も消え去っていた。ウィスキーが効いたのだ。今やミュラーは政府の対外交渉をになう、まぎれもないBOSSの高官だった。彼への命令は大将より下の地位から発せられるものではない。ミュラーはゆったりと構えていた。カッスルにとっては不快なことに、本来の自分を出すことができた。ミュラーは俗悪さと粗野な点において、彼自身が軽蔑するヴァン・ドンク警部に見る見る近づいていた。

「私もレソトで愉しい週末をすごしているよ」とミュラーは言った。「ホリデーインのカジノで黒人の同胞たちと肩を並べて。一度ちょっと試してみたこともある――まあ、驚かないでくれ――ああいうところでは気分も変わるものだ。もちろん違法ではない。南アフリカ共和国の外だから」

カッスルは叫んだ。「セイラ、サムを連れてきてくれないか。ミスター・ミュラーにおやすみの挨拶をさせる」

「結婚してるんだね」とミュラーは訊いた。

「ええ」

「だとしたら家に招いてもらったのはますます光栄だ。南アフリカからちょっとした土産を持ってきたが、ひょっとすると奥さんの気に入るものがあるかもしれない。だがあなたはまだ私の質問に答えていない。いっしょに働くことになったからには――憶えているかね、私もそうしたいと思っていた――どうやってあの娘を連れ出したのか教えてもらえないか。言ったところで昔の工作員に害は及ばないし、アンクル・リーマス計画や、ともに対処しなければならない問題にもいくらか関連する。あなたの国と私の国、そしてもちろんアメリカは、今や共同戦線を張っているのだから」

「彼女自身が話してくれるでしょう。セイラと、息子のサムです」ふたりが階段をおりてきたところへ、コーネリアス・ミュラーは眼を向けた。

「ミスター・ミュラーは、私がどうやってきみをスワジランドに連れ出したか知りたいんだそうだ、セイラ」

カッスルはミュラーを見くびっていた。相手を驚かせようというもくろみは完全に失敗した。「お会いできてじつにうれしいよ、ミセス・カッスル」とミュラーは言い、セイラの手を握った。

「七年前にはお会いできませんでしたからね」と彼女は言った。

「そう、この七年は無駄でした。ほんとうに美しい奥さんだ、カッスル」

「ありがとうございます」とセイラは言った。「サム、ミスター・ミュラーと握手しなさい」

「私の息子です、ミスター・ミュラー」とカッスルは言った。ミュラーが肌の色を見きわめる眼を持っているのは明らかだ。サムはかなり黒い。

「初めまして、サム。もう学校へ行っているのかな」

「あと二週間ほどで学校です。さあ、もう寝るのよ、サム」

「おじさんはかくれんぼができる？」

「昔はよくやったよ。けれど新しいルールがあるならぜひ教えてほしい」

「おじさんもミスター・デイヴィスみたいにスパイなの？」

「寝なさいと言ったのよ、サム」

「毒入りのペンを持ってる？」

「サム！　階上に行って！」

「さて、ミスター・ミュラーの質問だ、セイラ」とカッスルは言った。「きみはどこからどうやってスワジランドに入った？」

「話さなくてもいいと思うのだけれど、どうなの？」

コーネリアス・ミュラーが言った。「ああ、スワジランドのことは忘れてください。もうすんだ過去のことですし、別の国で起こったことだ」

　カッスルは、ミュラーがカメレオンのごとく土の色に同化するのに眼をみはった。こんなふうにして、レソトのカジノでもまわりに同化しているのだろう。これほど適応能力がなければ、ミュラーもう少し好人物に思えたかもしれない。夕食のあいだじゅう、ミュラーは礼儀正しい会話を続けた。そう、やはりヴァン・ドンク警部のほうがましだとカッスルは思った。ヴァン・ドンクはセイラを見るなり、この家を出ていただろう。偏見にはどこか理想と共通するものがある。コーネリアス・ミュラーには偏見がなく、理想もない。

「この環境(クライミット)はどうです、ミセス・カッスル？　南アフリカから来てみて」

「気候のことですか」

「そう、気候です」

「アフリカほど極端ではありません」とセイラは言った。

「ときにアフリカが恋しくなりませんか。マドリッドとアテネ経由で来たので、あそこを離れてすでに数週間になるけれど、何がいちばん恋しいかわかります？　ヨハネスブルクのまわりにあるボタ山です。太陽が沈みかかったときのあの色。あなたは何を恋しいと思いますか」

　カッスルはミュラーに美を解する心があるとは思ってもみなかった。昇進とともに広がった興味の一部なのか、礼儀正しくふるまっていることと同じく、この国や状況に適応しているとの一環なのか。

「わたしにはちがった思い出があります」とセイラは言った。「わたしのアフリカはあなたのアフリカとはちがうんです」

「そうかな。われわれはふたりともアフリカ人だが。ところで、この国にいる友人にと思って、いくつか土産を持参したのです。あなたがアフリカ人だと知らなかったもので、シヨールを買ってきました。レソトにとても優秀な織工がいるのはご存じですね。国に雇われた織工です。受けとっていただけますか、昔の敵からの贈り物を」

「もちろんです。ご親切にありがとう」

「レディ・ハーグリーヴズはダチョウ革のバッグを受けとってくれますかね」

「そのかたは存じ上げません。主人に訊いてください」

夫人のワニ革の基準はとても満たせないだろうとカッスルは思ったが、「受けとりますとも……あなたからの贈り物とあらば……」と答えた。

「ダチョウにはいわば家族で興味を持っていてね」とミュラーは説明した。「祖父が今で言うダチョウ長者のひとりなんだよ。第一次世界大戦のまえに飼育に乗り出して、ケープ州に大きな屋敷を建てた。当初はまさに豪邸だったんだが、今はもう廃屋だ。ダチョウの羽根がヨーロッパで重宝がられることは二度となく、父は破産してしまった。それでも兄弟はまだ何羽か飼っているがね」

カッスルはそうした大邸宅の一軒を訪問したときのことを思い出した。博物館のようなかたちで保存されていて、ダチョウ農場の廃物すべての面倒を見ている管理人が住み込んでいた。管理人は豪華さと悪趣味をいくらか申しわけなく思っているような態度だった。見学ツアーの白眉はバスルームで、訪問者はかならず最後にバスルームに連れていかれた。浴槽はさながら純金の蛇口のついた白い巨大なダブルベッドだった。壁にはルネサンス以前のイタリア絵画の下手な複製がかかり、聖者の後光に使われている本物の金箔が剝がれかかっていた。

食事が終わると、セイラはふたりを残して二階に上がった。ミュラーはポートワインを勧められた。昨年のクリスマスから手を触れられていないボトル——デイヴィスからの贈り物——だった。「まじめな話」とミュラーは言った。「奥さんのスワジランドへの脱出ルートについて、いくらかくわしい話を聞かせてもらえないだろうか。名前をあげる必要はない。コミュニストの友人が何人かいたことはわかっている——それがあなたの仕事の一部だったことも。彼らはあなたをセンチメンタルな同調者だと思っていた。われわれも同じだ。たとえばカースンもそう思っていた——カースンも気の毒に」

「どうして気の毒なんです」

「一線を越えてしまったのだ。彼はゲリラ内に連絡先を持っていた。彼なりにいい人間で、優秀な共産主義の提唱者だった。黒人通行制限法がらみで公安警察としょっちゅう問題を起こしていた」

「今もそんなことを？」

「いや、ちがう。一年前に刑務所で死んだよ」

「知らなかった」

カッスルはサイドボードまで行き、またダブルのウィスキーをついだ。炭酸水を多めに入れれば、J&Bはシングルより強くは見えない。

「ポートは嫌いなのかな」とミュラーは訊いた。「昔はロレンソマルケスからすばらしいポートが入ってきていた。が、残念ながらそんな時代は終わった」

「死因はなんです」

「肺炎だ」とミュラーは言い、つけ加えた。「まあ、それで長い刑期は務めずにすんだわけだ」

「私はカーソンが好きでした」とカッスルは言った。

「そうだな。彼がアフリカ人を色で判断したのはじつに残念だったよ。二世の連中が犯しがちなあやまちだ。白人のアフリカ人も黒人と同じように善良でありうることを認めようとしない。たとえば私の家族は一七〇〇年にアフリカに入った。かなり早い入植者だったのだ」腕時計を見た。「なんということだ。居心地がよくてつい長居してしまった。運転手はもう一時間待っている。今夜はそろそろ失礼するよ」

カッスルは言った。「帰るまえにアンクル・リーマス作戦のことを話さなくていいのですか」

「今日はいい。オフィスで話そう」とミュラーは言った。

玄関のドアで彼は振り返った。「カースンのことはほんとうに残念だと思っている。初耳だと知っていれば、唐突に切り出さなかったんだが」

ブラーが分け隔てのない愛情で彼のズボンを舐めた。「いい子だ」とミュラーは言った。「いい子だ。犬の忠誠心に勝るものはないね」

2

夜中の一時、セイラが長い沈黙を破った。「まだ起きてるでしょう。眠っているふりはしなくてもいい。ミュラーと会うのがそんなにつらかったの？　とても礼儀正しかったけれど」

「わかってる。彼はイギリスではイギリスのやり方にしたがう。適応するのが早いんだ」

「鎮静剤（モガドン）を取ってきましょうか」

「いや、すぐに寝るよ。ただ――ひとつ言わなきゃならないことがある。カースンが死んだ。刑務所で」

「殺されたの?」

「ミュラーの話だと、肺炎だそうだ」

セイラはカッスルの肘の下に頭を入れ、枕に顔を押しつけた。泣いているのだろう。カッスルは言った。「彼からもらった最後の連絡のことをどうしても思い出してしまう。ミュラーとヴァン・ドンクに会ったあと、大使館に戻ったら連絡が届いていた――〝セイラのことは心配無用。最初の飛行機でLMに飛び、ポラナ・ホテルで待て。彼女は安全な場所にかくまわれている〟」

「ええ、わたしも憶えているわ。彼がそれを書くときに隣にいたから」

「結局、礼を言うことができなかった――七年間の沈黙のほかには」

「それで?」

「何を言えばいいのかわからない」そしてミュラーに言ったのと同じことばをくり返した。「私はカーソンが好きだった」

「ええ、わたしも信頼していた。彼の友だちよりずっと信頼できたわ。ロレンソマルケスであなたがわたしを待っていたあの週、彼と議論する時間がたっぷりあったの。わたしはよく、彼は本物のコミュニストじゃないって言った」

「なぜ? 党員だったのに。トランスヴァールに残っていた最古参の党員のひとりだった」

「もちろん、わかってる。でも党員は山のようにいるでしょう？　サムのことだって、あなたにも話していないうちに、彼には話したの」

「人を引き寄せる力があった」

「わたしの知っていたコミュニストは、ほとんどみんな押すばかりで、引くことがなかった」

「それでもセイラ、彼は正真正銘のコミュニストだったんだ。ローマカトリック教会がボルジア家の時代を生き延びたように、彼もスターリン時代を生き延びた。彼のせいで私は共産党を見直したほどだ」

「でも党員になれとまでは言わなかったんでしょう」

「私にはどうしても喉に引っかかって呑み込めないものがある。小事にこだわって大事を見すごすと彼には言われたけれど。私がこれまで宗教を信じたことがないのは知ってるだろう。神は学校の礼拝堂に置いてきた。だがアフリカで、酒を飲みながらの一瞬であれ、また神を信じさせてくれる司祭にたまたま出会うことがあった。もし会う司祭がみんな彼らのようであって、しかももっと頻繁に会っていれば、ひょっとするとまた復活や、処女懐胎や、ラザロの蘇生や、奇蹟の数々を信じられたかもしれない。なかでも二度会ったある司祭がいる。きみのように工作員になってもらいたかったんだが、彼は使うことができなかった。名前はコナリー——いや、オコンネルだったかな。ソウェト（ヨハネスブルク近郊にある国内最大の黒人居住区）のスラムで働いていた。まさにカースンと同じことを私に言った、小事にこだわって大事を見すごすとね。しばらく彼の神を信じかけた。ちょうどカースンの神を信じかけたように。どうやら私は信じかけたところで終わるように生まれついているらしい。人々がプラハやブダペストについて語り、共産主義には人の顔がないというとき、私は黙っている。私は一度、人の顔を見たことがあるからだ。もしカースンがいなかったら、サムはどこかの刑務所で生まれていただろうし、きみもそこで亡くなっていただろうと自分に言い聞かせる。ある種の共産主義が——と言うか、ひとりのコミュニストが——きみとサムを救ったんだ。聖パウロと同じくらいマルクスもレーニンも信じていないけれど、感謝する権利はあるだろう？」

「どうしてそんなことを気にするの？　感謝するのはまちがってるなんて誰も言わないわ。わたしも感謝してる。感謝してもかまわないのよ、もし……」

「もし……？」

「もし行きすぎないなら、と言おうとしたんだと思う」

それから眠るまでには何時間もかかった。カッスルは眼を開けたまま、カースンのこと、コーネリアス・ミュラーのこと、アンクル・リーマス作戦やプラハのことを考えた。息づかいでセイラが寝入ったことがはっきりわかるまで、自分は眠りたくなかった。そして少年のころ憧れたアラン・クォーターメインのように、暗黒大陸の内部へと彼を導く、長くゆったりと流れる地下水脈に勇気をもって漕ぎ出し、終の棲家を見つけられるという考えに身をゆだねた。なんら信仰を誓う必要のない市民として受け容れられるその街は〝神の街〟でも〝マルクスの街〟でもなく、〝心の平和〟と呼ばれる街なのだった。

第四章

1

月に一度、休日に、カッスルはセイラとサムを連れて、イーストサセックス州の砂地と針葉樹の多い郊外に住む母親を訪ねることにしていた。そもそも訪ねる必要があるのかということを誰も問題にはしなかったが、カッスルは当の母親でさえ彼らの訪問を歓迎していないのではないかと思っていた。もっとも、彼女があらゆる手段で彼らを喜ばせようとしていることは認めざるをえない——あくまで、こうすれば喜ぶという彼女自身の考えにしたがうだけだが。冷凍庫には、サムのために毎度同じバニラアイスクリームが用意されている し——サムはチョコレートのほうが好きだ——家は駅から半マイルしか離れていないが、かならずタクシーを頼んで駅に待たせてある。イギリスに戻ってから一度も車をほしいと思ったことのないカッスルは、母親にうらぶれた貧乏息子だと思われているという印象を抱いていた。セイラも一度、感想を口にしたことがある——あまりに歓待されてかえってくつろげない反アパルトヘイトのガーデンパーティに招かれた、黒人の客のようだと。

もうひとつ気を揉む原因となっているのはブラーだった。カッスルはブラーを家に置いておくべきだと主張するのをあきらめていた。セイラは、自分たちが守ってやらなければブラーは覆面の男たちに殺されてしまうと堅く信じていた。ブラーを買ったのは家族を守らせるためで、ブラー自身を守ってやるためではないとカッスルが指摘しても無駄だった。長い目で見れば、セイラにしたがうほうが楽だった。たとえ母親が犬を毛嫌いしていて、ビルマ猫を飼っているにしても。隙あらば殺してやろうとブラーがつけ狙うので、猫は彼らが到着するまえに、寝室に閉じ込めておかなければならなかった。母親は朝から晩まで、飼い主から引き離された猫の悲しい運命を何かにつけて仄めかした。一度、ブラーがシェイクスピア劇の殺人者よろしく、寝室のドアの外で四肢を踏んばり、鼻息を荒らげていたことがあった。カッスル夫人はあとでそのことを非難する長い手紙をセイラに送った。猫は明らかに一週間以上、神経を高ぶらせていた。いつものフリスキーの食事をとろうとせず、牛乳だけを飲んで生きていた。ハンガーストライキのようなものだ、と書いてあった。

タクシーが私道の月桂樹の暗い影のなかに入ると、一同の気持ちは沈んだ。道は高い切妻屋根のついたエドワード朝様式の家へと続いていった。ゴルフコースに近いという理由で、カッスルの父親が引退時に購入した家だ（しかし父親はほどなく脳梗塞にみまわれ、クラブハウスにも歩いていけなくなった)。

いつものようにカッスル夫人がポーチに立って、彼らを待っていた。すらりと背が高く、自慢のきれいな足首を見せるために時代遅れのスカートをはいている。アレクサンドラ王妃のようなハイカラーの服を着ているのは、老齢による首元のしわを隠すためだろう。沈む気持ちを表に出すまいと、カッスルは大げさな仕種で母親を抱きしめて挨拶したが、彼女のほうは力なく応じただけだった。あからさまに表現される感情はすべて偽りだと信じていた。カッスルの父親のような田舎の医師などではなく、大使か植民地の総督と結婚してもおかしくなかったと本人は考えていた。

「元気そうですね、お母さん」とカッスルは言った。

「歳のわりには元気ですよ」彼女は八十五歳だった。キスをしに近づくセイラに向けたきれいな白い頬は、ラベンダー水の香りがした。「サムの具合はよくなったのかしら」

「今まででいちばん元気なくらいです」

「隔離期間は終わったの?」

「もちろんです」

それで安心して、カッスル夫人はサムが短いキスをすることを認めた。

「もうすぐ学校に行くんでしょう?」

サムはうなずいた。

「ほかの子たちと遊ぶのは愉しいわよ。ブラーはどこ？」

「ティンカーベルを探しに二階に行ったよ」とサムは満足そうに答えた。

昼食が終わると、セイラはカッスルと母親がしばらくふたりで話ができるように、サムとブラーを連れて庭に出ていった。これも毎月の決まりごとだった。セイラは気を利かせてそうしていたが、カッスルは、ふたりきりの会話が終わったときのほうが母親はうれしそうだと感じた。毎度長い沈黙ができ、夫人は飲みたくもないコーヒーのおかわりを注ぐ。そうして話題を切り出すのだが、カッスルには、気まずい時間をただ埋めるためにずっとまえから用意してあった話題だとわかるのだった。

「先週の飛行機の墜落事故はひどかったわね」とカッスル夫人は言い、コーヒーに砂糖の塊を落とした。自分のカップにはひとつ、カッスルのカップにはふたつ。

「ええ、そうでしたね。ひどい事故だった」カッスルは、どこの航空会社だったか思い出そうとした。TWA？　それともカルカッタ？

「もしあれにあなたとセイラが乗っていたら、サムはいったいどうなっていただろうって、つい考えてしまうのよ」

そこでカッスルは思い出した。「でもバングラデシュで起こった事故でしょう。どうしてわれわれが……」

「あなたは外務省の職員よ。どこに行かされてもおかしくない」

「そんなことはありえませんよ。ロンドンの机に鎖でつながれているのだから。それにもしわれわれに何かあったら、お母さんが保護者になってくれる」

「もう九十近いおばあさんよ」

「八十五ですよ、お母さん、まだまだ」

「バスの衝突事故でおばあさんが亡くなったという記事を毎週読むわ」

「あなたはバスには乗らない」

「バスに乗らないという決まりがあるわけじゃない」

「万が一お母さんに何かあったら、誰かほかに信頼できる人を見つけて保護者になってもらいます」

「それじゃ遅すぎるかもしれないよ。同時に事故に遭う可能性も考えて準備しておかなきゃ。それにサムの場合には――つまり、特別な問題があるから」

「肌の色のことを言ってるんでしょうね」

「あの子の後見人を大法官に選んでもらうわけにはいかないわ。お父さんがいつも言っていたように、裁判官の多くは人種差別主義者だから。それに、あなた、考えたことがある？　もしわたしたちがみんな死んでしまったら、あの子を引きとろうという人があちらに現われるんじゃない？」

「セイラの両親はもういません」

「あなたがあとに遺すものは、わたしたちにとってはわずかな額でも、大金と考えられるかもしれない――あちらにいる人たちにとってという意味よ。人が同時に死亡した場合、最年長者から死んだものと見なされる。少なくともわたしはそう聞いた。だからわたしのお金はあなたの遺産に加えられる。で、セイラにはなんらかの親戚がいるでしょうから、遺産を要求してくるかもしれない……」

「お母さん、あなたもちょっと人種差別主義者のようではありませんか？」

「いいえ、人種差別主義者なんかじゃありません。昔気質の愛国主義者というだけよ。サムは生まれたときからイギリス人ですからね、人がなんと言おうと」

「考えておきますよ」そのことばでほとんどの議論が終わるのだった。が、ときに変化を取り入れてみるのもいい。「このところ思うんです、お母さん。そろそろ引退しようかと」

「大した年金はもらえないでしょう？」

「貯金はいくらかあります。慎ましく暮らしていますし」

「貯金が多ければ多いほど、別の保護者を探しておくことは重要よ――万が一のために。お父さんのようにわたしもリベラルでありたいと思うけれど、サムが南アフリカに無理やり連れ戻されるのを見ることになったら、とても耐えられない……」

「見ることはありませんよ、そのときにはお母さんは死んでいるはずですから」

「わたしは何もかも最初から確信できないほうなの。無神論者じゃありませんから」

毎回つらい訪問のなかでも今回はとりわけつらく、カッスルはようやくブラーに救われた。ブラーは固い決意とともに庭から戻ってくると、さっそく囚われのティンカーベルを求めて二階に坐り込んだ。

「少なくとも」とカッスル夫人は言った。「ブラーの保護者にだけはなりたくないわね」

「それは約束します。バングラデシュの飛行機事故と、サセックスの老婦人組合のバスの衝突事故が同時に起きたときには、ブラーは安楽死させるよう遺言書で厳密に指示しておきます。できるだけ苦しまない方法をとるようにと」

「わたしが孫に選ぶなら、ああいう犬にはしないわ。ブラーのような番犬は肌の色に反応しすぎる。サムは神経質な子よ。あのくらいの歳だったあなたを思い出す」

「私は神経質だった？」

「ほんの小さな親切にも大げさに感謝していたわ。不安を感じていたのかもしれないけれど、わたしとお父さんがいるのにどうして不安になるんだか……学校で、誰かチョコレート入りのパンをくれた子に、上等の万年筆をあげたこともあるのよ」

「お母さん、今は金の無駄遣いをしちゃいけないとわかってますよ」

「どうだか」

「それにもうあまり感謝もしなくなった」しかしそう言いながらも、獄死したカースンのこと、セイラが言ったことを思い出してつけ加えた。「まあともかく、行きすぎないようにしていますよ。最近は一ペニーのパンより上等のものをもらっています」

「あなたについて、まえまえから変だと思っていたことがあるの。セイラといっしょになってから、メアリのことは一度も口にしていないでしょう。わたしはメアリがとても好きだった。彼女とのあいだに子供ができていればよかったのに」

「亡くなった人を忘れようとしているだけです」とカッスルは言ったが、それは嘘だった。結婚してほどなく自分が無精子症であることがわかり、子供はできなかった。しかし彼らは幸せだった——オクスフォード・ストリートに落とされた爆弾によって、愛児どころか妻が吹き飛ばされるまで。そのとき彼は連絡員に会うために、安全なリスボンにいた。妻を守ってやることができなかった。妻といっしょに死ぬことも。だから彼女のことは二度と口にしなかったのだ、たとえ相手がセイラであっても。

2

「あなたのお母さんでいつも驚くことは」とセイラが言った。ふたりはベッドに入って田舎の一日を振り返っていた。「なんの疑いもなく、サムをあなたの子だと思っていることよ。白人の父親にしては色が黒すぎると思ったことがないのかしら」

「肌の色合いにはあまり気づかないようだ」

「ミスター・ミュラーは気づいたわ。まちがいなく」

階下で電話が鳴った。真夜中近かった。

「なんてことだ」とカッスルは言った。「こんな時間に電話をかけてくるなんて。きみの言う覆面の男たちかな」

「出ないの？」

呼び出し音がやんだ。

「もし泥棒なら」とカッスルは言った。「あとでまた捕まえるチャンスがあるさ」

また鳴り出した。カッスルは腕時計を見た。

「いいから早く出て」

「ぜったいにまちがい電話だ」

「あなたが出ないなら、わたしが出る」

「ガウンを着なさい。風邪を引くよ」しかし彼女がベッドから出るなり、また音がやんだ。

「また鳴るわ」とセイラは言った。「先月もあったでしょう、夜中の一時に三回。憶えてる？」だが今度はもう鳴らなかった。

廊下の向こうから叫び声が聞こえた。セイラは言った。「なんて人たち。サムを起こすなんて。誰だか知らないけど」

「見てくるよ。きみは震えてる。さあ、ベッドに戻って」

サムが訊いた。「泥棒？　どうしてブラーは吠えなかったの？」

「ブラーは賢いからね。泥棒なんていないさ、サム。父さんの友だちが遅くに電話をかけてきたんだ」

「あのミスター・ミュラーって人？」

「いや、彼は友だちじゃない。寝なさい。電話はもう鳴らないから」

「どうしてわかるの」

「わかるんだ」

「何度も鳴ったよ」

「ああ」

「でもお父さんは出なかった。出ないのにどうして友だちだとわかったの」

「質問のしすぎだ、サム」

「秘密の暗号だったの？」

「おまえには何か秘密があるか、サム」

「たくさんあるよ」

「ひとつ教えてくれ」

「いやだ。教えたら秘密じゃなくなっちゃう」

「だろう。父さんにも秘密があるんだ」

セイラはまだ起きていた。「大丈夫」とカッスルは言った。「泥棒が電話をかけてきたと思ったようだ」

「ほんとうにそうなのかもしれない。どう答えたの？」

「あれは秘密の暗号だったと答えた」

「あなたはいつもあの子を落ち着かせる方法を心得てる。愛しているのね」

「そうだ」

「不思議。わたしにはわからない。サムがほんとうにあなたの子だったらよかったのに」

「私はそうは思わない。わかってるだろう」

「どうしてなのか、ずっとわからないわ」

「もう何度も説明したぞ。毎日髭を剃るときに、自分の顔は嫌というほど見てる」

「鏡に写っているのは、ただやさしい男の人でしょう、ダーリン」

「自分をそんなふうには形容できない」

「わたしにとってあなたの子供は、あなたがいないときにも生きるよすがになってくれるもの。あなたも永遠に生きているわけじゃない」

「そう。そこは神に感謝しないとね」カッスルは考えもせずことばを発して、後悔した。

セイラに同情を寄せられると、いつも己をさらしすぎてしまう。心を鬼にしようと思っても、つい何もかもしゃべってしまいそうになる。ときに皮肉な思いで、同情と折よく差し出す煙草を使いこなす狡猾な取調官に彼女をなぞらえることもあった。

セイラは言った。「心配なのはわかる。どうしてなのか、話してくれればいいと思う。でも、話せないのもわかる。きっといつかね……あなたが自由になったときに……」そして悲しげに言い添えた。「もし自由になることがあれば、モーリス」

第五章

1

カッスルはバーカムステッドの改札係に自転車を預け、階段をのぼってロンドン行きのプラットフォームに出た。彼はほとんどの通勤者の顔を把握していた。何人かとはうなずき合って挨拶を交わすほどだった。十月の冷たい霧が古城の草むした濠(ほり)の跡に立ち込め、線路の向こうの柳の枝でしずくとなって運河に滴(したた)っていた。カッスルはプラットフォームを端まで歩き、戻ってきた。見たことがないのは、みすぼらしいウサギのような毛皮を身につけた女だけだと思った。女はめったにこの線に乗らない。彼女がコンパートメントに入るのを見届け、より近くで観察するために同じ場所に入った。男たちは新聞を開き、女はデニーズ・ロビンスのペーパーバックを読みはじめた。カッスルは『戦争と平和』の第二巻を取り出した。人目につくところで愉しむためにこの本を読むことは、ほんのわずかな反抗心を見せるためだとしても、保安上問題があった。〝生死を分かつ線にも似たあの国境線を一歩越えれば、不確かさと苦難と死が待っている。何があるのか。誰がいるのか。あの平原の向こう、あの木の向こうに……〃。カッスルは窓の外を見て、トルストイの兵士の眼で、ボクスムアへとつうじる運河の水準器の泡のように静止した水面を見つめた。〃あれは太陽に輝く家の屋根だろうか。誰にもわからない。しかし誰もが知りたいと思っている。国境線を越えるのを怖れながら、越えたいと切望している……〃。

ワットフォードで列車が停まると、カッスルひとりがコンパートメントを出た。駅の発車時刻表の横に立ち、最後の客が改札を出るまで待った——女は来なかった。駅の外でバスに並ぶ人の列を見てためらい、また彼らの顔をたしかめた。そして腕時計に眼をやり、あえて彼に注意を向けた人間には、待ちきれなくなったのだろうと思わせる大げさなそぶりを見せて歩きはじめた。ついてくる者はいなかった。そう確信したが、列車のなかにいた女と些細なルール違反のことがいくらか気にかかった。とにかく細心の注意を払わなければならない。最初にあった郵便局に入り、オフィスに電話をかけてシンシアを呼び出した。彼女はワトスンやデイヴィスや彼本人より三十分は早く出勤している。

カッスルは言った。「ちょっと遅れるかもしれないとワトスンに伝えてもらえないか。ワットフォードの獣医に寄らなければならなくて。ブラーに妙な発疹が出てしまった。デイヴィスにも言っておいてくれ」実際に獣医に寄ってアリバイを作る必要があるだろうかと一瞬思ったが、気を配りすぎるのはときに気を配りすぎないのと同じくらい危険だと考えてやめにした。しかけは単純なのがいちばんだ――できるかぎり真実を話すのが得策であるように。真実は嘘よりはるかに憶えていやすい。カッスルは頭のなかのリストにあった三軒目の喫茶店に入り、待った。あとからついてきた長身痩軀の男には気づかなかった。男は使い古したコートを着ていた。「もしかして、あなたはウィリアム・ハッチャードではありませんか」

「いや、私はカッスルだ」

「失礼。そっくりだったもので」

カッスルはコーヒーを二杯飲み、《タイムズ》を読んだ。この新聞の価値は、読んでいて世間体がいいことだ。道の五十ヤードほど先で、コートの男が靴紐を結んでいた。一度、大手術を受けるために病棟から手術室へ運ばれたことがあるが、そのときに感じたのと同じ安心感を覚えた――自分はまたベルトコンベアにのせられて、定められた場所へ運ばれていく。どんな人やものに対しても、彼自身の体に対してさえ、なんら責任を負うことなく。よくも悪くも、あらゆることはほかの誰か――最高のプロである誰か――の手に渡り、面倒を見られる。こんなふうに最後には死も訪れるのだろうと彼は思った。ゆっくりと、満ち足りた気分でその見知らぬ男のあとを追った。遠からずあらゆる不安から解放される、そんな思いで死に近づきたいとつねづね思っていた。

気がつくと、エルム・ビューという通りに入っていた。ニレ（エルム）はおろか、木など一本も見当たらなかったが。導かれてたどり着いた家は、カッスルの自宅と同じようにどこにでもある、おもしろみのない家だった。玄関のドアには似たようなステンドグラスまでついていた。ここにもかつて歯医者がいたのかもしれない。前方の痩せた男は、ビリヤード台ほどの広さの前庭につうじる鉄製の門のまえで一度立ち止まり、また歩き出した。ドアの横には呼び鈴が三つあったが、表札が添えられているのはひとつだけで、それも擦り切れて、読めるのは〈……有限会社〉の文字だけだった。カッスルは呼び鈴を鳴らし、案内者がエルム・ビューを渡って、向かいの歩道を戻ってくるのを見た。カッスルのいる家のまえまで来ると、男は袖からハンカチを取り出して、鼻を拭いた。安全が確認されたという合図だったのだろう。ときを置かず、家のなかの階段をおりてくる足音が聞こえた。〝彼ら〟が用心しているのは、いるかもしれない尾行者からカッスルを守るためだろうか、それともカッスルの裏切りから自分たちを守るためだろうか。もちろん、両方ということもありうる。カッスルにとってはどうでもよかった――ベルトコンベアにのっているのだから。

ドアが開き、思いがけず懐かしい顔が現われた――驚くほど青い眼、歓迎を示すにこやかな笑み。左頰の小さな傷は、ワルシャワがヒトラーの手に落ちた子供時代についたものだとカッスルは聞かされていた。

「ボリス！」とカッスルは声を上げた。「もうきみには二度と会えないかと思った」

「会えてうれしいよ、モーリス」

不思議なことだとカッスルは思った。この世で彼をモーリスと呼ぶのは、セイラとボリスのふたりだけだ。母親が愛情をこめて呼ぶときには〝あなた(ディア)〟だし、オフィスではラストネームかイニシャルで通っている。カッスルはそれまで訪ねたこともない奇妙な家——階段のカーペットが擦り切れた、みすぼらしい家——で、たちまちくつろいだ気分になった。どういうわけか父親を思い出した。子供のころ、父親に連れられて、ちょうどこんな家に住む患者を訪ねたのかもしれない。

ボリスについて二階に上がり、小さな四角い部屋に入った。机と椅子が二脚あり、キャスターつきの大きな絵が飾られていた。大家族が庭で食事をしているところが描かれていて、食卓にはふつうでは考えられないほど多彩な料理が並べられていた。コース料理のすべての皿が同時に出てきたかのようだ——アップルパイが大きなローストビーフの塊の横にあり、サーモンの皿、リンゴの皿がスープ壺の隣にあった。水差し、ワインのボトル、コーヒーポットが置かれていた。部屋の本棚にはいくつか辞書が並び、半分消えた何語か判別できないことばの書かれた黒板にポインターが立てかけられていた。

「またこの国に送り返されたんだ、彼らがあなたの最後の報告書を受けとったあとで」とボリスは言った。「ミュラーに関する報告書だった。またここに来られてうれしいよ。フランスよりイギリスのほうがずっと好きだから。イワンとの関係はどうだった？」

「問題はなかったが、きみと同じようにはいかなかった」煙草のパックがないかと探ったが、見つからなかった。「ロシア人のことはよくわかっているだろう。私を信用していないという印象を受けた。それに、これまできみたちの誰にも約束していないことまでしょっちゅう要求してきた。たとえば、配置換えをしてもらえとか」

「マルボロを吸うんだったかな？」とボリスは言い、パックを差し出した。カッスルは一本もらった。

「ボリス、ここにいたときもずっと、カースンが死んだことを知っていたのか」

「いや、知らなかった。数週間前まで。今でもくわしいことは知らない」

「獄死したそうだ。肺炎にかかって。少なくとも彼らはそう言っている。イワンはまちがいなく知っていたはずだが、私がコーネリアス・ミュラーから聞くまで放っておいた」

「それほどショックを受けるようなことかな。状況を考えると。一度捕らえられたら――あまり希望はない」

「わかってる。だがいつかまた会えるんじゃないかと思っていたんだ。どこか南アフリカから遠く離れた隠れ家で――ひょっとしたら私の家で――セイラを救ってくれたことの礼を言えるんじゃないかと。しかし私のそんなことばを聞くこともなく、彼は死んでしまった」

「あなたがわれわれのためにしてくれたことが、いわば感謝の印だった。彼も理解してくれると思う。あなたが後悔することはない」

「そうかな。後悔は理性でどこかに追いやれるものではない――人を愛するのに似ている。人を愛するように、後悔する」

カッスルは嫌悪感とともに、こんな状況はありえないと思った。この世ですべてを話すことのできる相手が、本名すら知らないこのボリスという男しかいないなんて。デイヴィスに話すことはできない。カッスルの生活の半分はデイヴィスのあずかり知らないことだ。セイラにも話せない。セイラはボリスが存在することすら知らない。ボリスには、ポラナ・ホテルでサムに関する真実を知った夜のことまで話していた。指令者(コントロール)はカトリックにおける司祭にいくらか似ている。信者の告解がどのような内容であれ、感情を交(まじ)えることなく聞きとらなければならない。カッスルは言った。「指令者がきみからイワンに替わったとき、どうしようもなく寂しかったよ。イワンとはほんとうに仕事の話しかできなかった」

「ここを去るのは残念だった。彼らともさんざん議論した。できるだけとどまろうとしたんだ。だがそちらの組織の内情はよくわかっているだろう。こちらも同じだ。われわれも〝箱〟のなかで生活していて、どの箱を選ぶかは彼ら次第なんだ」同じ比喩をカッスル自身の職場で何度耳にしたことか。両方が同じ決まり文句を使っているのだ。

カッスルは言った。「本を替える時期だ」

「了解。それだけかな？　電話で緊急の合図を送ってきたから。ポートンの施設について何か新しい情報は？」

「ない。あれに関する彼らの話はどうも信じられない」

ふたりは教師と生徒のように、机の両側に置かれた坐り心地の悪い椅子に腰かけていた。ただこの場合には、生徒のほうが教師よりはるかに年上だが。これも告解室ではよくあることだ。老人が息子と言っても通用する若い司祭に己の罪を告白する。数少ないイワンとの打ち合わせでは、会話はつねに短く、情報が伝えられ、質問事項が渡され、あらゆることが簡潔だった。ボリスとは、もっとくつろぐことができた。「フランスへ行ったのは昇進だったのか？」もう一本、煙草をもらった。

「さあ。そういうことはわからないものだろう？　ここへ戻ってきたのは昇進かもしれない。つまり、彼らはあなたの報告書を重視していて、私のほうがイワンよりこの件をうまく扱えると判断したのかもしれない。それともイワンが疑われたのか。あなたはポートンの話を信じないというが、漏洩があるとそちらの人々が思っている確たる証拠はあるのかな」

「ない。ただわれわれのゲームでは、誰もが直感を信じるようになる。それに事実、彼らは課全体について定例の調査をおこなった」

「あなた自身が〝定例〟と言っている」

「そう。たしかに定例だったのかもしれない。調査の一部は大っぴらだった。だが私はもっと別の何かがあると思う。デイヴィスの電話は盗聴されているようだし、私の電話だってその可能性はある。されていないとは思うけれど。ともかく、自宅への呼び出し音の合図はもうやめたほうがいい。ミュラーの訪問とアンクル・リーマス作戦についての私の報告書は読んだだろう。漏洩があるならあるで、別のルートからそちらに情報が伝わっていればと心から思うよ。どうも囮の情報をつかまされているような気がしてならない」

「怖れる必要はない。あの報告書については細心の注意を払っている。ミュラーの任務はあなたの言う囮の情報ではないと思う。もしかするとポートンはそうかもしれないが、ミュラーはちがう。ミュラーについてはワシントンから確認を得た。われわれはアンクル・リーマス作戦を深刻にとらえている。あなたにはあの件に集中してもらいたい。地中海、湾岸、インド洋でのわれわれの活動に影響を与えるかもしれないから。あるいは太平洋にまで。長期的には……」

「私に長期的と言えるほどの時間はない、ボリス。もう引退する年齢を超えてるんだ」

「知っている」

「もう引退したい」

「それはこちらにとって都合が悪い。これからの二年間はとても重要だ」

「私にとってもだ。今後二年間を自分だけの考えですごしたい」

「何をして？」

「セイラとサムをかまってやる。映画を観にいく。穏やかな気持ちで歳をとる。私をはずしたほうがきみにとっても安全だろう、ボリス」

「なぜ？」

「ミュラーがやってきて、わが家の食卓につき、わが家の料理を食べ、セイラに礼儀正しく接した。恩着せがましいったらない。肌の色による差別などないふりをしていた。あの男ほど嫌なやつはいない！　あのろくでもないBOSSには虫酸が走る。カースンを殺しておいて、肺炎だったなどと言う連中が憎い。セイラを捕らえて獄中でサムを産ませようとしたあいつらが憎い。憎しみを抱いていない男を雇うほうがずっといい仕事ができるだろう、ボリス。憎しみは往々にしてまちがいを引き起こす。愛と同じくらい危険だ。私は二重に危険なんだ、ボリス。セイラを愛してもいるから。愛は双方の組織にとって障害になる」

　自分のことを理解してくれていると信じる相手に心中を明かして、カッスルは言いしれぬ解放感を味わった。青い眼はすべてを受け容れる友情をたたえ、笑みはいっとき秘密の重荷をおろしなさいと勧めていた。カッスルは言った。「私はアンクル・リーマス作戦で堪忍袋の緒が切れた。裏でアメリカと手を組んで、アパルトヘイトのろくでなしどもを手助けするなんて。ボリス、きみたちにも最悪の犯罪行為はあったが、それはすでに過去のものだ。未来はまだ訪れていない。〝プラハを忘れるな！　ブダペストを忘れるな！〟とオウムのように永遠にくり返してはいられない。あれはずっと昔の話だ。われわれは現在のことを心配しなければならず、現在とはアンクル・リーマス作戦だ。私はセイラを愛したときに生まれもっての黒人になったのだ」

「だったらなぜ自分のことを危険だと思う？」

「なぜって七年間、冷静にやってきたけれど、もう限界だからだ。コーネリアス・ミュラーのせいでとても冷静でいられなくなった。長官が彼を呼んだ狙いはまさにそこにあるのかもしれない。おそらく私を追い出したいのだ」

「あなたにはもう少しがんばってもらいたい。もちろん、このゲームは初期のころがいちばん簡単だ。ちがうかな？　矛盾はまだはっきり見えないし、秘密もまだ女性のヒステリーや更年期障害のように爆発するほどたまっていない。あまり心配しないほうがいい、モーリス。夜、バリウムとモガドンを飲みなさい。気分が落ち込んで誰かと話したくなったら、遠慮なく私を呼び出してくれ。そのほうが危険が少ない」

「私はカースンへの借りを返すために、もう充分働いてきた。そう思わないか」

「そう、わかっている。だがわれわれはまだあなたを失うわけにはいかない——アンクル・リーマス作戦があるから。あなたのことばを借りれば、生まれもっての黒人の助けが必要なのだ」

カッスルは成功に終わった手術の麻酔から覚めかけているような感覚を味わいながら言

った。「すまない。ばかなことを言ってしまった」実際に何を言ったのかは思い出せなかった。「ウィスキーを一杯くれないか、ボリス」

ボリスは机の抽斗を開け、ボトルとグラスを取り出した。「J&Bが好きだったね」グラスにたっぷりと注いで、カッスルがあおるのを見つめた。「このところ、飲みすぎじゃないかな、モーリス？」

「そう。でもそのことは誰も知らない。家で飲むだけだ。セイラは気づいているが」

「家のほうはどう？」

「セイラは電話が鳴るのを気にしている。覆面をつけた泥棒じゃないかって。サムは悪夢を見ているが、それはもうすぐ私立校に行くからだ——白人の学校に。もし私に何かあったらあのふたりはどうなるのか、それが心配だ。最後にはかならず何かが起こるものだ、ちがうか？」

「われわれにすべてまかせてくれ。約束する——あなたの脱出ルートはすでに念入りに計画してある。もし緊急事態が発生したら……」

「私の脱出ルート？　セイラとサムはどうなる」

「ふたりもあなたのあとを追う。われわれを信じてくれ、モーリス。きちんと彼らの面倒も見る。感謝の気持ちをどう示せばいいかも心得ている。ブレイクを憶えているだろう。われわれはきちんと最後まで仲間の面倒を見る」ボリスは窓辺に近づいた。「怪しい気配はない。そろそろ出勤してもらおうか。私の最初の生徒があと十五分でここに来るんだ」

「何語を教えてる？」

「英語だ。笑わないで」

「きみの英語はほぼ完璧だ」

「今日の最初の生徒は私と同じポーランド人だ。ドイツ軍からではなく、われわれから逃げてきた亡命者でね。好人物だ。マルクスを徹底的に批判してる。おや、笑ったね、その調子。もう二度と今みたいにため込まないでほしいな」

「今回の保安調査には、デイヴィスでさえまいってる。彼は無実なのにだ」

「心配しなくていい。こちらも攻撃のかわし方はわかっているつもりだ」

「できるだけ心配しないようにする」

「これからは三番目の隠し場所を使う。もし厳しい状況になったらすぐに連絡してくれ。私はあなたを助けるためだけにここにいるのだから。信じてくれるね？」

「もちろん信じている、ボリス。それよりきみの側の人たちは私のことを信じてくれてるんだろうね。本を使った暗号なんて、あまりにも悠長で古臭い連絡手段だ。どれほど危険か、きみにはわかっているだろう」

「あなたを信じていないからじゃない。あなた自身の安全のためだ。あなたの家は定例の調査でいつ手が入ってもおかしくない。最初は彼らもあなたにマイクロフィルムの装備一式を渡そうとしたんだが、私が許さなかった。これで答になってるかな」

「もうひとつある」

「言ってくれ」

「無理な願いであることはわかっている。だが嘘をつく必要がなくなればいいと思う。そして、われわれが同じ側に立っていればいいとも」

「われわれ？」

「きみと私だ」

「まちがいなく同じ側だと思うけれど？」

「そう、今回の場合……今のところはね。一度イワンが私を脅迫しようとしたことは知ってるだろう？」

「愚かな男だ。だから私が呼び戻されたんだと思う」

「きみと私とのあいだでは、つねにはっきりしていた。私はきみの望む自分の課内の情報をすべて渡す。だがきみの信奉しているものを共有することはない。つまり、私は決してコミュニストにはならない」

「もちろん。あなたの考え方はつねに理解している。われわれはアフリカについてのみ、あなたの力を借りる」

「だがきみに渡すものについては、私自身が判断しなければならない。アフリカではきみとともに闘うが、ボリス、ヨーロッパでそうはいかない」

「われわれがあなたに求めるのは、入手可能なアンクル・リーマス作戦についての詳細情報だけだ」

「イワンは多くを求めた。私を脅迫した」

「イワンはいなくなった。忘れてくれ」

「私がいないほうが、きみはうまくやれる」

「ちがう。うまくやれるのはミュラーと彼の友人たちのほうだ」とボリスは言った。

躁鬱病さながらカッスルは感情を爆発させ、ときおり起こる気分の沸騰をやりすごして、ほかの場所では感じられない解放感にひたった。

2

今回の食事はトラヴェラーズ・クラブだった。ジョン・ハーグリーヴズ卿はこのクラブの理事ということもあって、かなりくつろぐことができた。またこの日は、このまえいっしょに食事をとった日よりずっと寒く、とても公園に出て歩く気にはなれなかった。

「ああ、考えていることはわかるよ、エマニュエル。だがみんなきみのことを知りすぎている」と彼はパーシヴァルに言った。「だからコーヒーのときにはわれわれをふたりきりにした。きみが魚のことしか話さないのがよくわかっているからだ。ところで、ここのマスの燻製(くんせい)はどうだった？」

「ちょっと乾いてますね」とパーシヴァルは言った。「リフォームと比べると」

「ローストビーフは？」

「焼きすぎていませんでした？」

「きみは喜ばせることができない男だ、エマニュエル。葉巻をやりたまえ」

「本物のハバナなら」

「当然だ」

「ワシントンでも本物のハバナが手に入りますかね」

「雪解け(デタント)が葉巻にまで及んでいるか疑問だな。ともかくレーザービームを使った新型兵器の問題が最優先だ。まったくなんというゲームだろうな、エマニュエル。ときどきアフリカに戻りたくなるよ」

「昔のアフリカに」

「そう、昔のアフリカにだ」

「もう永久に消え去ってしまいました」

「はたしてそうかな。新兵器が残りの世界を破壊してしまえば、道にはまた草が茂り、新しい豪華ホテルは瓦礫と化し、森林が戻ってくるかもしれない。族長や祈禱師も――トランスヴァールの北東部には今でも雨乞いの女がいる」

「同じことをワシントンでも話すつもりですか」

「いや。だがアンクル・リーマス作戦のことは淡々と話すよ」

「計画に反対なのですか」

「アメリカとわれわれ、南アフリカは決して相容れない同盟者だ。それでも計画はまえに進む。本物の戦争がない今、ペンタゴンが戦争ゲームをしたがっているからだ。まあ、ミスター・ミュラーの相手はカッスルにやらせておくよ。ちなみに、ミュラーはボンに向かった。西ドイツまでこのゲームに加わらないといいがな」

「あなたはどのくらい滞在しているのですか」

「十日以内ですませたいね、できるなら。ワシントンの環境があまり好きではないのだ――あらゆる意味において」いかにも満足げに微笑んで、葉巻の長い灰を落とした。「カストロ議長の葉巻は」と言った。「バティスタ軍曹のものにまったく引けをとらないな」

「ちょうど魚が針にかかったように思えるのに、あなたがいなくなるのは残念です、ジョン」

「きみなら私の助けがなくとも釣り上げられると信じている。それに、釣ってみたらただの古靴かもしれないわけだし」

「そうは思いません。古靴がかかったときの感触はわかりますから」

「きみに全幅の信頼を置いているよ、エマニュエル。もちろん、ディントリーにもだが」

「もし彼と意見が合わなかったらどうします」

「最終的にはきみの判断だ。この件に関しては、私に次ぐ決定権を与える。ただくれぐれも、エマニュエル、ことを急ぎすぎないように」

「急ぐのはジャガーに乗っているときだけです、ジョン。釣りをしているときには、そうとう忍耐強いほうですよ」

第六章

1

カッスルの列車は四十分遅れでバーカムステッドを出た。トリングの先で線路の補修工事があったためで、オフィスに到着すると誰もおらず、それまでになかったような空虚感が漂っていた。カッスルは、デイヴィスがいないことだけでは、その雰囲気を説明することはできなかった。カッスルが部屋でひとりになることはそれまでいくらでもあった――デイヴィスが昼食に出たり、手洗いに立ったり、シンシアとのデートで動物園に行ったりしたときに。半時間ほどして、ようやく受信トレイにシンシアからのメモがのっていることに気がついた――〝アーサーは病気です。デイントリー大佐が会いたいとのことです〟。一瞬、アーサーとはいったい誰だろうと思った。デイヴィスをデイヴィス以外の名前で認識することがめったになかったからだ。ついにシンシアが彼の執拗な求愛に屈しはじめたということだろうか。だからファーストネームを使うようになったのだろうか。カッスルはシンシアを電話で呼び出して訊いた。「デイヴィスはどこが悪い？」

「わかりません。環境省の人がかわりに電話をかけてきたんです。胃が急に痛くなったとかで」

「二日酔いか？」

「ただの二日酔いだったら、本人が電話してくると思います。あなたがまだ来ていなかったので、どうすればいいかわからなくて、ドクター・パーシヴァルに連絡しました」

「彼はなんと言った？」

「あなたと同じです――二日酔いだ、ポートとウィスキーを飲みすぎたって。ふたりは昨日の夜、いっしょにいたみたいです。ドクターは昼休みに彼を診にいくと言っていました。それまでは忙しいからと」

「深刻な病気じゃないんだろうね」

「深刻ではないと思いますが、二日酔いでもないと思います。深刻だったら、ドクター・パーシヴァルはすぐに診にいきますよね、ちがいます？」

「長官がワシントンに行って留守だから、診察をしている時間はあまりないと思う」とカッスルは言った。「デイントリーに会いにいくよ。部屋番号は何番だっけ」

カッスルは七二号室のドアを開けた。なかにデイントリーとパーシヴァルがいた。ふたりは議論の最中のようだった。

「ああ、カッスル」とディントリーが言った。「会いたかったんだ」

「私は失礼するよ」とパーシヴァルが言った。

「またあとで話しましょう、パーシヴァル。あなたの意見には賛成できない。申しわけないが、そういうことです。同意しかねる」

「私が箱の話をしたことを憶えているかね――ベン・ニコルソンの話もだ」

「私は画家ではありません」とディントリーは言った。「抽象画もわからない。ともかく、またあとで」

ドアが閉まったあと、ディントリーはしばらく黙り込んでいたが、やがて口を開いた。

「結論に飛びつく人間はどうも好きになれない。私自身は証拠を信頼するように育てられてきたから――本物の証拠を」

「何か悩みごとでもあるのですか」

「病気の疑いがあると言うなら、血液検査をして、X線写真を撮ればいい……ただ推測して診断するのではなく」

「ドクター・パーシヴァルのことですか？」

ディントリーは言った。「どう話せばいいかわからないな。もともとあなたと話すべきことではないから」

「どんなことでしょう」

デイントリーの机には美しい娘の写真が飾られていた。デイントリーの眼はたびたびそこへ戻っていった。彼は言った。「ここで働いていると、ものすごく寂しくなることがないかな？」

カッスルはためらいながら答えた。「まあ、私はデイヴィスと仲よくやっていますから。それで大いに助かっています」

「デイヴィス？　そう、デイヴィスについて話したかったのだ」

デイントリーは立ち上がり、窓辺に歩いていった。独房に閉じ込められた囚人のような印象を与えた。今にも雨が降りそうな暗い空を不機嫌そうに見つめ、何か不安を抱えているような面持ちだった。「灰色の空。秋も深まったな」

「〝眼に映るものみな変わり、衰えゆく〟」とカッスルは引用した。

「それはなんだね」

「昔、学校で歌った讃美歌です」

デイントリーは机に戻り、また写真と向かい合った。「私の娘だよ」紹介しなければならないと感じたように言った。

「美しい娘さんだ。何よりです」

「今週末に結婚するんだ。だが私は出席しないと思う」

「夫になる男が気に入らないとか？」

「いや、まともな男だよ。じつは会ったことがない。だが会って何を話す？　ジェイムスンのベビーパウダーのことか？」

「ベビーパウダー？」

「ジェイムスンがジョンソンを打ち負かそうとしている――少なくとも娘はそう言っている」椅子に腰かけ、不満げに押し黙った。

カッスルは言った。「ディヴィスは病気で休みです。今朝、私は遅れて出てきたのですが、まずい日に休んでくれたものです。ザイールからの報告を私が処理しなければならない」

「残念だな。ではあまり引き止めないようにしよう。ディヴィスが病気だとは知らなかった。重くはないんだろう？」

「大丈夫だと思います。ドクター・パーシヴァルが昼休みに診にいくそうです」

「パーシヴァルが？」とデイントリーは言った。「かかりつけの医者はいないのか」

「ドクター・パーシヴァルが診察すれば、料金は部の負担ですからね」

「そうだな。ただパーシヴァルはここでの勤務が長いから、少々時代遅れになっているかもしれないと思っただけだ。もちろん、医学的にという意味だが」

「まあ、ごく単純な診察だろうとは思いますが」カッスルの耳にさきほどのデイントリーとパーシヴァルの会話が響いた。

「カッスル、要するに訊きたかったのはたったひとつだ。あなたはディヴィスに満足しているんだね」

「〝満足している〟とはどういう意味です。ふたりでうまくやっていますよ」

「ときにあまりに単純でばかげた質問をしなければならないこともあるが、私は保安担当だ。なかにはあまり意味のない質問もある。ディヴィスはギャンブルをするね？」

「いくらかは。馬の話をするのは好きですね。大きな勝ち負けはないようですが」

「酒も飲む？」

「私のほうが飲むくらいです」

「では完全に彼を信頼しているんだね？」

「完全に。もちろん、われわれはみなあやまちを犯します。何か苦情でもあったのですか？　ディヴィスは異動させたくありませんね。ロレンソマルケスに行くなら別ですが」

「私が質問したことは忘れてくれ」とデイントリーは言った。「誰についても同じようなことを訊いているのだ。あなたについてさえ。ニコルソンという画家は知っているかな？」

「いいえ。うちの工作員ですか？」

「いや、ちがう。ときどき私は」とデイントリーは言った。「世のなかのことに疎くなっているような気がする。ところで、ふと思ったんだが――いや、あなたは毎晩、かならず家族のところへ帰るんだったな」

「ええ、まあ……そうです」

「もし何か理由を見つけて、ひと晩だけでも町に残ることができるなら……夕食でもいっしょにどうかと思って」

「そういう機会はなかなかありません」とカッスルは言った。

「だろうね」

「わかっていただけると思いますが、私がいないと家内が不安がりますので」

「もちろんだ。わかるよ。ちょっと思っただけだ」ディントリーはまた写真を見ていた。

「娘とはよくいっしょに食事をしたよ。ほんとうに幸せになってくれるといいが。こちらでしてやれることなんてないだろう？」

沈黙がなじみのスモッグのように垂れ込めて、ふたりを隔てた。ふたりとも歩道が見えず、手探りでまえに進むしかなかった。

カッスルは言った。「うちの息子はまだ結婚するような歳じゃありませんから、そういう心配をしなくてすむのが救いです」

「土曜は出てくるだろう？一、二時間、遅く帰るわけにはいかないか……結婚式で、知っているのが自分の娘しかいないんだ。もちろん彼女の母親は別として。彼女が――娘のことだが――言うには、もし私にその気があるなら、職場から誰かを連れてきてもいいと。

話し相手にね」

カッスルは言った。「もちろん、喜んで……もしほんとうにそうお思いなら……」彼は人の悩みを聞いてはねつけることがめったにできないのだった――たとえどれほど複雑な暗号で示されようと。

2

カッスルはその日ばかりは昼食を抜いた。空腹は苦にならないが、日課に逆らったことだけが胸につかえた。気分が落ち着かなかった。デイヴィスが大丈夫であることを確かめたかった。

まるで愛想のないワトスンからのメモも含め、書類をすべて金庫にしまって鍵をかけ、一時に大いなる匿名の建物を出ようとしたときに、玄関口でシンシアに会った。カッスルは言った。「デイヴィスの様子を見にいってくる。いっしょに来るかい」

「いいえ。どうしてわたしが？　買い物もたくさんしなきゃならないのに。それにどうして行くんです？　そんなに重い病気なんですか？」

「重くはないが、一応見にいこうと思って。アパートメントにひとりきりだろう。環境省の連中はいるが、夕方まで帰ってこないだろうし」

「ドクター・パーシヴァルが診察にいくと約束してくれましたよ」

「ああ、わかっている。だがもう帰っているだろう。きみもいっしょに行きたいのではないかと思っただけだ……ちょっと様子を見に……」

「まあ、長居しないなら行けますけど。花は持っていかなくてもかまいませんよね。病院のお見舞いみたいに」シンシアはなかなか辛辣な娘だった。

デイヴィスが部屋着姿でドアを開けた。シンシアを見て一瞬顔を輝かせたが、あいにくカッスルもいることに気づいた。

デイヴィスはがっかりした口調で言った。「あなたでしたか」

「どこが悪いんだね、デイヴィス？」

「さあ。大したことじゃないんです。昔から肝臓の調子はよくありませんから」

「あなたの友だちは電話で胃痛だとか言ってたわ」とシンシアが言った。

「肝臓は胃のすぐそばだろう？　それとも腎臓だっけ。自分の体のどこに何があるのかまるでわからない」

「シーツを替えてあげる、アーサー」とシンシアは言った。「そのあいだにふたりで話して」

「いや、いい、大丈夫。ちょっとしわが寄ってるだけだから。どうか坐ってくつろいで。

何か飲み物でもどうだい」

「カッスルさんと飲んでいて。わたしはシーツを取り替えるから」

「意志が強いんですよ」とディヴィスは言った。「何にします、カッスル？　ウィスキーでも？」

「ほんの少しもらおうか。ありがとう」

ディヴィスはグラスを二個出してきた。

「肝臓の調子が悪いなら飲まないほうがいいぞ。ドクター・パーシヴァルはなんと言った？」

「ぼくを怖がらせようとしましたよ。医者はみんなそうでしょう？」

「私ひとりで飲んでもかまわない」

「酒を少し控えないと肝硬変になる怖れがあるって。明日、X線写真を撮ってもらわなきゃなりません。人より余計に飲んでるわけじゃないって説明したんですけどね。肝臓が弱い人間もなかにはいると言われて。医者には何を言っても切り返される」

「私ならそのウィスキーは飲まないな」

「減らせと言うから、これも量を半分にしたんですよ。もうポートも飲まないと約束しました。まあ、少なくとも一、二週間はね。言われるがままって感じです。来てくれてうれしいですよ、カッスル。わかります？　実際、ドクター・パーシヴァルはちょっと怖かった。知ってることをぜんぶ話してないんじゃないかという気がしました。もしロレンソマルケス行きが決まっていて、彼にそれを阻まれるとしたら、ひどい話だと思いません？それに、怖いことはもうひとつある――彼らはぼくのことを話してませんでしたか？」

「いや。まあ、きみに満足しているかと今朝ディントリーに訊かれたから、満足していると答えておいたが――完全に満足しているとね」

「あなたはいい人だ、カッスル」

「あの保安調査とやらをばからしいと思っているだけだ。きみがシンシアと動物園で会った日があっただろう……あのとき私は、きみは歯医者に行っていると説明した。なのに彼らは……」

「ええ。ぼくは何をやっても見つけられる口なんです。でもほとんどのルールにはしたがっている。それがぼくなりの忠誠心の示し方です。でもあなたはちがう。ぼくはたった一度、昼食のときに読もうと思って報告書を持ち出したら見つけられた。でもあなたが何度となく持ち出すのをぼくは見ている。あなたは危険を冒す――司祭はときにそうしなければならないとよく言われるように。もしぼくが何か情報をもらしているなら――たとえばの話です、もちろん――あなたのところへ告解にいくでしょう」

「赦罪を期待して？」

「いいえ。わずかながらの正義を期待して」

「だとしたらきみはまちがっている、デイヴィス。私には〝正義〟が何かこれっぽっちもわかっていない」

「つまり夜明けに銃殺刑に処すというわけですか」

「まさか。私は好きな人間はかならず赦すよ」

「へえ、それならほんとうに保安上危険なのはあなただ」とデイヴィスは言った。「このくだらない調査がいつまで続くと思います？」

「漏洩の原因を突き止めるか、漏洩そのものがないという結論を出すまでだろうな。おおかたMI5にいる男が証拠を読みちがえたんだろう」

「女かもしれませんよ、カッスル。どうして女じゃいけないんです。ぼくでもあなたでもワトスンでもないなら、秘書の誰かかもしれないでしょう。そう思うとぞっとしますが。このまえ、シンシアがいっしょに夕食をとるって約束してくれたんです。ストーンズで彼女を待っていたら、隣のテーブルにも誰かを待っているかわいい娘がいた。ふたりで顔を見合わせて、ちょっと微笑みを交わしました。どちらもふられたようだったから。失意の仲間です。よほど話しかけようかと思ったんですが――シンシアにがっかりさせられたんだからいいやというわけで――そこで思ったんです、彼女はぼくを罠にかけるために送られてきたのではないかと。彼らはぼくのオフィスの電話を盗聴して、この店を予約することを知ったのではないかと。シンシアは彼らの命令で足止めを食らったのかもしれない。

で、その娘のテーブルに誰が来たと思います？　デイントリーですよ」

「それは彼の娘だったんじゃないか」

「われわれの仕事では実の娘も使いますよね。なんてばかげてるんだろう。誰も信用できないなんて。もうシンシアでさえ信じられなくなった。シーツを取り替えてますが、いったい何を見つけようと思ってるんだか。と言っても、昨日のパンくずぐらいしか見つかりませんが。彼らはそれも調査するんでしょう。パンくずのなかにマイクロフィルムが隠されてるかもしれないって」

「あまり長居はできない。ザイールから報告が届いている」

デイヴィスはグラスを置いた。「パーシヴァルがあんなことを言うものだから、ウィスキーの味まで変わったような気がする。ほんとうにぼくが肝硬変になってると思います？」

「思わない。しばらく酒を控えれば大丈夫さ」

「口で言うのは簡単だ。退屈すると飲んでしまうんです。あなたは運がいい、セイラがいるから。サムはどうしてます？」

「しょっちゅうきみのことを訊いてるよ。きみほどかくれんぼがうまい人間はいないと言っている」

「人なつっこいやんちゃ坊主だ。ぼくにもやんちゃ坊主がいればいいのにな。でも母親はシンシアでないと。なんて望みを抱いてるんだか！」

「ロレンソマルケスの気候はよくないぞ……」

「六歳までの子供なら大丈夫だと言われてますよ」

「シンシアは落とせるかもしれない。なんと言っても、きみのシーツを取り替えてるんだから」

「ええ、ぼくに対して母親のようにふるまうんです、言ってしまえば。でも彼女はつねに尊敬できる人を探しているようなタイプです。まじめな人間が好きなんです——たとえば、あなたみたいな。ぼくの問題は、まじめになっているときほどふまじめに見えることです。まじめに行動するのが恥ずかしくて。誰かがぼくのことを尊敬しているところなんて想像できます？」

「サムは尊敬している」

「シンシアがかくれんぼで喜ぶとは思えない」

シンシアが戻ってきて言った。「ぐちゃぐちゃだったわよ。最後にシーツを替えたのはいつ？」

「家政婦が月曜と金曜に来る。今日は木曜だ」

「どうして自分でやらないの」

「ベッドに入ったらそこにあるシーツを引き上げるだけだ」

「環境省の人たちは？　どうしてるの」

「ああ、彼らは正式に報告されるまで汚染には気づかないように訓練されている」

デイヴィスはふたりをドアのまえで見送った。シンシアは「また明日ね」と言い、さっさと階段をおりていった。途中で振り返って、買い物がたくさんあるのと大声で言った。

ぼくを見ないでほしかった
愛してはならないというのなら

デイヴィスが引用した。カッスルは驚いた。デイヴィスがブラウニングの詩を読んでいようとは夢にも思わなかった――もちろん、学校では読んだだろうが。

「さて」とカッスルは言った。「ザイールの報告に戻るよ」

「すみませんね、カッスル。あれが鬱陶しいのはわかっています。でも仮病じゃないんですよ。断じてちがいます。二日酔いでもない。脚や腕がなんだかゼリーみたいなんです」

「ベッドで寝ていなさい」

「そうします。今かくれんぼをやっても、サムは感心しないだろうな」とデイヴィスは言い、手すりにもたれてカッスルが去るのをじっと見ていた。カッスルが階段の上まで来ると呼ばわった。「カッスル」

「なんだい」カッスルは振り返った。

「これでだめになるとは思いませんよね？」

「だめになる？」

「ロレンソマルケスに行けたら、ぼくは別人のようになりますよ」

「できるかぎりのことはした。長官にも話した」

「あなたはいい人だ、カッスル。感謝します、結果がどうなるにしろ」

「ベッドに戻って休みなさい」

「そうします」しかしデイヴィスは、カッスルが階段をおりはじめてもその場にとどまり、ずっと見ていた。

第七章

1

カッスルとデイントリーは結婚登記所に最後に到着し、殺風景な茶色の部屋の最後列に腰をおろした。四列の空席を隔ててほかの客が坐っていた。十数名いる客は教会での結婚式のように家族によってふたつに分かれ、互いにいちじるしい興味といくらか軽蔑の混じった視線を送り合っていた。このあと両家に和解をもたらすのはシャンパンしかない。

「あれがコリンだ」デイントリー大佐が、登録係の机のまえでつい先ほど娘の横に立った若者を指差して言った。「名字すら知らない」とつけ加えた。

「あのハンカチを持った女性は誰です？　何かとり乱しているように見えるけれど」

「私の妻だ」とデイントリー大佐は言った。「あいつに気づかれるまえにここを出られるといいが」

「それは無理です。娘さんにせめて来たことぐらい知らせないと」

登録係が話しはじめた。劇場で幕が上がったときのように、誰かがふたりに「しいっ」と言った。

「義理の息子さんの名字はクラッターズ（〝がらくた〟の意）です」とカッスルは囁いた。

「絶対に？」

「絶対とは言えませんが、そう聞こえました」

登録係が宗教色のない講話めいた祝いのことばを手短に述べた。何人かの出席者が言いわけがましく腕時計を見て退出した。「われわれも出られるかな」とディントリーが訊いた。

「だめです」

とは言え、参列者がみなヴィクトリア・ストリートに出ても、誰も彼らに気づく様子はなかった。タクシーが猛禽類（もうきんるい）のように近づいてくると、ディントリーはまたしても逃げ出そうとした。

「娘さんに失礼でしょう」とカッスルは反論した。

「みんながどこへ向かっているかも知らないのだ」とディントリーは言った。「どこかのホテルだろうと思うけれど」

「ついていけばいいんです」

そして彼らはついていった――はるかハロッズ百貨店のまえまで、そしてその先にうっすらと漂う秋の霧のなかへと。

「どのホテルなのか見当もつかない……」とディントリーは言った。「どうやらはぐれてしまったようだ」身を乗り出して前方の車に眼を凝らした。「そこまで運はよくないか。妻の後頭部が見える」

「そんなにはっきりとは見えないでしょう」

「それでもまちがいない。十五年間、結婚してたんだ」と言って、暗い声でつけ加えた。「最後の七年は話もしなかったが」

「シャンパンを飲めば話も弾みます」

「シャンパンは嫌いなんだ。だが親切にありがとう、カッスル、つき合ってくれて助かった。とてもひとりでは対処できなかったよ」

「グラス一杯だけ飲んで立ち去りましょう」

「どこへ向かっているのかもわからない。こっちのほうへはもう何年も来ていないな。新しいホテルがいくつも建っているようだ」

ふたりのタクシーは速度を上げたり落としたりしながら、ブロンプトン・ロードを走っていった。

「ふつうは新婦の家に行きますね」とカッスルは言った。「ホテルでないとすれば」

「家はないんだ。一応、女友だちとアパートメントを借りているが、もう長いことあのクラッターズという男といっしょに住んでいる。クラッターズ！　なんて名前だ！」

「正確にはクラッターズではないかもしれません。登録係の声がほとんど聞きとれなかったので」

三日月型の街路に建つかわいらしすぎる小さな家のまえで、タクシーが小包の贈り物を届けるかのように次々と客を降ろしはじめた。客の数が少ないのは幸いだった。そのあたりの家は大きなパーティ向きではない。二十人も入れば壁がたわむか床が抜けそうだった。

「どこに来たかわかったと思う——妻のアパートメントだ」とデイントリーは言った。

「ケンジントンの物件を買ったと言っていたから」

客は混み合う階段をじりじりとのぼって、居間に入った。机という机、本棚、ピアノ、暖炉の上から、警戒怠りない捕食者の眼と曲がった残忍なくちばしを持った陶器のフクロウが彼らを見すえていた。「ああ、やっぱり彼女のアパートメントだ」とデイントリーは言った。「昔からフクロウが大好きだったから。私と別れてからもっと好きになっているようだが」

ビュッフェのテーブルのまえに群がる人混みのなかで、デイントリーの娘の姿は見えなかった。ときおりシャンパンの栓を抜く音がした。ウェディングケーキも用意されていて、ピンク色の砂糖で作られた飾りの台の上にまで、石膏のフクロウが微妙なバランスでのっていた。デイントリーとそっくりの形に口髭を切りそろえた長身の男が近づいてきて言った。「どなたかは知りませんが、どうぞチャンパーズ（シャンパンの俗語）をやってください」古い言いまわしから判断して、第一次世界大戦を体験した人物のようだった。大昔の招待主のような、心ここにあらずといった雰囲気をかもしていた。「節約してウェイターは使わないことにしましたので」と説明した。

「私はデイントリーです」

「デイントリー？」

「私の娘の結婚式なのです」とデイントリーはビスケットのように乾ききった声音で言った。

「ああ、するとあなたはシルヴィアのご主人で？」

「まだあなたの名前をうかがっていませんが」

男は「シルヴィア！　シルヴィア！」と呼びながら離れていった。

「出よう」もうどうでもいいといった調子でデイントリーは言った。

「娘さんにひと言声をかけないと」

ビュッフェのまわりにいた客をかき分けて、ひとりの女が駆け寄ってきた。登記所で涙ぐんでいた女だとカッスルは思ったが、もう涙ぐむ気配はまったく見せずに言った。「ダーリン、あなたがいるってエドワードが教えてくれたの。よく来てくれたわ。仕事が忙しくてさぞたいへんだったでしょうに」

「そう、そろそろ戻らなきゃならない。こちらはミスター・カッスルだ。同じ職場の」

「あのろくでもない職場ね。初めまして、ミスター・カッスル。エリザベスを呼んでこなきゃ――コリンもね」

「呼ばなくてもいい。ほんとうにそろそろ行かないと」

「わたしも今朝来たばかりなのよ。ブライトンから。エドワードが車で連れてきてくれたの」

「エドワードって？」

「ほんとうに助かったわ。シャンパンも食べ物も注文してくれて。こういうとき、女は男の手助けが必要なのよね。あなた、少しも変わってないわ、ダーリン。もうどのくらいになるかしら」

「六――七年か？」

「時間のすぎるのの早いこと」

「またずいぶんフクロウを集めたな」

「フクロウ？」彼女は離れていきながら「コリン、エリザベス、こっちに来て」と呼ばわった。新郎新婦は手に手を取って現われた。デイントリーは、娘がそんな子供じみた純真さを見せるとは思ってもみなかったが、彼女は結婚したら手をつなぐものだと思っているのかもしれなかった。

エリザベスが言った。「来てくれてほんとうにうれしいわ、お父さん。こういう集まりがどれほど嫌いかよくわかってるから」

「結婚式は初めてだ」デイントリーは彼女の相手を見た。真新しいピンストライプのスーツにカーネーションをつけていた。髪は真っ黒で、両耳を覆うように梳きつけてあった。

「初めまして。エリザベスからつねづね話はうかがっています」

「きみのことはあまり聞いてないな」とデイントリーは言った。「するときみがコリン・クラッターズだね」

「クラッターズじゃないわ、お父さん。どこからそんな名前を思いついたの？　彼の名前はクラフよ。もうわたしたちの名前だけれど」

登記所には来ていなかった祝い客がなだれ込んできて、カッスルはデイントリー大佐から引き離された。ダブルのチョッキを着た男が声をかけた。「知り合いが誰もいないんですよ――もちろんコリンは別ですが」

陶器が割れる音がした。デイントリー夫人の声がざわめきより大きく響いた。「たいへん、エドワード、今のはフクロウ？」

「いや、ちがう。心配しなくていいよ、きみ。ただの灰皿だ」

「誰ひとり知らないんです」とチョッキの男がくり返した。「ちなみに私はジョイナーといいます」

「私はカッスルです」

「コリンの知り合いですか」

「いや、デイントリー大佐と来ました」

「それは誰？」

「新婦の父親です」

どこかで電話が鳴った。誰も気にもとめなかった。

「コリンと話してみてください。聡明な若者です」

「名字がなんだか妙じゃありませんか」

「妙？」

「つまり……クラッターズというのは……」

「彼の名字はクラフですよ」

「ああ、じゃあ聞きまちがいだ」

また何かが壊れる音がした。エドワードの頼もしい声がどよめきを破った。「心配しないで、シルヴィア。大したものじゃない。フクロウはみんな無事だよ」

「彼はうちの広告に革命をもたらしました」

「いっしょに働いているのですか」

「ジェイムスンのベビーパウダーの代表者と思ってください」

エドワードと呼ばれる男がカッスルの腕をつかんで言った。「あなたはカッスル？」

「ええ」

「電話がかかっています」

「ここにいることは誰も知らないはずなのに」

「女性です。ちょっと興奮していて、緊急の用件だと」

カッスルはセイラのことを考えた。この結婚式に出ることは彼女も知っているが、最終的な行き先はディントリーでさえ知らなかった。サムがまた病気になったのだろうか。カッスルは尋ねた。「電話はどこですか」

「こっちです」しかし彼らが電話にたどり着いたときには——白いダブルベッドの横で白いフクロウに守られている白い電話だった——受話器は架台に戻されていた。「申しわけない」とエドワードは言った。「またかかってくると思いますが」

「名前は名乗りました？」

「この騒ぎなのでよく聞こえなかったのです。泣いていたような気もします。あちらでもう一杯チャンパーズをどうです」

「もしよければ、電話の近くで待っていたいのですが」

「では申しわけないが私は失礼します。ごらんのとおり、あちこちにあるフクロウを見てなきゃならない。どれかに傷でもつこうものなら、シルヴィアが嘆き悲しみますんでね。

どこかに片づけてしまおうと言ったんですが、百個以上あるんですよ。ぜんぶ取り払ってしまうと、部屋がスカスカになってしまう。あなたはディントリー大佐のご友人で？」

「同じ職場で働いています」

「例の秘密だらけの職場ですな。こんなところで彼に会うのはちょっと気まずかった。彼は来ないだろうとシルヴィアが言ったんです。おそらく私のほうが出席を控えるべきだったんでしょう。気を利かせて。でも私がいなかったら、誰がフクロウの面倒を見ます？」

カッスルは大きな白いベッドの端に腰かけた。白い電話の横で、白いフクロウが彼を睨みつけていた。この異様な雪の大陸の隅っこに止まり木を見つけたばかりの縄張り荒らしを見るような眼で。まわりの壁も白く、足元のカーペットも白かった。カッスルは怖れた――サム、セイラ、そして自分の身が心配だった。静かな電話の送話口から見えないガスのように恐怖があふれ出た。彼と彼の愛するすべてのものが、謎の電話の脅威にさらされていた。居間にいる人々のざわめきは、不毛の雪原の彼方に住む部族の噂ほどの意味しか持たなくなった。そこで電話が鳴った。カッスルは白いフクロウを押しのけ、受話器を取った。

シンシアの声が聞こえて安心した。「そちらはM・C？」

「そうだ。どうしてここにいることがわかった？」

「結婚登記所に連絡したの。でももう出たあとだったから、電話帳でミセス・ディントリーの番号を調べたの」

「どうした、シンシア。声がおかしいが」

「M・C、ひどいことになったの。アーサーが死んだわ」

まえにも一度そうなったように、カッスルは一瞬、アーサーが誰なのかわからなかった。

「デイヴィスが？　死んだ？　でも来週またオフィスに来ると言ってたじゃないか」

「わかってる。家政婦さんが見つけたの――彼のシーツを替えにいったときに」涙声になった。

「オフィスに戻るよ、シンシア。ドクター・パーシヴァルに会った？」

「彼が電話で話してくれたのよ」

「デイントリー大佐に報告しなければならない」

「ああ、M・C、もっと彼にやさしくしてあげればよかった。わたしが彼にしてあげたことと言えば――シーツを替えてあげたことだけ」泣き崩れないように息をこらえているのがわかった。

「できるだけ早く戻る」カッスルは電話を切った。

居間はあいかわらずにぎやかにごった返していた。ケーキが切られ、人々はおのおの皿を持って、邪魔されずにゆっくりと食べられる場所を探していた。デイントリーは自分のケーキを指でつまみ、フクロウだらけのテーブルのうしろにひとりで立っていた。彼は言った。「もうたくさんだ。行こう、カッスル。こういう行事はまったく理解できない」

「デイントリー、オフィスから電話がありました。デイヴィスが死にました」

「デイヴィス?」

「死んだのです。ドクター・パーシヴァルが……」

「パーシヴァル!」とデイントリーは叫んだ。「なんということだ、あの男……」ケーキをフクロウのあいだに押し込むと、大きな灰色のフクロウがテーブルから落ちて、床で砕けた。

「エドワード!」女の金切り声がした。「ジョンが灰色のフクロウを壊したわ」

エドワードが人混みをかき分けて近づいてきた。「同時にあらゆる場所にはいられないんだ、シルヴィア」

デイントリー夫人が彼のうしろから現われて言った。「ジョン、このろくでなしの退屈じじい、赦さない――ぜったいに赦さないわ。わたしの家でいったい何してるの」

デイントリーは言った。「さあ、行こう、カッスル。別のフクロウを買ってやるよ、シルヴィア」

「この世にまたとない置物だったのに」

「人がひとり死んだんだ」とデイントリーは言った。「彼もこの世にまたとない男だった」

2

「こんなことになるとは思わなかった」とパーシヴァル医師が言った。

カッスルには、パーシヴァルが口にするには妙に淡泊なことばに思えた。しわだらけのパジャマ姿でベッドの上に横たわる哀れな骸と同じくらい冷たいことばだった。パジャマの上着のまえは大きくはだけられ、裸の胸が見えていた。心臓のどんなに小さな鼓動も聞き逃すまいと、人々が長いあいだ虚しく探った結果だった。これまでカッスルはパーシヴァルを意外に温厚な人物だと思っていたが、その温厚さも死体をまえに冷えきり、口にした奇妙なことばには、困惑して詫びるような、場にそぐわない響きがあった。

デイントリー夫人宅で見知らぬ人々の声や、陶器のフクロウや、盛大にコルクを抜く音に囲まれたあとで、人に見放されたこの部屋に入ったカッスルは、雰囲気の激変に打ちのめされた。パーシヴァルは間の悪いひと言のあとでまた黙り込んだ。誰も口を開く者はいなかった。パーシヴァルは、気むずかしい批評家ふたりに絵を見せて鑑定を待っているかのように、ベッドから離れて立っていた。デイントリーも黙っていた。絵のなかにある明らかな欠点をパーシヴァルが説明してくれるとでも言わんばかりに、ただじっと医師を見つめていた。

カッスルはふいに長い沈黙を破りたくなった。

「居間にいる人たちは誰です？　何をしているのですか」

パーシヴァルはしぶしぶベッドから眼をそらした。「どの人たち？　ああ、彼らか。警視庁公安部に調査を頼んだのだよ」

「なぜ？　殺されたと思っているのですか」

「いや、まさか。もちろんちがう。そういうことじゃない。彼の肝臓はひどいことになっていた。数日前にX線写真を撮ったんだが」

「ではどうしてさっき、こんなことになるとは思わなかったと？」

「こんなに早く進行するとは思わなかったのだ」

「検死解剖があるんですよね」

「もちろん。もちろんだ」

死体のまわりを飛びまわるハエのように〝もちろん〟が増えてきた。

カッスルは居間に戻った。コーヒーテーブルの上に、ウィスキーの罎と、使ったグラスと《プレイボーイ》がのっていた。

「飲むのはやめろと言ったのに」パーシヴァルがカッスルのあとから声をかけた。「聞こうとしなかった」

居間にはふたりの男がいた。ひとりが《プレイボーイ》をめくり、振っていた。もうひとりは簞笥の抽斗を開けてなかを調べていたが、やがて仲間に言った。「住所録があった。名前を確かめたほうがいいな。対応しない電話番号があるかもしれないから調べてくれ」

「何を見つけようとしているのかわからない」とカッスルは言った。

「単なる保安上の調査だよ」とパーシヴァルは説明した。「あなたに連絡しようとしたのだ、ディントリー。ほんとうはあなたの仕事だから。だが結婚式か何かに出ていて不在だった」

「ええ」

「このところ部内で不注意が多かったから。長官は留守だが、この気の毒な男が何か嘘をついていた証拠が残っていないかよく調べるようにと言うにちがいない」

「名前と電話番号の食いちがいとか？」とカッスルは訊いた。「それを不注意とは呼ばないと思いますが」

「この手の調査は決まりきったやり方にしたがうものだ。ちがうかな、ディントリー？」

しかしディントリーは答えなかった。寝室の入口に立って、死体を見つめていた。

公安部のひとりが言った。「これを見てくれ、テイラー」もうひとりに一枚の紙を手渡した。渡されたほうが声に出して読んだ。「〝幸運（ボン・シャンス）を、カラマズー、未亡人トワンキー〟」

「なんだか妙だろう？」

テイラーが言った。「〝ボン・シャンス〟はフランス語だ、パイパー。カラマズーはアフリカの町の名前のような響きだが」

「アフリカ？　なら重要かもしれない」

カッスルが言った。「《イヴニング・ニュース》紙を見てみるといい。たぶん三頭の馬の名前じゃないか。週末はいつも馬に賭けていたから」

「なるほど」とパイパーが言った。少しがっかりした口調だった。

「公安部の友人たちの邪魔をしないほうがいいだろうな」とパーシヴァルが言った。

「デイヴィスの家族はどうします？」とカッスルは訊いた。

「部のほうで面倒を見る。いちばん近い親類は、ドロイトウィッチにいるいとこのようだ。歯医者をしている」

パイパーが「これはちょっと怪しい気がしますが」と言い、パーシヴァルに本を差し出した。カッスルは先に手を伸ばして受けとった。ロバート・ブラウニングの小さな詩集だった。なかにドロイトウィッチ王立中学校の名前と校章の入った蔵書票が貼ってあった。一九一〇年にウィリアム・デイヴィスという生徒に与えられた英作文賞であることが明記されていた。そしてそのウィリアム・デイヴィスが、黒いインクのやたらと気取った文字で〝一九五三年六月二十九日、物理の優等を記念して父から息子のアーサーに譲る〟と書かれていた。ブラウニングと、物理と、十六歳の少年は組み合わせとしてはたしかに奇妙だが、それはパイパーの言う〝怪しい〟ことではないと思われた。

「それはなんだね」とパーシヴァルが訊いた。

「ブラウニングの詩集です。何も怪しいところはないと思いますが」

とは言えカッスルも、この小さな本に、オルダーマストンの研究所や賭け屋、《プレイボーイ》、退屈なオフィス、ザイールの報告が似合わないのは認めざるをえなかった。人の死後、身のまわりのものを探れば、至極単純そうに見える人生にも複雑なことへの鍵が何かしら見つかるものだろうか。もちろん、デイヴィスが父親への敬愛の気持ちから本をとっておいたことも考えられるが、彼は明らかに読んでもいた。カッスルが会った最後の日にも、ブラウニングを引用したではないか。

「なかを見ると、いくつかの行に印がついています」とパイパーがパーシヴァルに言った。「私よりあなたのほうが暗号にはくわしいでしょう。だから一応お見せしたほうがいいかと思いまして」

「どう思う、カッスル？」

「たしかに印はあります」カッスルはページをめくった。「もともと彼の父親のものでしたから、父親がつけたものかもしれません。ただインクが新しすぎる気はしますが。印のあるところには〝c〟と書き込まれている」

「それが重要なのか？」

カッスルはそれまでデイヴィスを真剣に気にかけたことがなかった。酒を飲むことも、賭けをすることも、シンシアにかなわぬ恋をしていることさえ、まじめにとり合わなかった。が、死体はそうたやすく無視できるものではない。カッスルは初めてデイヴィスに本物の興味を抱いた。死がデイヴィスを重要人物にした。死が彼に偉大さを付与していた。死者はおそらく生きている者より賢い。カッスルは詩の内容を味わいつくそうとするブラウニング協会の会員のように、小さな本のページをめくった。

デイントリーが不承不承、寝室の入口を離れて近寄ってきた。「何かあるのか……その印には」

「何かとは？」

「つまり、重要なのか？」とパーシヴァルの問をくり返した。

「重要？　そうだったのかもしれません。思いの丈を表わすという意味で」

「どういうことだ」とパーシヴァルが訊いた。「ほんとうにそれは……」声に期待がにじんだ。隣の部屋で死んでいる男が保安上の危険人物であったことを、心から望んでいるかのような口調だった。ある意味で危険だったのかもしれない、とカッスルは思った。彼自身がボリスに警告したように、愛と憎しみはどちらも危険だ。ある場面を思い出した――ロレンソマルケスの寝室。エアコンの低い音。電話からセイラの声が聞こえる。「着いたわ」突然、大きな喜びが湧き上がる。セイラへの愛が彼をカースンへと導き、最終的にカースンがボリスへとつながった。愛する男はアナーキストのように世界を渡り歩く――時限爆弾を抱えて。

「何か証拠が見つかったのか……」とパーシヴァルは続けた。「きみは暗号の訓練を受けている。私は素人だ」

「たとえばこの部分です。三行をまとめるように線が入っていて〝c〟の文字がある。

〝ただの友人でも表わしたい
ほんの少し強い思いを
あなたの手を取らせてほしい
ほんの少し長く〟」

「〝c〟が何を指すかわかるかね」とパーシヴァルが訊いた。また口調に期待が感じられてカッスルは苛立った。「暗号(コード)の〝c〟かもしれないだろう。そこを暗号に使ったことを忘れないためのもの。本を使った暗号では、同じ個所を二度使わないように注意しなければならないと聞いた」

「たしかにそうですね。ここにも印がある。

〝あのかけがえのないダークグレーの瞳
あのまたとなく愛しい黒髪
男が苦しみ力を尽くし
生きながらの地獄を味わっても手にしたいもの〟」

「ふつうの詩に聞こえますが」とパイパーが言った。

「ここもまとめて〝c〟です、ドクター・パーシヴァル」

「するとほんとうに……」

「デイヴィスが言っていたことがあります、自分はまじめにふるまうほど、まじめに受けとってもらえないと。だからブラウニングのことばを借りるしかなかったのでしょう」

「〝c〟は？」

「相手の娘の名前ですよ、ドクター・パーシヴァル。シンシアです。デイヴィスの秘書、彼が愛していた娘です。うちの部の。公安部の出る幕ではありません」

デイントリーは不安を抱えているようにふさぎ込み、押し黙ってひとり考えに沈んでいたが、いきなり鋭く非難する口調で言った。「検死解剖をすべきだ」

「もちろん」とパーシヴァルは言った。「彼の主治医が望むならね。私は主治医ではない。単なる職場の同僚だ。もっとも、相談は受けたし、X線写真も撮ったが」

「主治医がここにいないのはおかしい」

「彼らが仕事を終えたらすぐに呼ばせるよ。ほかの人はさておき、デイントリー大佐、あなたはこの手続きの重要性を認識しているはずだ。まず保安を考えないと」

「検死結果はどう出るんでしょうね、ドクター・パーシヴァル」

「結果はわかったようなものだ。彼の肝臓は完全に損なわれていた」

「損なわれていた？」

「酒によってだ、もちろん、大佐。ほかに何がある？　私がカッスルに話したことを聞いていかなかったのかね」

カッスルはふたりが水面下で対決するのを放っておいた。病理学者が手をつけるまえにデイヴィスを最後にひと目見ておこうと思った。デイヴィスの顔に苦痛のあとがないことは救いだった。裸の胸にパジャマをかけてやった。ボタンがひとつとれていた。ボタンをつけるのは家政婦の仕事ではない。ベッド脇の電話が小さくチンと鳴ったが、結局何も起こらなかった。どこか遠くでマイクと録音機がはずされたのかもしれない。デイヴィスはもう監視されていない。ついに監視の目を逃れたのだ。

第八章

1

カッスルは机につき、心づもりとしては最後の報告書を書いていた。デイヴィスが死んだ今、アフリカ担当部門からの情報提供はまちがいなく終了しなければならない。漏洩が続けば犯人はもうカッスルしかいないし、漏洩が止まれば罪は死者に着せられる。デイヴィスが苦しむことはもうない。彼の個人ファイルは閉じられ、中央の記録保管所に送られて、もはや誰も調べようとはしないだろう。もしそこに裏切りの証拠が含まれていたら？内閣の秘密と同じく、固く守られて三十年は公（おおやけ）にされないだろう。悲しい死だが、神の与えたもうた幸運でもあった。

サムを寝かしつけるまえに、セイラが本を読んでやっている声が聞こえた。いつもの就寝時間を三十分すぎているが、この夜は、つらい思いをした私立校の最初の一週間をなぐさめ、ふだんより甘やかしてやる必要があった。

報告書を書物の暗号に置き換えるのはなんと手間のかかる作業だろう。結局『戦争と平和』を使いきることはなかった。安全のため、トロロープが届くのを待たずに、明日落葉の焚き火にくべてしまおう。カッスルはほっとすると同時に悔やんだ。ほっとしたのはカースンへの感謝の借りをできるかぎり返したから、悔やんだのは、アンクル・リーマス計画についての報告を完了することができず、コーネリアス・ミュラーへの復讐をとげられなかったからだ。

報告書を書き終えると、階下におりてセイラを待った。明日は日曜。報告書を隠し場所に置いてこなければならない。二度と使われることのない三番目の隠し場所に。ユーストン駅で列車に乗るまえに、ピカデリーサーカスの公衆電話から連絡しておいた。最後の連絡にしてはあまりにものんびりした手順だが、より早くて危険な手段は真の緊急事態のためにとってあった。カッスルはJ&Bを指三本分注いだ。階上から聞こえるかすかな声に、いっとき心が安らいだ。ドアが静かに閉まり、二階の廊下を歩く音がした。階段はおりるときにかならず軋む。こんなことは、ある人々にとっては退屈な家庭内の些事であり、ともすれば耐えがたいまでに平凡なことかもしれない。が、カッスルにとっては、いつなんどきなくなるかもしれない安全の証として感じられるのだった。セイラが居間に入ってきて言うことばは正確に予測ができ、自分がどう答えるかもわかっている。すべてを知り抜いていることは、外のキングズ・ロードの暗闇と、交差点の明かりの灯った警察署に対する防御となる。カッスルは、顔を見ればわかる制服警官と、彼の逮捕に駆けつけた警視庁保安部の警官が警察署にいっしょにいるところをいつも想像していた。

「もうウィスキーは飲んだ？」

「きみにもつごうか」

「少しだけいただくわ、ダーリン」

「サムは大丈夫？」

「毛布をかけるまえに寝ていた」

転送途中で乱れなかった電文のように、一字のまちがいもないやりとりだった。カッスルは彼女にグラスを渡した。このときまで、起きたことを話せないでいた。

「結婚式はどうだった、ダーリン？」

「ひどい集まりだったよ。デイントリーも気の毒に」

「どうして気の毒なの」

「娘もいなくなるし、どうやら彼には友人がいないようだ」

「あなたの職場には寂しい人が大勢いるのね」

「ああ、みんな相手を見つけてつき合おうとしない。さあ、飲んで、セイラ」

「どうして急ぐの」

「早くもう一杯ずつつぎたいから」

「悪い知らせがあるんだ、セイラ。サムがいるまえでは話せなかった。デイヴィスのことなんだ。デイヴィスが死んだんだよ」

「死んだ？　デイヴィスが？」

「そうだ」

「どうしてそんなことが」

「ドクター・パーシヴァルは肝臓のせいだと言っている」

「でも肝臓はちがうでしょう。そんなに急に悪くはならない」

「だがドクター・パーシヴァルは肝臓だと言っている」

「信じてないの？」

「信じてない。まったくね。デイントリーも信じてないと思う」

セイラは自分のグラスに指二本分のウィスキーをついだ。彼女がそんなことをするのを見たのは初めてだった。「可哀そう。可哀そうなデイヴィス」

「デイントリーは外部に検死解剖を頼みたがっている。パーシヴァルもそれでいいと言った。自分の診断が正しいことにかなり自信があるようだ」

「それほど自信を持っているなら、正しいってこと？」

「わからない。ほんとうにわからないんだ。情報部ではあらゆることを手配できるから。

おそらく検死解剖さえ」

「サムにはどう言う？」

「ほんとうのことを言うさ。子供に死を伏せておくのはよくない。たびたび起こることだから」

「でもデイヴィスが大好きだったのよ。ダーリン、一、二週間はそっとしておけないかしら。学校に慣れるまで」

「きみがいちばんよくわかってる」

「あなたがああいう人たちときっぱり縁を切れたらいいのに。心からそう思う」

「そうなるよ――数年以内に」

「今すぐってこと。今この瞬間に。サムを起こして三人で海外に行くの。どこ行きだろうと、とにかく最初の飛行機に乗って」

「年金がもらえるようになるまで待ってくれ」

「わたしが働いてもいいわ、モーリス。フランスへ行ってもいい。あっちのほうがきっと生活は楽よ。わたしの色に慣れている人が多いから」

「無理だよ、セイラ。もうしばらくは……」

「なぜ？　納得のいく理由をひとつでも言ってみて……」

カッスルは努めて明るく話そうとした。「そうだな、たとえば、辞めるときにはそれなりの事前通知をする必要がある」

「そんなことを彼らが気にすると思う？」

続けてセイラが「だったらディヴィスには通知を与えたの？」と言ったとき、カッスルは彼女の呑み込みの早さに畏れ入った。

「もし肝臓だったのなら……」

「信じてないんでしょう？　わたしが昔、あなたのために――彼らのために――働いていたことを忘れないで。工作員だったのよ。この一ヵ月、あなたがどれほど不安そうだったか気づかなかったなんて思わないで。メーターを見にきた人にもビクビクして。情報漏洩があったんでしょう。ちがう？　あなたの課で」

「彼らはそう考えているようだ」

「それで犯人はディヴィスだと考えたのね。あなたはディヴィスが犯人だと思う？」

「意図的な漏洩ではなかったかもしれない。彼には大いに不注意なところがあったから」

「不注意だってことで彼らがディヴィスを殺したと思っているの？」

「うちの組織では犯罪に近い不注意もあるということだろう」

「疑われていたのはディヴィスじゃなくて、あなただったかもしれない。死んでいたのはあなたかもしれない。J&Bの飲みすぎで」

「いや、そこはいつも注意しているから」そして悲しいジョークをつけ加えた。「きみに恋しているときは別だが」

「どこへ行くの」

「新鮮な空気が吸いたくなった。ブラーもそうだろう」

2

共有地を長いことかけてのぼっていくと、丘の反対側のなぜか〝寒い港〟と呼ばれるあたりでブナの森が始まり、アッシュリッジ・ロードへとくだっていく。カッスルは道沿いの土手の上に腰をおろし、ブラーは昨年の落ち葉を引っかきまわしていた。こんな場所をうろつく理由がないのはわかっていた。好奇心では説明にならない。報告書を隠し場所に置いたのだから、すぐに立ち去るべきだった。バーカムステッドのほうから車がゆっくりと道をのぼってきた。カッスルは腕時計を見た。ピカデリーサーカスの公衆電話から連絡を入れて四時間。車のナンバープレートをかろうじて読みとることができたが、車同様――トヨタの赤い小型車だった――ナンバープレートも見慣れないものだった。車はアッシュリッジ公園入口の番小屋の近くで停まった。見渡すかぎり、ほかには車も人影もなかった。運転者は車のライトを消し、思い直したかのようにまたつけた。うしろで物音がして、カッスルの心臓は飛び上がったが、ブラーがシダをかき分けて走っているだけだった。

カッスルは黄昏(たそがれ)に暗く沈むオリーブ色の木々のあいだをのぼっていった。一本の木の幹に洞を発見したのは五十年以上前のことだ……道から数えて四、五、六本目。見つけた当時は目一杯背伸びしてやっと穴に手が届くくらいだったが、今と変わらず心臓の鼓動が激しくなったものだ。十歳だった彼は、好きな女の子にあてた手紙を隠した。その子はわずか七歳だった。いっしょにピクニックに来たときに、彼女にこの隠し場所を教え、次に来たときにはとても大事なものを入れておくからと伝えたのだった。

最初は耐油紙に大きなペパーミントキャンディを包んで入れておいた。次に行ったときにはキャンディはなくなっていた。そこで今度は愛を捧げる手紙を残した——相手はようやく字が読めるようになったばかりなので、すべて大文字で——が、三度目に穴に戻ったときには手紙はまだそこにあり、おまけに品のない落書きがしてあった。カッスルは誰か知らない人間が隠し場所を見つけたのだと思った。彼女がしたとは信じられなかったが、それもハイ・ストリートの向かい側を歩いていた彼女が彼に向かって舌を突き出すまでのことだった。そこでやっと、二個目のキャンディがなかったので彼女ががっかりしたのだと悟った。それが異性にまつわるカッスルの受難の始まりだった。以来五十年近く、リージェント・パレス・ホテルのラウンジで、その後二度と会わなかったある男に新しい隠し場所を提案してくれと言われるまで、その木のところに戻ったことはなかった。カッスルはブラーに引き紐をつけ、シダのなかに隠れて見つめていた。車から出てきた男は、穴を見つけるのに懐中電灯を使わなければならなかった。光が木の幹をおりていくあいだ、男の下半身だけが浮かび上がった。太鼓腹で、ズボンのチャックが開いていた。それなりに小便まで溜めていたのだとすれば、用心としては万全だ。懐中電灯の向きが変わり、アッシュリッジ・ロードのほうを照らしはじめると、カッスルは帰宅の途についた。これで最後だと自分に言い聞かせた。思いは七歳の少女に戻っていった。ふたりが初めて出会ったピクニックで、彼女は寂しそうだった。内気で、かわいくもなく、だからこそ彼は心惹かれたのかもしれなかった。

どうしてわれわれのなかには、成功や権力や類まれな美を愛せない人間がいるのだろう。自分が価値のない人間のように感じられるからか。失敗のほうが身近なものだからか。そんな理由ではないはずだ。おそらく人は釣り合いを求めるのだろう。キリストが——カッスルも信じたいと願っているあの伝説の人物が——そうしたように。〝すべて労する者、重荷を負う者、われに来たれ。われ汝らを休ません（マタイ福音書一一 - 二八）〟。あの八月のピクニックで、あの少女は幼いなりに小心と恥じらいの重荷を負っていた。ひょっとすると、誰かに愛されていると彼女に感じてもらいたくて、彼は少女を愛するようになったのかもしれない。哀れみからではない。ほかの男に妊娠させられたセイラを愛したときに感じたのが、哀れみでなかったように。彼はあのとき釣り合いをとった。それだけだ。

「ずいぶん長く出かけていたわね」とセイラが言った。

「どうしても歩きたかったんだ。サムは？」

「ぐっすり寝てるわ、もちろん。またウィスキーをつぎましょうか？」

「ああ。少しでいい」

「少し？　どうして？」

「さあ。いくらかペースを落とせるってことを確かめるためかな。少し幸せな気分になったからかもしれない。理由は訊かないでくれ、セイラ。幸せは口にしたとたんに遠ざかるものだ」

それにはセイラも口を挟まなかった。南アフリカにいた最後の一年で、彼女は根掘り葉掘り訊かないことを学んでいた。しかしその夜、ベッドのなかで、カッスルは長いこと眠らないでいた。『戦争と平和』の力を借りて作った最後の報告書の末尾のことばを、くり返し頭のなかで唱えていた。〝ヴェルギリウスの占い〟のことばを探して本を何度か当てもなく開き、暗号に使う文を選び出したのだ――〝あなたは言う、私は自由ではないと。しかし私は思いどおりに手を上げて、おろしている〟。この一節を選ぶことで、ふたつの情報部に反抗の合図を送っているような気がした。ボリス、またはほかの人間が解読する通信文の最後のことばは〝さようなら〟だった。

第四部

第一章

1

デイヴィスが死んだあと、カッスルは夜ごと夢ばかり見ていた。過去のばらばらの断片からなる夢が朝方まで追いかけてきた。夢のなかにデイヴィスが出てくることはなかった。おそらく人が減り悲しみに包まれたオフィスで、デイヴィスへの思いが眼覚めている時間の多くを占めているからだろう。ザイールから届いた郵袋（ゆうたい）にはデイヴィスの亡霊が漂い、シンシアが暗号に変える電報はますますまちがいだらけになった。

夜になると、カッスルは憎しみで再構築された南アフリカの夢を見た。どれほど愛していたか忘れてしまったあの土地のイメージといくらか入り混じることもあったが。ある夢では、突然ゴミだらけのヨハネスブルクの公園で、黒人専用のベンチに坐っているセイラのまえに出た。カッスルは振り返ってほかのベンチを探そうとした。別の夢では、カーソンが手洗いのドアの向こうに消えていった。黒人専用のドアで、残されたカッスルは己（おのれ）の勇気のなさを恥じて外に立っていた。そして三夜めにはまたかなり内容のちがう別の夢が現われた。

眼が覚めると、カッスルはセイラに言った。「不思議なものだ。ルージュモンの夢を見た。もう何年も考えたことがなかったのに」

「ルージュモン?」

「そうか、きみはルージュモンを知らないんだ。忘れていた」

「誰?」

「オレンジ自由州の農場主だよ。ある意味、カースンと同じくらい好きだった」

「コミュニストだったの? 農場主だったのならちがうわね」

「ああ。きみたちが支配権を握ったら生きていけないタイプだ」

「わたしたち?」

「いや、もちろん〝われわれ〟という意味だ」あたかも約束を破りかけたかのように、情けないほどあわてて訂正した。

ルージュモンは、ボーア戦争の古戦場からほど近い、半分砂漠のような土地の隅に住んでいた。ユグノーだった彼の先祖は迫害の時代にフランスから逃げてきたが、彼自身はフランス語をしゃべらず、アフリカーンス語と英語だけを話した。生まれるまえからオランダ式の生活様式になじんでいたが、アパルトヘイトはそのかぎりでなかった。アパルトヘイトには距離を置き、国民党には投票せず、統一民主運動を軽蔑し、先祖への忠誠心のためか、進歩的な少数党も支持しなかった。英雄的な態度とは言いがたいが、おそらく祖父の考えと同じように、彼にとって勇気は政治の止まったところから始まるのだった。ルージュモンは自分の農場で働く黒人労働者を見下すことなく、親切心と理解のある態度で接した。あるときカッスルは、彼が黒人の作業長と収穫について話し合うのを聞いたが、ふたりは対等な立場で話していた。ルージュモンの家族と作業長の家族はほぼ同じときに南アフリカに移住してきていた。ルージュモンの祖父は、ミュラーの祖父のようなケープ州のダチョウ長者ではなかった。六十歳のときに、イギリスの侵略者に対抗するデ・ヴェット将軍の部隊に加わり、地元の丘で負傷した。冬雲とともに農場にのしかかるその丘陵地帯は、数百年前、ブッシュマンが岩に動物の絵を刻み込んだ場所だった。

「銃火のなか、背嚢（はいのう）を背負ってあの丘を登ることを想像してみなよ」とルージュモンはカッスルに言った。敵であるイギリス軍の勇気と、祖国を遠く離れて戦う忍耐力に感心していた。まるで彼らが歴史書に出てくる伝説の侵略者――かつてサクソンの海岸を脅かしたバイキング――であるかのように。彼は南アフリカに居残ったバイキングの子孫に恨みは抱いていなかった。むしろ、彼自身の家族が三百年前に移住したこの美しくも古びて退屈な土地にいる、故郷を持たない人々にある種の哀れみを感じていた。あるときルージュモンはウィスキーを飲みながらカッスルに言った。「アパルトヘイトの研究書を書いていると言ったね。だがあなたにはわれわれの複雑さはとうてい理解できないだろう。私もあなた同様、アパルトヘイトを憎んでいるが、うちの農場の労働者に比べれば、あなたは私にとって他人も同然だ。われわれはこの地の人間だ。あなたはときおり訪れる旅行者となんら変わらない外部者だ」決断のときが来れば、ルージュモンはこの砂漠の隅の耕作もままならない土地を守るために、リビングルームの壁にかかった銃を迷わず手にするだろうとカッスルは思った。アパルトヘイトのため、白人のために闘うことはないが、自分のものと称するこの何百モルゲン（一モルゲンは約二エーカー）もの土地を守るために。たとえ旱魃（かんばつ）や洪水や地震にみまわれ、牛の病気が流行（はや）り、ヘビがいる土地であろうと。ルージュモンはヘビを蚊ぐらいにしか迷惑がっていなかった。

「ルージュモンはあなたの工作員だったの？」とセイラが訊いた。

「ちがう。だが縁とは不思議なもので、彼を通してカースンと知り合ったんだ」こうつけ足してもよかった。「そしてカースンを通してルージュモンの敵に加わった」と。ルージュモンは、地元の警察によって、いわれのない暴行罪に問われた自分の労働者を守るために、弁護士のカースンを雇ったのだった。

セイラは言った。「今もあなたの工作員だったらよかったのにと思うことがある。あのころのほうが今よりずっといろいろな話をしてくれた」

「そんなに話してないよ。話していたときみは思っていたかもしれないが。でもきみ自身の安全のために、話は最小限にとどめていたし、嘘もかなり混じっていた。たとえば、アパルトヘイトに関する本を書いているとか「イギリスでは事情がちがうと思っていた」とセイラは言った。「もう秘密はないのかと」大きく息を吸って、またすぐに寝入った。が、カッスルは長いこと起きていた。こんなときには、彼女を信頼してすべてを話してしまいたいという、耐えがたいほどの誘惑を感じる。女といっとき情事に溺れ、別れた夫が突如として妻を信頼し、悲しい話のすべて——説明できない沈黙、小さな欺瞞、ふたりで共有しなかった憂い——を打ち明けたくなるように。そしてそんな夫と同じように、カッスルも〝もう終わったことなのに、どうして彼女を煩わさなければならない〟という結論に達した。なぜなら、このときだけであれ、ほんとうに終わったと信じていたからだ。

2

長年デイヴィスといっしょにすごしたオフィスで、机越しにコーネリアス・ミュラーと呼ばれる男と向き合って坐っているのは、なんとも奇妙な感覚だった。ミュラーはなぜか別人になったかのようにこう言った。「ボンから帰ってきて、とても悲しい知らせを聞いたよ……もちろん、あなたの同僚に会ったことはないけれど……たいへんなショックだったろうね……」ミュラーという男は、ふつうの人間になりかけていた。国家秘密情報局のBOSS高官ではなく、ユーストン行きの列車のなかでたまたま出会うような男に。カッスルはミュラーの声に感じられる同情に虚を突かれた。奇妙なことに誠意すら感じられた。イギリスでは、身近でない人間の死に対して冷ややかな態度をとることが多くなったと思った。身近な人間が亡くなったときでさえ、他人のまえでは無頓着の仮面をつけることが礼儀正しいとされている。死とビジネスは両立しない。しかしミュラーの属するオランダ改革派教会においては、死はまだ家族の生活でもっとも重要な出来事であることをカッスルは思い出した。一度、トランスヴァールで葬儀に参列したことがあるが、印象に残ったのは悲しみではなく、場の厳かな雰囲気と、さらに言えば式の段取りだった。死はミュラーにとって社会的に重要な意味を持つ。たとえBOSSの高官であってもだ。

「たしかに、あまりにも突然でした」とカッスルは言い、続けた。「ザイールとモザンビークのファイルを持ってくるよう秘書に言い渡してあります。マラウィについてはMI5に頼らざるをえませんが、許可がないので資料はお見せできません」

「あなたとのやりとりがすんでから、彼らと会うことにしている」とミュラーは言い、つけ加えた。「お宅ですごした夜はじつに愉しかった。奥さんにも会えたし……」少しためらってから続けた。「息子さんにも」

カッスルは、これがセイラのスワジランドへの脱出ルートを聞き出すための礼儀正しい前置きにすぎないことを願った。安全な距離を保とうと思えば、敵は風刺画のままでいなければならない。生ける人間になってはならない。戦場の将軍たちは正しかった。塹壕でクリスマスを祝う歓声をかけ合ってはならないのだ。

カッスルは言った。「もちろん、来ていただいてセイラも私もとても愉しかった」そしてベルを鳴らした。「申しわけありません。ファイルを見つけ出すのにずいぶん時間がかかっているようだ。ディヴィスが亡くなってから、日常業務にかなり支障が出ていまして」

ベルに応えて、カッスルの知らない娘が現われた。「五分前に電話して、ファイルの件をお願いしたんだがね」と彼は言った。「シンシアはどこだ？」

「いません」

「どうして」

娘は石のように無表情な眼で見返した。「今日は休みです」

「病気なのか？」

「そういうわけでも」

「きみは誰だ」

「ペネロピです」

「教えてくれないか、ペネロピ。そういうわけでも、とはどういう意味だね」

「気が動転してるんです。当然じゃありません？　今日はお葬式ですから、アーサーの」

「今日？　それは失礼した。忘れていた」そしてつけ加えた。「それでもだ、ペネロピ、ファイルを持ってきてもらえるとありがたい」

彼女が出ていくと、カッスルはミュラーに言った。「ばたばたしていて申しわけありません。妙な仕事のやり方だと思われたでしょうね。ほんとうに忘れていました。今日、デイヴィスの埋葬があるんです。十一時に葬儀があって。検死解剖があったために遅れたのです。彼女は憶えていましたが、私はすっかり忘れていた」

「残念だ」とミュラーは言った。「もし知っていれば、会う日を変更していたのに」

「あなたが悪いわけじゃありません。私は仕事の手帳と個人の手帳を持っていましてね。ほら、こちらにはあなたの予定が入っている、十日の木曜に。個人の手帳は家にあるんですが、葬儀はきっとそちらに書き込んだんでしょう。ふたつを見比べるのをいつも忘れてしまうんです」

「それにしても……葬儀を忘れるというのは……ちょっとおかしくないかな」

「ええ、フロイトなら忘れてしまいたかったのだと言うでしょうね」

「別の日に予定を入れよう。今日はそれで帰る。明日か、明後日にでも？」

「いや、いや。そもそもどっちが大事です？　アンクル・リーマス作戦か、可哀そうなデイヴィスに捧げられる祈りを聞くことか。ところで、カースンはどこに埋葬されました？」

「故郷だよ。キンバリーの近くの小さな町に。葬儀に私も立ち会ったと言ったら驚くだろうね」

「いいえ。参列者を確かめて、観察する必要があったでしょうから」

「そう、あなたの言うとおり、誰かが観察しなければならなかった。でも私は進んで行くことにしたんだ」

「ヴァン・ドンク警部ではなく？」

「そう。彼は行くと目立つので」

「どうしてファイルが見つからないのか見当もつかないな」

「そのデイヴィスだが、ひょっとすると、あなたにとってそれほど大事な人物ではなかった？」

「カースンほどにはね——あなたがたが殺した。しかし息子はデイヴィスが大好きでした」

「カースンは肺炎で死んだのだ」

「ああ、もちろん。そういう話でしたね。それもすっかり忘れていた」

ようやくファイルが届けられると、カッスルはミュラーの質問に答えるためになかを見ていったが、気持ちを集中させることができなかった。ふと気がつくと「それについてはまだ信頼できる情報がありません」と三度言っていた。もちろん情報源をミュラーから隠すために、わざと嘘をついていた。話し合いが進んで、これ以上は協力できない危険な個所に差しかかっていたからだ。そこはまだふたりとも立ち入っていなかった。

カッスルはミュラーに尋ねた。「アンクル・リーマス作戦はほんとうに実現できるんですか。私にはアメリカ人がまた首を突っ込むとは思えない——つまり、知らない大陸に軍隊を送り込むということです。彼らはアジアでそうだったように、アフリカのことも何も知らない。ヘミングウェイが書いたような小説を読んで知っていることとは別として。ヘミングウェイにしても、旅行代理店が手配した一カ月の狩猟に出かけて、白人の狩猟者とライオン狩りのことを書いただけだ。可哀そうに飢え死にしかけた、旅行者向けの猛獣の話を」

「アンクル・リーマス作戦が掲げる理想は」とミュラーは言った。「軍隊の投入をなくすことだ——ともかく、大規模なレベルでは。もちろん技術者はいくらか必要だが、それについては彼らはもう協力している。アメリカはわが国に誘導ミサイルと衛星の追跡局を設けているし、それらを運用するための領空通過権も持っている。みなあなたの知っていることだ。誰も反対はせず、抗議デモもなかった。バークリーで学生の暴動もなければ、議会での質問もなかった。これまで国内の治安は万全だ。わかるだろう、われわれの人種差別法は、結局便利なものだった。最高の目くらましになるから。われわれはスパイ行為で人を逮捕する必要がない。そんなことをすれば注目を集めるだけだ。あなたの友人のカースンは危険人物だった。だがスパイ行為で捕まえようとしたら、もっと危険な人物になっていただろう。今や追跡局ではさまざまな活動がおこなわれている。だからこそ、われわれはあなたたちと緊密に協力したいと思っている。あなたたちが危険を見つけ出してくれれば、われわれはこっそりと対処する。いろいろな面で、あなたたちのほうがリベラル勢力にはるかに浸透しているからね。ひょっとすると黒人の国家主義者にも。たとえば、われわれはあなたたちがマーク・ヌガンボの情報を与えてくれたことに感謝している。もちろん、すでに知っていたことだが。でもあのおかげで重要なものを見逃していないと納得することができた。あの方面にはもう危険がない――少なくとも、当面は。ご承知のとおり、これからの五年間はきわめて重要だ。われわれの生き残りのために、という意味だが」

「しかし、ミュラー、生き残れるんですか？　あんなに無防備の長い国境線があって――とても地雷を埋めきれないほど長い」

「そう、旧式の地雷では無理だ」とミュラーは言った。「水爆が原爆を単なる戦術兵器に変えてしまったのは、われわれにとって好都合だった。〝戦術〟は人を安心させることばだ。はるか遠くのほとんど砂漠の国で戦術兵器が使われたとしても、誰も核戦争を起こそうとは思わない」

「放射能の問題は？」

「そこは運よく風が強いし、砂漠もある。しかも戦術兵器はわりに汚染が少ない。たとえば、ヒロシマに落とされた爆弾よりもね。汚染の及ぶ範囲がどれほど限定的であるかも把握している。それでも数年間、放射能が残る地域には、白人のアフリカ人はほとんどいない。われわれはどんな敵の侵攻であれ、入ってこられる経路を絞り込む計画だ」

「なるほど、わかってきた」とカッスルは言った。サムを思い出した。新聞で旱魃（かんばつ）の写真を見たときにもサムを思い浮かべた——手足を広げて死んだ子供の亡骸とハゲタカを。しかしハゲタカも放射能で死んでしまうにちがいない。

「そのために来たのだ——あなたに全体像を示すために。細かいことを検討する必要はない。全体像がわかれば、どんな情報が入ってきても正しく評価できる。今のところ、ミサイルと衛星の追跡局の件がもっとも重要な機密事項だ」

「人種差別法のように、それらも多くの罪を隠してしまえる？」

「そのとおり。お互いまだるっこしいことは抜きにしよう。あなたが一定のことを私に明かさないよう指示されているのはわかっている。それは充分理解できる。私もあなたと同じような命令を受けているから。重要なことはただひとつ、われわれふたりが同じ像を見ていることだ。いずれわれわれは同じ側で戦うことになる。だから同じ像を見ていなければならない」

「つまり、同じ〝箱〟のなかにいるわけですね」カッスルは自分ひとりのジョークをまわりのすべてにぶつけた――BOSSに、己の属する情報部に、そしてボリスにまで。

「箱？　ああ、そうだね。そう言ってもいいかもしれない」ミュラーは腕時計を見た。

「葬儀は十一時と言わなかったかな？　今は十時五十分だ。そろそろ出たほうがいい」

「私がいなくても葬儀はできます。死後の世界がもしあるなら、デイヴィスも納得してくれるでしょう。もしそんなものがないなら……」

「死後の世界は絶対にあると思う」とミュラーは言った。

「ほんとうに？　だとしたらちょっと怖くありませんか」

「どうして？　私はつねに自分の義務を果たそうとしてきた」

「でもたとえば、あなたの言う戦術核兵器で、あなたより先に死んだ黒人がみんな死後の世界で待っているかと思うと……」

「彼らはテロリストだ」とミュラーは言った。「二度と会うことはないだろう」

「ゲリラのことを言ってるんじゃありません。放射能汚染地域にいる黒人の家族たちのことを言ってるんです。子供や、娘や、おばあさんや」

「彼らには彼らの天国があると思う」とミュラーは言った。

「天国にもアパルトヘイトがあるわけだ」

「鼻で笑いたくなるのはわかるよ。だが彼らがわれわれの天国で愉しめるとは思えないな。思うかね？　ともかく、判断は神学者にまかせる。あなたたちはハンブルクで子供たちを救ってやらなかったんだろう？」

「ありがたいことに、私は今のように参加していなかった」

「葬儀に出ないなら、カッスル、もう少し仕事の話をしようじゃないか」

「そうですね。申しわけありません」実際にすまなく思っていた。怖れてもいた。プレトリアのBOSSのオフィスにいた朝のように。七年間、不断の注意で地雷原を渡ってきたが、コーネリアス・ミュラーといるこのときになって、初めてまちがった一歩を踏み出した。罠にはまったのではないだろうか。彼の気性を理解している誰かがしかけていた罠に。

「もちろん」とミュラーは言った。「イギリス人が議論のための議論を好むのはわかっている。アパルトヘイトのことでは、そちらの長官でさえ私をやり込めようとする。だがアンクル・リーマスの件では……つまり、あなたと私は真剣にならなければならない」

「ええ、アンクル・リーマスの件に戻りましょう」

「ボンであったことを――むろん概略だけだが――あなたに話してもいいという許可を得ている」

「何かたいへんなことでも？」

「いや、大したことではない。ドイツは植民地時代のあとのほかの列強とちがって、われわれにひそかに同情を寄せているところが多分にある。さかのぼれば、ドイツ皇帝がクルーガー大統領（一八二五〜一九〇四）に電報を送ったときからのことだ。彼らは南西アフリカのことを心配している。真空地帯になるよりは、われわれが南西アフリカを支配したほうがいいと思っている。彼らがわれわれよりはるかに野蛮に統治したあとでもあるし。それに西側にはわれわれのウラニウムが必要だ」

「協定を交わしたのですか」

「協定の話などすべきではない。秘密協定の時代は終わった。相手国に、外務大臣でも財務大臣でもない連絡先があるというだけのことだ。ちょうどそちらの長官がワシントンのCIAと話し合っているようにね。私の望みは、われわれ三者がよりはっきりとした理解に達することだ」

「秘密協定のかわりに秘密の理解ですか」

「そのとおり」

「フランスは？」

「まったく問題ない。われわれをカルビン派とするなら、彼らはデカルト派だ。デカルトは当時の宗教迫害に悩まされなかった。フランスはセネガル、アイボリーコーストに絶大な影響力を持っていて、キンシャサのモブツ大統領ともそこそこ理解し合っている。キューバがアフリカに真剣に係わることは二度とないだろう（アメリカがそうさせない）。アンゴラはこの先何年も危険な存在にはならない。誰も将来のことを悲観していない。ロシア人でさえ塹壕ではなく、ベッドで死にたがっている。たとえ原爆が何発か使われる最悪の事態が生じて——もちろん小規模な戦術爆弾だが——われわれが攻撃されるとしても、今後五年は平和が得られる」

「そのあとは？」

「そこがドイツと理解し合ったいちばん重要な点なのだ。われわれには技術革命と最新の採掘機が必要だ。自分たちだけで、誰も想像できないほど先に進んではいるがね。あと五年で鉱山労働者を半分以下に減らせる。有能な技術者の給料を二倍以上にでき、アメリカに今あるものを作り出すことができる——黒人の中流階級をね」

「失業者は？」

「故郷へ帰ればいい。故郷とはそのためにあるものだろう。私は楽観主義者なのだよ、カッスル」

「そしてアパルトヘイトは続くんですか」

「ある種のアパルトヘイトはかならず存在する。この国にだってあるだろう、金持ちと貧乏人のあいだに」

コーネリアス・ミュラーは金縁眼鏡をはずし、輝きはじめるまで磨いてから言った。

「奥さんがショールを気に入ってくれたならいいが。組織内でのあなたの立場がわかったから、いつでも南アフリカに戻ってくれれば歓迎するよ。もちろん、家族もいっしょに。名誉白人と同じように遇することを約束するよ」

カッスルは「しかし私は名誉黒人です」とやり返したくなったが、このときには慎みを見せた。「お心遣いに感謝します」

ミュラーはブリーフケースを開け、一枚の紙を取り出して言った。「ボンでの打ち合わせについて、ご参考までにいくつかメモをとっておいた」ボールペンを取り出すと、これも金だった。「次に会うときには、これらの点について有益な情報があればありがたい。月曜でいいかな？　同じ時間に？」そしてつけ加えた。「読んだら廃棄してくれたまえ。BOSSとしては、いちばん極秘のファイルのなかであっても保存してほしくないのでね」

「わかりました。お望みどおりにします」

ミュラーが出ていくと、カッスルはその紙をポケットに入れた。

第二章

1

ハノーヴァー・スクウェアのセント・ジョージ教会にパーシヴァル医師とジョン・ハーグリーヴズ卿が到着したとき、人はほとんどいなかった。ハーグリーヴズは前夜にワシントンから戻ってきたばかりだった。

黒い腕輪をつけた男が最前列の通路寄りにひとりで立っていた。おそらくあれがドロイトウィッチの歯医者なのだろうとパーシヴァルは思った。男は誰が近づいても頑として動かなかった。故人のいちばん近しい親類として、最前列をまるごと占拠する権利を守っているかのように。パーシヴァルと長官は教会のうしろに近い席についた。デイヴィスの秘書だったシンシアは彼らの二列うしろにいた。デイントリー大佐はワトスンと並んで通路を挟んだ向かい側。パーシヴァルが見慣れない顔もたくさんあった。見たにしても、たぶん廊下で一度すれちがったか、ＭＩ５との会議に同席した程度だろう。あるいはただの闖入者かもしれない。葬儀は結婚式と同様、見ず知らずの人間を引き寄せる。最後列にいる、髪を梳かしつけていない男ふたりは、まずまちがいなくディヴィスと同じアパートメントにいる環境省の連中だろう。誰かがオルガンを静かに弾きはじめた。

パーシヴァルはハーグリーヴズに囁いた。「空の旅は快適でしたか」

「ヒースローに三時間遅れだ」とハーグリーヴズは答えた。「機内食はとても食えたものではなかった」と言い、ため息をついた。妻の作るステーキ・アンド・キドニー・パイ、あるいはクラブのマスの燻製を思い出していたのかもしれない。オルガンが最後の音を奏でて鳴りやんだ。何人かがひざまずき、別の何人かが立ち上がった。みな式の進行をよく理解していないようだった。

たぶん参列者の誰にも知られていない、もしかすると棺のなかの故人とも面識のなかった牧師が歌うように唱えた。「汝の災いを取り去りたまえ。われ、汝の御手にてうち滅ぼされ……」

「ディヴィスを殺した災いはなんだったんだね、エマニュエル？」

「ご心配なく、ジョン。検死解剖も異常なしでした」

長年葬儀に参列していなかったパーシヴァルには、儀式は余計な情報だらけのように思えた。牧師はまずコリント人への第一の手紙から教訓を読みはじめた――〝肉みな同じ肉にあらず。人の肉あり、獣の肉あり、魚の肉あり、鳥の肉あり〟。言っていることはそのとおりだ、とパーシヴァルは思った。たしかに棺に入っているのは魚ではない。もし巨大なマスでも入っていれば、もっと興味を持つことができるのに。すばやくまわりを見渡した。シンシアのまつげの奥には涙が囚われていた。ディントリー大佐は、怒りか病の前兆ともとれるうち沈んだ表情を浮かべている。ワトスンも明らかに何かを心配していた——デイヴィスの後任に誰を昇進させようかとでも悩んでいるのか。「葬儀が終わったら、ちょっと話したいんだが」と長官が言った。それも鬱陶(うっとう)しそうだ。

「見よ、わが手になる神秘(ミステリ)を」と牧師が読み上げた。私が正しい男を殺したかどうかという謎(ミステリ)のことを言っているのだろうか、とパーシヴァルは思った。しかしその謎は解明されることがない。情報漏洩がこれからも続けば別だ。そうなれば、かなりのたしかさで自分は不幸なまちがいを犯したということになる。長官は激怒するだろう。ディントリーもだ。魚をまた川に放つように、人もまた人生の川に戻してやれないのは残念だ。牧師の声が高まって、英文学上おなじみの文句を唱えた。「おお死よ、汝の棘(とげ)はいずこにありや」あたかもハムレットを演じる大根役者が有名な独白の一節を抜き出したかのように。そこで声はまた低くなり、平凡で理屈っぽい結論を述べた。「死の棘は罪なり、罪の力は律法なり」ユークリッド幾何学の定理か何かのように聞こえた。

「なんと言った？」長官が囁いた。

「ＱＥＤ（〝証明終わり〟の意）」とパーシヴァルは答えた。

2

「QEDとはなんだね？」どうにか教会の外に出たあとで、ジョン・ハーグリーヴズ卿が尋ねた。

「牧師のことばに答えるなら、アーメンよりそう言うほうがふさわしいように思えたもので」

ふたりはそれきりほとんど何も話さず、トラヴェラーズ・クラブのまえまで歩いていった。その日昼食をとるなら、リフォームよりトラヴェラーズだという無言の了解があった。デイヴィスは未開の地へ旅立つ名誉ある旅行者（トラヴェラー）となり、ひとり一票の主張ができない立場になっていたからだ。

「このまえ葬儀に出たのはいつだったか、忘れてしまいました」とパーシヴァルは言った。

「たしか大おばが亡くなったとき、五十年以上前のことです。なんだか堅苦しい集まりでしたね」

「アフリカの葬式は愉しかった。あれこれ音楽が奏でられて。楽器といっても、鍋やフライパンやイワシの缶しかなかったがね。それでも、死ぬのはけっこう愉しいかもしれないと思わせてくれた。あの泣いていた娘は誰だね？」

「デイヴィスの秘書です。名前はシンシア。デイヴィスは彼女にぞっこんでした」

「まあ、よくあることだ。われわれのような組織では避けられない。デイントリーは彼女も徹底的に調べたんだろうな」

「ええ、もちろんです。じつのところ、本人は気づいていませんが、彼女はわれわれにかなり有益な情報を与えてくれました。動物園の件を憶えていますか？」

「動物園？」

「デイヴィスが彼女と……」

「ああ、思い出した」

週末はたいていそうだが、クラブにはほとんど人気がなかった。まるで条件反射のように、ふたりはマスの燻製で昼食を始めようとしたが、あいにくこの日はマスがなかった。パーシヴァルはしぶしぶサケの燻製にして言った。「デイヴィスのことをもっと知りたかったな。つき合えば、かなり好感を持っていたかもしれません」

「それでも彼が漏洩の犯人だと思っているんだろう？」

「彼は巧みに単純な人間を演じていました。そういう賢さは大いに評価します。勇気も。ああいうことをするにはかなり勇気が要ったにちがいありません」

「動機はまちがっていたとしても」

「ジョン、ジョン！　あなたも私も動機をどうこう言える立場ではありません。われわれは十字軍じゃない。時代がちがいます。サラディン（エジプトのアイユーブ朝の始祖。十二世紀に十字軍と戦ってイェルサレムを奪回した）はとうの昔にイェルサレムを追放されています。それでイェルサレムが得たものは多くなかったとしても」

「それでもだ、エマニュエル……裏切りを褒めたたえるわけにはいかない」

「三十年前、学生だったころには、自分はある種コミュニストではないかと夢想したものです。しかし今は……どちらが裏切り者でしょう、私か、デイヴィスか？　私は国際主義を信奉していますが、今は国粋主義のために見えないところで戦っている」

「成長したということだ、エマニュエル、ただそれだけだよ。何を飲む？　クラレット、それともバーガンディにするか」

「どちらでもいいなら、クラレットを」

ジョン・ハーグリーヴズ卿は椅子で背を丸め、ワインリストに没頭した。不機嫌そうに見えた——サンテミリオンとメドックのどちらにするか、決めかねているだけかもしれないが。ついに心を決めて注文した。「どうしてきみがわれわれと働いているのかわからなくなることがあるよ、エマニュエル」

「あなたが言ったとおりですよ。私は成長した。共産主義がうまくいくとは思えません——長期的に見て、キリスト教よりうまくいくとは。それに私は十字軍に出るタイプじゃありません。資本主義か、共産主義か？　おそらく神は資本主義者です。私は自分が生きているあいだに勝つ可能性が高い側についていたい。そんなに驚いた顔をしないでください、ジョン。皮肉屋だと思われているのはわかっていますが、私は時間をあまり無駄に使いたくないだけです。いずれ勝つ側はよりよい病院を建て、ガンの研究により多くの資源を投入するでしょう――今のくだらない核の脅威が終わった暁には。それまで私はみんながプレーしているゲームを愉しみます。愉しむ。ただ愉しむんです。神にしろ、マルクスにしろ、私は熱烈な信奉者であるふりをするつもりはありません。信ずる者には注意しろです。彼らは信頼できるプレーヤーではない。いずれにせよ、人は対戦相手として優秀なプレーヤーを歓迎するようになる。そのほうがゲームがおもしろくなりますから」

「たとえ相手が売国奴でもか」

「売国奴――ずいぶん古臭いことばを使うんですね、ジョン。プレーヤーはゲームそのものと同じくらい重要です。相手が下手だとゲームは愉しめません」

「だが……きみはディヴィスを殺した。ちがうのか？」

「彼は肝硬変で死んだんです、ジョン。解剖の報告を読んでください」

「なんとも運のいい偶然で？」

「印のついたカードが出てきたのです。あなた自身が提案した、古くからの技です。ポートンに関する作り話は、彼と私しか知らなかった」

「それでも私が帰ってくるまで待つべきだった。ディントリーとは相談したのかね」

「ジョン、最終判断は私にゆだねましたよ。魚が糸を引いたら、どうすべきか誰かが教えてくれるまで土手で突っ立っていないでしょう」

「このシャトー・タルボはきみの基準を満たすかな」

「最高です」

「私はワシントンで味覚をやられてしまったと思う。ドライ・マティーニばかり飲まされたから」もう一度ワインを口に含んだ。「あるいはきみのせいかもしれん。きみは何かに悩まされることがないのかね、エマニュエル」

「いや、ありますよ。あの葬儀はちょっと考えものでした。あなたも気づいたでしょう、オルガンまで使っていた。埋葬の儀式もありました。たいへんな費用がかかったにちがいない。デイヴィスは大した金を遺していないはずです。可哀そうに、あの歯医者が全部払ったんでしょうか。それともわれわれの東側の友人が払ったとか？　あの葬儀は分不相応でした」

「そんなことで悩まないでくれ、エマニュエル。情報部が払うのだ。機密費の使途は説明する必要がないから」ハーグリーヴズはグラスをテーブルの脇に置いて言った。「このタルボは七一年の味がしないな」

「じつはジョン、私もデイヴィスの反応の早さには驚いたのです。正確な体重から計算して、致死量より少ないと思われる分量を与えたんですがね。アフラトキシンは人体で実験されていませんし、万が一のことがあったときに検出できない量にしておきたかったのです。ひょっとすると、もうかなり肝臓をやられていたのかもしれません」

「どうやって与えたんだね」

「酒に混ぜました。ホワイト・ウォーカーと彼が呼ぶ得体の知れない酒を出してくれたのですが、あのにおいならアフラトキシンが入っていても絶対にわかりません」

「釣ったのが正しい魚であることだけを祈るよ」とジョン・ハーグリーヴズ卿は言った。

3

デイントリーは帰宅途中、暗い面持ちでセント・ジェイムズ・ストリートに入った。ホワイツ・クラブのまえを通ると、階段から呼びかける声があった。考えごとをしながら見つめていた溝から眼を上げると、見憶えのある顔だったが、一瞬、名前と結びつかず、いつどこで見た顔かも思い出せなかった。ボフィン、と頭に浮かんだ。それともバファー？

「モルティーザーはありますか？」

そこで相手と出会った場面を思い出し、デイントリーは気まずくなった。

「いっしょに昼食でもどうです、大佐？」

バフィとはばかげた名前だ。もちろん本名があるにちがいないが、ディントリーにはそもそも憶える気がなかった。彼は言った。「申しわけない。家に食べるものがあるので」かならずしも嘘ではなかった。ハノーヴァー・スクウェアに出かけるまえにイワシの缶詰を出していたし、前日の昼に食べたパンとチーズも残っていた。

「だったら一杯飲みましょう。家の食事はいくらでも延ばせる」とバフィは言った。ディントリーは寄らずに帰る言いわけを思いつかなかった。

まだ早い時刻なので、バーにはほかにふたりしかいなかった。彼らはバフィをよく知っているようで、それが証拠に気のない挨拶しかしなかった。バフィはまるで頓着せず、手を大きく振って、ついでにバーテンダーの注意も惹いた。「大佐だ」ふたりの男は倦み疲れた礼儀正しさで挨拶をつぶやいた。「名前がよくわからなかった」とバフィは言った。「このまえの狩りのときには」

「私もあなたの名前がわからなかった」

「ハーグリーヴズ家で会ったんだ」とバフィは説明した。「大佐は例の秘密主義者の仲間でね。ジェイムズ・ボンドみたいな」

男のひとりが言った。「イアンの本は読めたためしがない」

「性描写が多すぎるよね」ともうひとりが言った。「大げさだ。ぼくだって人並みにあちらの愉しみは好きだが、あれほど重要なことじゃないだろう？　ふだんあんなやり方はしないという意味だが」

「何にします？」とバフィが訊いた。

「ドライ・マティーニを」とデイントリー大佐は答え、パーシヴァルと会ったときのことを思いだしてつけ加えた。「とてもドライなやつを」

「ジョー、ひとつとてもドライなやつをラージで、それからひとつピンクのラージを。たっぷり注いでくれよ。けちくさいことはせずに」

小さなバーがしんと静まり返った。おのおのちがったことを考えていた――イアン・フレミングの小説や、狩猟パーティや、葬儀のことを。バフィが言った。「大佐とぼくにはひとつ同じ趣味があるんだ――モルティーザーという」

男のひとりが自分だけの考えから引き戻されて言った。「モルティーザー？　ぼくはスマーティのほうが好きだな」

「スマーティってなんだい、ディッキー？」

「いろんな色がついたチョコレートさ。味は大して変わらないが、なぜかぼくは赤と黄色が気に入ってる。紫のはだめだ」

バフィが言った。「あなたが通りを歩いてくるのを見ていたんですよ、大佐。こう言っちゃなんだけど、熱心に自分に話しかけているようだった。国家機密ですか？　どこへ行くところだったんです」

「家だよ」とデイントリーは言った。「このあたりに住んでいるので」

「何かとても困った顔でした。わが国がかなりまずいことになってるのかなと思いましたよ。秘密主義の人たちはわれわれより多くのことを知っているから」

「葬式から帰ってきたところだった」

「身内のかたでなかったことを祈ります」

「ちがう。同じ職場の人間でね」

「まあ、ぼくに言わせると、葬式は結婚式よりずっといい。結婚式は勘弁してほしい。葬式はほんとうの最後です。けれど結婚式は——つまり、別の生活へ進むための不幸な一段階というだけで。むしろ離婚を祝いたい気分です。と言っても、離婚もひとつの段階にすぎないことがよくありますけどね——次の結婚に進むための。一度やってしまうと癖になるんでしょう」

「おいおい、バフィ」とディッキーが言った。スマーティを好む男だ。「おまえさんも昔は結婚を考えてたじゃないか。結婚相談所に行ってたこともみんな知ってるぞ。あそこから逃げられてまったく運がよかった。ジョー、大佐にもう一杯マティーニを」

デイントリーは見知らぬ人間に囲まれてどうしていいかわからず、早々に一杯目を飲み干した。知らない言語の会話帳から例文を選び出したように言った。「結婚式にも出たよ、そう遠くない昔に」

「また秘密ですか？　それも同じ職場で？」

「いや、娘だ。娘が結婚したんだ」

「なんてこった」とバフィは言った。「まさかあなたがそのひとりだなんて——いや、まさか既婚者だなんて」

「既婚者とはかぎらない」とディッキーが言った。

そのときまでほとんどしゃべっていなかった三番目の男が言った。「そんなに偉ぶることはないさ、バフィ。ぼくだって昔、既婚者だった。もう大昔のような気がするけれど。じつはディッキーにスマーティを教えたのはぼくの妻だ。あの日の午後を憶えているか、ディッキー？　すごく暗い雰囲気で昼食をとった。もうすぐぼくたちが別れるってことがわかっていたからだ。そのとき彼女が言った。〝スマーティ〟って。ただ〝スマーティ〟だ……どうしてかはわからない。何か話さなきゃならないと思ったんだろう、世間体をひどく気にするやつだったから」

「憶えてないな、ウィリー。スマーティとは長いつき合いのような気がする。自分で見つけたんだと思ってた。大佐にドライをもう一杯だ、ジョー」

「いや、もしよければ……ほんとうにそろそろ家に帰らなければならないので」

「今度はぼくの番ですよ」ディッキーと呼ばれる男が言った。「彼のグラスを満たしてくれ、ジョー。葬式から帰ってきたんだ。少し晴れやかな気分になってもらわなきゃ」

「若いうちから葬式には慣れている」三杯めのマティーニをひと飲みしたあと、ディントリーは思わずそう口にして驚いた。気がついてみると、他人のなかでいつもより気安く話していた。彼にとって世間の大半は他人だらけだ。三人に一杯おごりたかったが、ここは彼らのクラブだ。ディントリーのほうでは大いに親しみを感じていても、三人の眼にまだ他人として映っていることは重々わかっていた。彼らの興味を惹きたかったが、口外してはならない話題があまりにも多かった。

「なぜ？　ご家族が大勢亡くなったんですか？」とディッキーが酒の勢いを借りた好奇心で訊いた。

「いや、そうでもない」とディントリーは答えた。内気さは三杯めのマティーニのなかで溺れかかっていた。どうしたわけか、三十年以上前に自分の小隊と到着した田舎の鉄道駅を思い出した。ダンケルクの戦いのあと、ドイツ軍の侵攻を怖れて、駅名の表示はすべて取り払われていた。まるでもう一度重い背嚢をかついできて、クラブの床にどさりと落としたような気がした。「つまり」と彼は言った。「父が聖職者だったから、子供のころから葬式には何回も出かけた」

「それはまた意外な」とバフィが言った。「てっきり軍人の家系かと思ってました。昔ながらの連隊を率いるような大将の息子だと。ジョー、ついでくれとぼくのグラスが叫んでる。でももちろん、考えてみれば、お父さんが聖職者と聞いて納得のいくことはたくさんある」

「たとえばなんだい」とディッキーが訊いた。なぜか苛立っていて、あらゆることに難癖をつけたいかのようだった。「モルティーザーのこととか？」

「いや、モルティーザーはまた別の話だ。それについては今は話せない。話せば長くなりすぎるから。ぼくが言いたかったのは、大佐は秘密主義者の集団に属しているということだ。考えてみれば、ある意味で聖職者も同じだろう。ほら、告解の内容とか、これも秘密を守らなければならない仕事だ」

「父はローマカトリックではなかった。高教会派（イギリス国教会で、カトリックの伝統を重んじる派）ですらなかった。海軍つきの牧師だったんだ。第一次世界大戦で」

「第一次世界大戦は」かつて結婚していた、ウィリーと呼ばれる不機嫌な男が言った。「カインとアベルの戦いだ」余計な会話を終わらせたいかのように、ぴしゃりと言った。

「ウィリーの父親も聖職者だったんですよ」とバフィが説明した。「ずいぶん偉い人でね。海軍つきの牧師対司教か。みんなお偉方だ」

「私の父はユトランドの戦いに赴いた」とディントリリーは言った。海戦を司教職に対抗させて挑発するつもりはなかった。これもただ思い出しただけだ。

「非戦闘員としてでしょう。戦いに赴いたと言うほどでもないかな」とバフィが言った。

「カインとアベルには敵わない」

「そんなに歳上には見えないけれど」とディッキーが言った。自分のグラスを舐めながら、疑うような口調だった。

「父はそのときまだ結婚していなかった。戦争が終わってから母と結婚したんだ。二〇年代に」とりとめのない会話になっているとディントリーは思った。ジンが自白剤のように効いている。話しすぎているのはわかっていた。

「あなたのお母さんと結婚した？」ディッキーが尋問官のように鋭く訊いた。

「もちろん、結婚した。二〇年代に」

「まだ生きておられる？」

「ふたりとも亡くなってずいぶんたつ。もうほんとうに帰らなければ。用意しておいた食べ物が悪くなってしまう」皿の上で乾きはじめているイワシを思い浮かべて言った。身近な他人のなかにいるという感覚は去っていた。会話は不快なものになりそうな雲行きだった。

「ところで、それが葬式とどう関係するんです？　誰の葬式だったんですか」

「ディッキーのことは気にしないでください」とバフィが言った。「尋問が好きなんです。戦時中、MI5にいまして。ジンをもっとだ、ジョー。もう話してくれたよ、ディッキー。同じ職場の可哀そうな人だって」

「きちんと埋葬されるまで見たんですか？」

「いいえ、式に参列しただけで。ハノーヴァー・スクウェアでおこなわれた」

「セント・ジョージ教会だ」と司教の息子が言った。聖餐杯でもあるかのように、グラスをジョーのほうに突き出した。

デイントリーがホワイツ・クラブのバーカウンターから離れるのにはしばらくかかった。バフィはわざわざ階段のところまで見送りにきた。タクシーが通りすぎた。「ぼくの言うことがわかったでしょう」とバフィは言った。「セント・ジェイムズのバスです。誰も安全な人間はいない」何が言いたいのか、デイントリーには皆目わからなかった。宮殿のほうへ歩きながら、こんな早い時間にこれほど飲んだことは長年なかったと思った。気の置けない連中だったが、用心を怠ってはならない。余計なことを話しすぎてしまった。父親や、母親のことまで。デイントリーはロック帽子店のまえをすぎた。オーヴァートンズ・レストランのまえも。そしてペルメル・ストリートの角の歩道で立ち止まった。行きすぎたのに、まだ歩きつづけるところだった。踵を返してもと来た道をたどり、昼食が待っているアパートメントの玄関に達した。

チーズは無事だった。パンも、イワシも。イワシはもともと缶を開けていなかった。あまり手先が器用でない彼は、缶が三分の一しか開いていないうちにブリキの小片を剝ぎとってしまった。それでもなんとか、ばらばらになった魚を半分フォークで取り出した。空腹ではないので、それで充分だ。あれだけドライ・マティーニを飲んだあとでさらに飲んでもいいものだろうかとためらい、ツボルグの壜を選んだ。

昼食は四分とかからなかったが、考えにふけっていたのでかなり長く感じられた。酔っ払いのように思考はあちこちさまよった。まず葬儀が終わったときに通りで彼のまえを歩き去っていった、パーシヴァル医師とジョン・ハーグリーヴズ卿のことを考えた。ふたりは陰謀でも企むように頭を寄せ合っていた。次にデイヴィスのことを考えた。デイヴィスを個人的に気に入っていたわけではないが、彼の死には平静でいられなかった。たったひとりの証人に向かって――たまたまそれはフォークの上でバランスをとっている魚の尾だった――声に出して言ってみた。「今の証拠じゃ陪審員はとても有罪判決を出さないだろうな」有罪？　そもそも検死解剖が示しているとおり、デイヴィスが自然死でなかったという証拠などないのだ。肝硬変は自然死にほかならない。狩りのあった夜、パーシヴァルが彼に言ったことを思い出そうとした。あの夜もちょうど今朝のように飲みすぎていた。理解できない人々に囲まれて居心地が悪かったからだ。パーシヴァルは呼ばれもしないのに彼の部屋を訪れて、ニコルソンという画家のことを話していった。

デイントリーはチーズには手をつけなかった。油で汚れた皿といっしょに台所（キッチン）に運んだ――いや、最近はキチネットと呼ぶのだったか。一度にひとりしか立つ場所がない。ユトランドの海戦のあと、父親が流れ着いたサフォーク州の片田舎の牧師館、そこの地下にあった広大な厨房を思い出した。告解についてのバフィの不注意な発言も。ディントリーの父親は告解にしろ、隣の教区の高教会派の独身司祭が設けた告解室にしろ、決して受け容れようとしなかった。彼にとって人々の告解は又聞き——それも聞いていたとしてだが——でしかなかった。何か打ち明けたいことがあると、信徒はみなディントリーの母親のところへ行った。村では母のほうがはるかに愛されていた。ディントリーは、母が聞いた内容をふるいにかけて父に告げるのをよく耳にした。不快さや悪意や残忍さはすべて省いて「ミセス・ベインズが昨日話してくれたことを、あなたも知っておいたほうがいいと思うの」といったふうに。

ディントリーは口に出して言った——そうするのが癖になってきたようだ——今度は台所の流しに向かって。「ディヴィスが犯人だという確証はなかった」失敗に対する罪の意識を覚えた。引退も近い、中年も終わりに差しかかった男として。だがそもそも何から引退するのか。ひとつの寂しさを別の寂しさととり替えるだけだ。サフォーク州の牧師館に帰りたいと思った。花を咲かせたことのない月桂樹が立ち並ぶ、草の生い茂った長い小径を歩いて、正面のドアからなかに入りたかった。玄関ホールでさえ今の彼のアパートメントより広かった。左手の帽子かけにはいくつも帽子がかけられ、右手には砲弾が使われた真鍮の傘立てがあった。廊下を通り、正面のドアをそっと開ける。さらさ木綿のソファで手に手を取って坐っていた両親は、彼を見て驚く。ふたりだけだと思っていたからだ。

「辞めるべきかな」とデイントリーは両親に訊いた。「それとも定年を待とうか」ふたりの答が〝辞めるべきではない〟であることはよくわかっていた。父親がそう言うのは、彼の乗った巡洋艦の艦長が、神の授けた王権を眼にたたえていたから――彼の息子が上官以上にとるべき行動を理解しているはずがない――そして母親がそう言うのは、雇い主に困らされている村の娘にいつもこう言っているからだ。「焦っちゃいけないわ。別の職場を見つけるのはそれほどやさしくないんだからね」艦長と神を信じている、もと海軍づきの牧師の父親は、みずからキリスト教徒の返答と考えるものを与え、母親は現実的で世慣れた答を与える。今辞めて別の仕事を見つけ出せる可能性は、昔住んでいた小さな村のメイドと比べてどれほど高いというのだろう。

デイントリー大佐は居間に戻った。油のついたフォークを手に持っていることは忘れていた。ここ数年で初めて娘の電話番号を知らされていた。結婚式のあと、送られてきた印刷ずみのはがきに書いてあったのだ。彼が持つ日常生活とのつながりはそれだけだった。夕食に呼んでもらうこともあるかもしれない。こちらから行きたいとは言わないが、もしあの子が誘ってくれるなら……。

出てきた声に聞き憶えはなかった。「六七三一〇七五ですか」と訊いた。

「そうですが。誰と話したいんです？」相手は男だった――知らない男。

怖じ気づいて名前を忘れてしまった。「ミセス・クラッターと」

「まちがい電話です」

「失礼」ディントリーは電話を切った。「ミセス・クラフでした」と訂正してもよかったが、手遅れだった。出てきた男はおそらく義理の息子だろうと思った。

4

「大丈夫だった？」とセイラが訊いた。「わたしが行けなくても」

「もちろんだ。私だって行けなかった――ミュラーとのつき合いがあって」

「サムが学校から帰ってくるまでに家に戻れないのが心配だったの。どこへ行ってたって訊かれるでしょう」

「だがいつかは知らなきゃならない」

「ええ、でも時間はまだたっぷりあるわ。たくさん人がいた？」

「あまり多くなかったとシンシアが言ってたよ。ワトスンはもちろん行った、課長だから。ドクター・パーシヴァル、それから長官も。長官が参列したのは立派だった。ディヴィスはとても重要人物とは言えなかったから。彼のいとこもいたようだ。喪章をつけていたから、シンシアはいとこだと思ったそうだ」

「葬儀のあとはどうなったの？」

「わからない」

「つまり——遺体は」

「ああ、ゴールダーズ・グリーンで火葬にしたと思う。家族の意向によって」

「いとこの？」

「そう」

「アフリカではもっと立派な葬儀をしたわ」とセイラは言った。

「それはまあ……国によっていろいろやり方があるということさ」

「こっちのほうが文明国になったのは早かったのに」

「ああ、しかし文明国だからといって、死により深い思いを抱いているとはかぎらないだろう。昔のローマ人もそうだった」

カッスルはグラスのウィスキーを飲み干して言った。「二階でサムに五分ほど本を読んでやるよ。そうしないと何かおかしいと勘ぐるだろうから」

「何も言わないと約束して」とセイラは言った。

「信じてないのか？」

「もちろん信じてるわ。でも……」階段の上まで〝でも〟が追いかけてきた。カッスルは長いこと〝でも〟と生きてきた——われわれはあなたを信じている、でも……デイントリーはブリーフケースのなかを調べた。ワットフォードの見知らぬ男の仕事も、カッスルがひとりでボリスに会いにきたか確かめることだった。ボリスでさえそうだ。いつか人生が子供のころのように単純になる日が来るだろうか。〝でも〟と縁を切り、当たりまえのように誰からも信頼される日が。セイラのように——そしてサムも信頼してくれるだろうか。

　サムは彼を待っていた。真っ白な枕カバーに黒い顔。シーツもその日に替えたようで、色のコントラストはまるでブラック＆ホワイト・ウィスキーの宣伝のようにくっきりしていた。「調子はどうだ」とカッスルは訊いた。ほかに言うことを思いつかなかったからだが、サムは答えなかった。彼には彼の秘密がある。

「学校はどうだった」

「大丈夫」

「今日は何を習った」

「算数」

「わかってるか」

「大丈夫」

「ほかには？」

「英語の作（コンポ）——」

「作文（コンポジション）か。それはどうだった」

「大丈夫」

この子を永遠に失う日がすぐそこに迫っていることはカッスルにもわかっていた。「大丈夫」が耳に入るたびに、ふたりのあいだの橋を破壊する遠い爆撃の音を聞いているような気がした。サムに「父さんを信頼してるか」と訊けば、おそらく「うん、でも……」と答えるのだろう。

「本を読もうか」

「うん、お願い」

「どれがいい」

「庭の本」

カッスルは一瞬、途方に暮れた。本棚の一段に、ブラーに似たところのある陶器の犬二匹で挟み込んであるぼろぼろの本に眼を走らせた。何冊かはカッスル自身の子供部屋から持ってきたものだ。残りはほとんどカッスルが買ってきた。セイラが本を読みはじめたのは遅く、買う本はみな大人向けだったからだ。カッスルは子供のころから大切にしてきた詩集を一冊手に取った。サムとのあいだに血のつながりはなく、なんであれ同じ嗜好を持ち合わせている保証はないが、いつもそうあってほしいと願っていた——一冊の本でも橋になるのではないかと。適当にページを開いた。少なくともそうしたつもりだったが、本は足跡をとどめる砂の道のようなものだ。その詩集は過去二年のうちに何度かサムに読んでやっていたが、彼自身の子供時代の足跡がより深く残っていて、開くとある詩にぶつかった。それまで一度も口に出して読んだことはないが、一、二行見て、ほとんど諳(そら)んじているほどよく知っている詩だとわかった。子供のころには、聖書のどれほど偉大なことばよりその子の人生を形作る詩の数篇がある。

　国境を越える、赦されぬ罪
　枝を折り、その下をくぐり
　庭の塀の割れ目から外に出て
　川の土手をおり、ぼくたちは行く

「国境って何？」

「ひとつの国が終わって、別の国が始まるところだ」口にしたとたんに定義がむずかしいと思ったが、サムは納得した。

「赦されぬ罪って何？　この子たちはスパイなの？」

「いや、ちがう、スパイじゃないさ。この少年は庭の外に出ちゃいけないと言われて……」

「誰が言ったの？」

「父さんだ、たぶん。それとも母さんか」

「それが罪なの？」

「ずっと昔に書かれた詩なんだ。そのころは世のなかがもっと厳しかった。それに、どちらにしろまじめに言ってるわけじゃない」

「罪って人殺しのことだと思ってた」

「そう、人殺しは悪いことだ」

「庭の外に出ることみたいに？」

カッスルはこの詩に行きあたったことを悔やみはじめた。自分がたどってきた長い道のりのたったひとつの足跡につまずいてしまったと。「もう先を読まなくてもいいか？」続きにざっと眼を通した——害はなさそうだ。

「それはもういい。意味がわからないから」

「ならどれにしよう」

「男の人が出てくるのがあったよね」

「街灯をつける人？」

「ううん、それじゃなくて」

「何をする男？」

「忘れた。暗いところにいるの」

「それじゃわからないな」カッスルは暗いところにいる男を探してページをめくった。
「馬に乗ってるんだ」
「これかな？」
カッスルは読んだ。

月が沈み、星もなく
風吹き荒れる
暗く冷たい夜のなか……

「そうそう、それ」

ひとりの男が馬を駆る
夜も更け、灯も消えたのに
どうして駆けに駆けるのか

「続けて。どうしてやめるの？」

木々が泣き
船が波間で弄ばれるとき
身を伏せ、ひづめの音高く、道を蹴り
男は馬を駆る
馬を駆って走り去り
馬を駆って戻りくる
（詩はいずれもスティーヴンソン『子どもの詩の園』より）

「それだ。それがいちばん好き」

「ちょっと怖いな」とカッスルは言った。

「だから好きなんだ。その人、頭にストッキングをかぶってたの？」

「泥棒だとは言ってないよ、サム」

「だったらどうして外を馬で走りまわってるの？　彼もお父さんやミスター・ミュラーみたいに白い顔をしてるの？」

「それもわからない」

「黒人だと思う。黒い帽子や黒猫みたいに」

「どうして」

「白人はみんな彼のことが怖くて、家に鍵をかけて閉じこもってるんだ。彼が肉切り包丁を持ってきて、喉を掻き切ると思ってるから。ゆ、っ、く、りとね」その場面を味わうようにつけ加えた。

サムがこれほど黒人らしく見えたことはないとカッスルは思った。息子を守ろうと抱きしめたが、子供の心に芽生えつつある暴力と復讐から本人を守るすべはなかった。

カッスルは書斎に入り、抽斗の鍵を開けてミュラーのメモを取り出した。見出しがついている――〝最終的な解決法〟。ミュラーはなんのためらいもなく、ドイツ人の耳にその文句を唱えただろうし、彼の提案する解決法がその場で拒絶されなかったのは明らかだ――本件は協議中ということになる。同じイメージが妄執のごとく頭に浮かんだ――死にゆく子供とハゲタカ。

カッスルは机について、慎重にミュラーのメモを写しとった。わざわざタイプしようとも思わなかった。ヒスの事件で明らかになったように、タイプライターで打ったからといって匿名性が得られるわけでもない。それにもう些末な予防措置をとるつもりはなかった。本を使った暗号については、〝さようなら〟で終わる最後のメッセージを送ったときに、本そのものを廃棄していた。カッスルは〝最終的な解決法〟と書き、続くことばを几帳面に写しながら、初めて自分がカースンと同化するのを感じた。カースンなら、この段階まで来れば最終的な危険を冒すだろう。カッスルは、セイラがかつて言った〝行きすぎ〟に踏み込もうとしていた。

5

夜中の二時、まだ眠っていなかったカッスルはセイラの叫び声に驚かされた。「いやよ！」と彼女は叫んだ。「いやよ！」

「どうした？」

返事はなかった。が、明かりをつけると、彼女の眼は恐怖に見開かれていた。

「また悪い夢を見たんだね。ただの夢だ」

セイラは言った。「怖かった」

「話してごらん。忘れないうちに話してしまえば、夢は戻ってこない」

カッスルの横で彼女はぶるぶる震えていた。恐怖が伝わってきた。「ただの夢だ、セイラ。さあ、話して追い払ってしまいなさい」

彼女は言った。「駅にいたの。発車したのに、あなたはプラットフォームに残っていた。わたしはひとりだった。切符はあなたが持っていた。サムもあなたといっしょにいて、きょとんとしていた。わたしはどこへ行くつもりなのかもわからない。隣のコンパートメン

トで車掌の声がした。まちがった客車に乗っているのがわかった。白人用の客車に
「話したからもうその夢は戻ってこない」

「ここから出ていけ、おまえの乗る場所じゃない、白人用の客車だ、と言われるのがわかった」

「ただの夢だよ、セイラ」

「ええ、わかってる。起こしてごめんなさい。あなたも寝なきゃいけないのに」

「サムが見た夢とちょっと似ているな。憶えてる？」

「サムもわたしも色に敏感なのよ。寝ているときにもつきまとわれている。ときどき、あなたがわたしを愛しているのはこの色のせいじゃないかと思うことがある。もしあなたが黒人だったら、ただ白いからって白人を愛したりしないわよね？」

「しない。私はスワジランドで週末を愉しむ南アフリカ人じゃない。愛するようになる一年近くまえからきみのことは知っていた。愛は穏やかに訪れた。ともに秘密の仕事をしていた数ヵ月のあいだに。私はいわゆる外交官で、家のように安全だった。危険はすべてきみが引き受けた。悪夢は見なかったけれど、夜、眠らずに横になって考えたものだ、きみは次の待ち合わせに出てくるだろうか、それとも姿を消してしまって、どうなったかわからずじまいになるだろうかとね。たとえば別の工作員から、連絡先がひとつ断たれたという知らせが入るとかね」

「その連絡先のことを心配していたのね」

「いや、きみの身に何か起こらないかと心配していたんだ。きみを愛するようになって数カ月たっていた。いなくなったら生きていけないことはわかっていた。今はもう安全だ」

「ほんとうに？」

「もちろん。この七年間で証明しなかったか？」

「わたしを愛してるってことじゃなくて、ほんとうに安全かって訊いてるの」

その質問にはたやすく答えられなかった。最後の暗号文の末尾に記した〝さようなら〟は時期尚早で、本から選んだ〝私は思いどおりに手を上げて、おろしている〟という文句は、アンクル・リーマスの世界ではなんら自由を約束しなかった。

第五部

第一章

1

　十一月の霧と小雨とともに、宵闇が早々におりていた。彼は公衆電話ボックスを出た。送った信号にはひとつも返事が返ってこない。オールド・コンプトン・ストリートで、赤いライトのにじむ〝本〟の看板が歩道を控えめに照らしていた。ハリディの息子がいかがわしい商売を営む店だ。道向かいの店では、節電のためにひとつだけともした電球の下で、父親のハリディがいつものように背を丸めていた。カッスルが店に入ると、老人は顔も上げずにスイッチを入れ、時代遅れの古典文学全集の棚の両脇に明かりがついた。

「電気を節約するね」とカッスルは言った。

「ああ、あなたでしたか。ええ、私なりに政府に協力しているのです。それに五時以降は本物のお客さんはめったに現われませんのでね。おどおどと本を売りにくる人はいますが、たいてい本の状態はよくなくて、がっかりして帰られるかたが多い。百年前の本ならすべて価値があると思っているんですな。申しわけありません、トロロープを探しにこられたのなら、まだ届いていないのです。二冊目がなかなか手に入りません。一度テレビで宣伝されたのがまずかったようです。ペンギンですら売り切れです」

「もう急がなくてもいいよ。それに一冊でよくなった。それを伝えようと思って来たんだ。友人が外国に引っ越してしまって」

「ほう、文学談義の夕べがなくなってさぞ寂しくなるでしょうな。ちょうど先日、息子とそんなことを話していたのです……」

「不思議なことに、私はまだあなたの息子さんに会ったことがない、ミスター・ハリデイ。今、あちらの店にいるのかな。買ってもらいたい本が何冊かあって、話ができないかと思ったんだ。もう珍本にはあまり興味がわかなくなった。歳だろうね。彼に会えるかな？」

「今は会えません。じつを申し上げると、ちょっと厄介なことになっておりまして。儲けすぎたせいです。先月、ニューイントン・バッツに新しい店を開いたのですが、そこの警察はこちらほど理解がなくて——ひねくれたことを言えば、つまり余計に金がかかるわけです。今日の午後は、例のばかげた雑誌の件でずっと下級判事裁判所に出かけたまま、まだ帰ってこないのです」

「その問題がこの店にまで波及しないことを祈るよ、ミスター・ハリデイ」

「ああ、それはありません。ここの警察はとても好意的ですから。息子がああいう商売をしていっるので、むしろ私のことを気の毒がっています。自分も若ければ同じ商売をしているかもしれないと言うと、笑いますがね」

カッスルは〝彼ら〟が若いハリデイのような怪しげな人間を仲介人に選んだことを、かねてから妙だと思っていた。彼の店はいつ警察の手入れがあってもおかしくない。おそらくこれは二重の偽装なのだろう。警察の風紀係はこみ入った情報作戦を見抜くような訓練を受けていない。ハリデイの息子が、父親と同様、どのように使われているかを理解していないことも考えられた。そこがカッスルのいちばん知りたいところだった。自分の命に係わることをこれから託そうとしているからだ。

道の向こうの真紅の看板と、ウィンドウに飾られたヌード雑誌を見つめ、これほど危険とわかりきった行動を自分にとらせる不思議な感情について考えた。ボリスはとうてい許可しないだろうが、〝彼ら〟に最終報告を送り、辞意を知らせた今、それを今度はじかに伝えたいという抑えがたい欲求を感じていた——隠し場所も、書物の暗号も、公衆電話を使った複雑な合図も介さずに。

「いつ戻ってくるかわからないんだね」とカッスルはハリデイに訊いた。

「わかりません。私のほうでお手伝いしましょうか」

「いやいや、それはかえって申しわけない」ハリデイの息子を呼び出すための電話の合図はない。この若者とはあまりにも入念に隔離されていて、最終的な緊急事態のときにしか会うことはできないのではないかと思うほどだった。

カッスルは訊いた。「息子さんはひょっとして赤いトヨタに乗っている?」

「いいえ。でも田舎に行くときには私の車を使っています。商品の売り込みですがね。私が昔ほど動けなくなったものだから、ときどき手伝ってくれるのです。どうしてそんなことを?」

「一度、あの店の外で見かけたような気がしたから」

「うちの車じゃありませんね。町なかじゃ役に立ちません。こんなに混雑してると割に合わないんです。政府のお達しにしたがってガソリンをできるだけ節約してますんで」

「だったら下級判事があまり厳しくないことを祈るしかないね」

「ありがとうございます。あなたが来られたことを伝えておきますよ」

「こんなこともあろうかと、彼に渡してほしいメモを持ってきたんだ。悪いが、本人だけに見てもらいたい。若いころにどんな本を集めたか、あまり人に知られたくないのでね」

「おまかせください。これまで一度もご期待に添えなかったことはありません。トロロープはどうします?」

「ああ、トロロープはもういいよ」

ユーストン駅でカッスルはワットフォード行きの切符を買った。バーカムステッド発着の定期券は見せたくなかった。定期券は改札係が憶えている。列車内では、隣の席に残されていた朝刊を読んで気をまぎらした。知らない映画スターのインタビュー記事がのっていた（バーカムステッドにあった映画館はビンゴ場に変わっていた）。その俳優は明らかに二度目の結婚をしていた。それとも三度目か。数年前のインタビューでは、同じ記者に、結婚はもうやめにしたと言っていた。「要するに、気が変わったのですね」とゴシップ記者は遠慮なく尋ねていた。

カッスルは記事を最後の一語まで読んだ。その俳優は人生のいちばんプライベートな部分も語ることのできる男だった。「最初の妻と結婚したとき、ぼくはほんとうに貧しかった。彼女は理解できず……われわれの性生活は破綻した。しかしナオミはちがう。ナオミはぼくがスタジオからへとへとになって帰ってきたとき、わかってくれる……一週間の休みがとれるときには、かならずふたりきりでサントロペのような静かな場所に出かけて、思う存分愉しむんだ」彼を責める自分は偽善者だとカッスルは思った。自分はボリスに話せるだけのことを話す。話さなければならないときはかならず来る。

ワットフォードでは注意深くこのまえと同じ行動をとった。バス停留所のまえでためらい、ついに歩き出して、次の角を曲がったところで尾行者はいないか確かめた。コーヒー店のまえに来たが、なかには入らず歩きつづけた。このまえは靴紐のゆるんだ男に案内されたが、今回は案内者がいない。次の角は左に曲がったか、それとも右だったか。ワットフォードのこのあたりの通りはみな同じに見える。同じ切妻屋根の家が並び、小さな前庭にはバラが植えられて、枝からしずくが滴っている。ひとつの家が、車を一台収めたガレージを挟んで次の家につながる。

適当な角で曲がり、また曲がってみた。しかしそのたびに通りや三日月型の路地で同じ家並みに出くわすのだった。それらの名前にもからかわれているような気がした——ローレル・ドライブ、オークランズ、シュラベリー——どれも彼の探しているエルム・ビューに似ている。一度、彼が道に迷っていると思った警官に声をかけられた。ポケットのなかのミュラー本人が書いたメモはリボルバーのように重く、カッスルはこの界隈で借家を探しているだけだと答えた。警官は左に通りを三、四本行った先に二軒あると教えてくれ、カッスルがそれにしたがうと、たまたま三本めがエルム・ビューだった。番地は憶えていなかったが、街灯がドアのステンドグラスに反射していたので、家を突き止めることができた。どの窓にも明かりはなく、カッスルは眼を近づけて、消えかけた〈……有限会社〉の表札を確かめたあと、大きな期待を抱かずに呼び鈴を鳴らした。この時刻、ボリスがなかにいるとは考えにくい。そもそもイギリスを離れてしまっているかもしれない。カッスルのほうから関係を断ち切ったのに、危険な連絡場所を維持すべき理由がどこにある？　もう一度、呼び鈴を鳴らしたが、やはり返事はなかった。いっそ彼を脅迫しようとしたイワンが出てきてもうれしいくらいだった。話のできる人間は誰も——文字どおり、ひとりも——いなかった。

来る途中、通りすぎた公衆電話ボックスのまえまで引き返した。向かいの家にカーテンの引かれていない窓があり、なかで家族がハイティーか早めのディナーの席についていた。父親と十代の子供がふたり——息子と娘だ——いるところへ、母親が皿を持って入ってきた。父親が祈りのことばを唱えているようで、子供は頭を垂れていた。カッスルも子供のころ同じことをやらされたが、とうの昔にやめてしまっていた。おそらくこの家族はローマカトリックで、食前の習慣をずっと守っているのだろう。カッスルはたったひとつ残された連絡番号を回しはじめた——最終的な緊急事態のときにだけ使うべき番号を。腕時計で時間を計り、定められた間を空けて受話器を置いた。五回ダイヤルして返事がないのを確かめ、ボックスを出た。誰もいない通りで助けを求めて五回叫んだ気がした。それが誰かに届いたかどうかもわからなかった。最後の報告書のあと、連絡網はすべて永久に断たれたのかもしれなかった。

道の向こうを見た。父親が冗談を言い、母親が微笑んで、娘が息子にウィンクをした。またお父さんのおふざけよと言わんばかりに。カッスルは駅に向かって歩きつづけた。尾行者はおらず、通りすぎる彼を窓から見ている者も、追い抜いていく者もいなかった。透明人間になったような気がした。ほかの人間が彼を同じ人間と認めない奇妙な世界に放り込まれたかのようだった。

シュラベリーという通りの端で立ち止まった。日曜大工セットの新品の煉瓦（れんが）で一夜にして建てられたかと思うほど真新しい教会のまえだった。なかに明かりがともっていて、カッスルはハリディを訪ねたときと同じ寂しさに駆られ、足を踏み入れた。けばけばしく飾り立てた祭壇と、感傷を誘う聖像から、ローマカトリックの教会だとわかった。信心深く肩を並べて立ち、遠い緑の丘を歌う中産階級の揺るぎない一団はいなかった。老人がひとり、祭壇の近くで傘の柄に顎をのせてうとうとしていた。似たような式服を着て姉妹にも見える女がふたり、告解室と思しき場所のまえで待っていた。レインコートを着た女がカーテンの向こうから現われ、着ていない女がカーテンの向こうに消えた。さながら気象庁の雨の予報だった。カッスルはそこの近くに坐った。疲れを感じた――いつもの指三本分のJ&Bの時刻をはるかにすぎている。セイラが心配しはじめているだろう。告解室からもれてくる低い会話の声を聞いていると、七年間の沈黙を経て、包み隠さずすべてを話してしまいたい欲求がふくれあがった。ボリスは完全に引き上げた。もう二度と話すことはできない。もちろん、告発されるようなことになれば別だ。そうなったら存分に〝告解〟をおこなうことができる――裁判官の私室（イン・カメラ）で。当然、証言は非公開（イン・カメラ）だ。

二番目の女が出てきて、三番目の女が入った。まえのふたりはあっと言う間に秘密を片づけた――非公開で。そして懺悔（ざんげ）の義務を果たした自己満足の表情を浮かべ、それぞれ祭壇のまえにひざまずいた。三番目の女が出てくると、待っているのはカッスルだけになった。眠っていた老人は眼覚め、女のひとりをともなって教会から出ていった。告解室のカーテンの隙間から司祭の面長の白い顔がちらりとのぞいた。十一月の湿気のなかに咳払いの音が響いた。カッスルは思った――話したい。なぜ話してはならない？　司祭は告解の秘密を守らなければならない。ボリスは言った。「誰かと話したくなったら、遠慮なく私を呼び出してくれ。そのほうが危険が少ない」しかしカッスルは、ボリスは永遠にいなくなってしまったと確信した。話すことは治療行為だ。ゆっくりと告解室に近づいていった――不安を胸に初めて精神科医を訪れる患者のように。

要領を得ない患者の彼は、うしろ手にカーテンを閉め、残された狭苦しい場所にためらいがちに立っていた。どう切り出す？　オーデコロンの仄かな香りは、いずれかの女が残していったものだろう。シャッターがカタカタと開けられ、舞台の刑事役のような鋭い横顔が見えた。その顔が咳払いをして、何ごとかつぶやいた。

カッスルは言った。「話したいことがあります」

「なぜそうして立っているんです」と横顔が訊いた。「膝を使うことを忘れてしまったのですか」

「ただ話したいだけなのです」とカッスルは言った。

「あなたがここへ来たのは私に話すためではない」と横顔は言った。カチ、カチ、カチと音がした。司祭は膝にロザリオを持ち、悩みを解決する数珠（じゅず）のようにつまぐっていた。

「神に話すためです」

「ちがいます。ただ話しにきたのです」

司祭はしぶしぶ顔をカッスルのほうへ向けた。その眼は血走っていた。カッスルは、気味の悪い偶然で、ここにも自分と同じ孤独と沈黙の犠牲者がいたかと思った。

「ひざまずきなさい。自分をどういうカトリック信者だと思っているのです」

「私は信者ではありません」

「それならここで何をしている？」

「話したい、それだけです」

「教えがほしいなら、司祭館に名前と住所を残しておきなさい」

「教えがほしいわけではありません」

「私の時間を無駄にしないでいただきたい」と司祭は言った。

「告解の秘伝はカトリック信者でない者には閉ざされているのですか」

「あなたの教会の司祭とお話しなさい」

「私には教会がありません」

「ではあなたに必要なのは医者でしょう」と司祭は言い、シャッターを勢いよく閉めた。

カッスルは告解室をあとにした。ばかげた行為のばかげた結末だと思った。かりに話すことを許されても、どうやって理解してもらうつもりだったのか。あまりにも長い歴史を語らなければならなかった。見知らぬ国で、はるか昔に始まった歴史を。

2

廊下でコートをかけていると、セイラが迎えに出て訊いた。「何かあったの？」

「ないよ」

「電話もなしにこんなに遅くなったのは初めてよ」

「あちこち出歩いて、人に会おうとしてた。目当ての人はひとりも見つからなかったけどね。みんな長い週末をすごしているようだ」

「ウィスキーにしましょうか。それとも最初から夕食にする？」

「ウィスキーを。多めについでくれ」

「いつもより多めに？」

「ああ、炭酸水は要らない」

「何かあったのね」

「重要なことは何もないさ。それに外は冬みたいに寒くて湿っていた。サムはもう寝た？」

「ええ」

「ブラーはどこだ」

「庭で猫を探してるわ」

カッスルはいつもの椅子に腰をおろした。またいつもの沈黙が訪れた。ふだんはその沈黙を肩にかけられたショールのように心地よく感じる。沈黙はくつろぎであり、ふたりのあいだにことばは要らないことを示していた。ふたりの愛はことばで確かめる必要もないほど揺るぎない。それは命のあるかぎり続く。しかし、ポケットにミュラーのメモがあり、その写しがそろそろ若いハリデイの手に落ちているこの夜、沈黙は息のできない真空のようだった。すべてがない状態——信頼さえも——で、墓場を予感させた。

「もう一杯頼むよ、セイラ」

「飲みすぎよ。可哀そうなデイヴィスを思い出して」

「彼は酒で死んだんじゃない」

「だって……」

「きみもほかのみんなと同じように考えている……それはまちがいだ。もう一杯つぐのが煩わしければそう言ってくれ。自分でつぐから」

「デイヴィスを思い出してと言っただけよ……」

「面倒など見てくれなくてもいい、セイラ。きみはサムの母親だが、私の母親じゃない」

「ええ、わたしはあの子の母親だけど、あなたは父親でさえない」

　ふたりは驚きと困惑の表情で互いに見つめ合った。セイラは言った。「わたし、こんなこと言うつもりじゃ……」

「きみが悪いんじゃない」

「ごめんなさい」

　カッスルは言った。「話というものができなければ、いずれ将来はこうなる。さっき何をしていたのかと訊いただろう。夕方からずっと、話のできる相手を探していた。でも誰もいなかった」

「何を話すの？」

　その質問でカッスルはまた黙り込んだ。

「どうしてわたしに話せないの？　彼らに禁じられてるからでしょう。公職守秘法があるとか言って。ばかげてる」

「彼らじゃないんだ」

「じゃあ誰？」

「イギリスに戻ってきたとき、セイラ、私はカースンに人に会ってくれと言われた。カースンはきみとサムを救ってくれた男だ。その彼が見返りに要求したのは、ほんのわずかの手助けだった。私は感謝して、会おうと答えた」

「それのどこが悪いの」

「子供のころ母親に、あなたはものを交換するときにいつも相手にたくさんあげすぎると言われたよ。でも、きみをBOSSから救ってくれた男の要求は決して多くはなかった。だから私は——人の言う二重スパイになったんだ、セイラ。終身刑に値する行為だ」

ふたりのあいだでいつかこの場面を演じなければならないことは昔から覚悟していたが、どんなことばを交わすことになるのかは想像もつかなかった。セイラは言った。「そのウィスキーをちょうだい」カッスルがグラスを渡すと、彼女は指一本分を飲んで「危険にさらされてるの？」と訊いた。「今——今晩ってことだけど」

「きみといっしょに暮らしはじめてからずっと危険にさらされていた」

「でも状況がさらに悪化したの？」

「そうだ。情報漏洩が発覚して、彼らはデイヴィスが犯人だと思ったようだ。デイヴィスが自然死だったとは思えない。ドクター・パーシヴァルが何か……」

「彼らが殺したと思うの？」

「ああ」

「あなただったかもしれないのね」

「そう」

「まだ続けてるの？」

「自分では最後の報告書と思うものを書いた。すべてに別れを告げた。だがそのとき——

別のことが起こった。ミュラーとのあいだで。それはどうしても彼らに知らさなければならなかった。知らせが届いたことを祈るが、届いたかどうかはわからない」

「どうして情報部に漏洩がわかったの?」

「おそらくどこかに——適切な場所に——こちらのスパイがいて、私の報告書を読み、ロンドンに送ってきたんだろう」

「もし今回の報告書も送られてきたら?」

「言いたいことはわかる。デイヴィスは死んだ。ミュラーとやりとりしているのは、部で私ひとりだ」

「どうして続けたの、モーリス。自殺行為だわ」

「多くの命を助けることができるかもしれない——きみの国の人たち(ユア・ピープル)の」

「わが国の人たち(マイ・ピープル)なんて話をしないで。わたしにもう同胞はいない。あなたが〝わが民(マイ・ピープル)〟なの」聖書からの引用だとカッスルは思った。昔、聞いたことがある。セイラはメソジスト派の学校にかよっていた。

彼女はカッスルを抱き寄せ、ウィスキーのグラスを彼の唇に持っていった。「こんなに長いあいだ待たずに、話してくれればよかったのに」

「怖かったんだ——セイラ」彼女の名前を口にして、旧約聖書の別の名前を思い出した。ルツという名の女が彼女と同じことを言った——あるいは、とてもよく似たことを。

「わたしを怖れたの？　それとも彼らを？」

「きみのために怖れたんだ。ポラナ・ホテルできみを待っていた時間がどれほど長かったか、想像できないだろう。外が明るい時刻には、ずっと双眼鏡で車のナンバーを見ていた。偶数ならミュラーがきみを捕まえた。奇数ならきみはホテルに向かっている。だけど今回はパロマ・ホテルもないし、カースンもいない。同じことは二度と起こらない」

「わたしにどうしてほしい？」

「たぶんいちばんいいのはサムを連れて私の母のところへ行くことだ。私から離れる。大喧嘩をして離婚するふりをしてくれ。何も起こらなければ、私はここに残る。そしてまたいっしょに暮らせる」

「そのあいだわたしはどうすればいいの？　車のナンバーをずっと見ているの？　次にいい方法を教えて」

「彼らがまだ私の面倒を見るつもりなら――そこははっきりわからないが――安全な逃亡ルートは確保されている。けれど私はひとりで行かなければならない。だからどちらにしろ、きみはサムと私の母のところへ行くしかない。たったひとつのちがいは、連絡ができなくなることだ。私がどうなっているか、きみにはわからないだろう――おそらくかなり長いあいだ。私としては、いっそ警察に介入してもらいたいと思うよ。それならまたきみと法廷で会えるから」

「でもデイヴィスは法廷までたどり着けなかったわ。そうでしょう？　だめ。もし彼らが面倒を見てくれるなら、行って、モーリス。それで少なくともあなたは安全だってことがわかる」

「ひと言も責めないんだね、セイラ」

「どんなことを言うべきなの」

「つまるところ、私は人の言う裏切り者だ」

「それがなんなの」と彼女は言って、手を彼の手のひらに添えた。それはキスよりも親密な行為だった——キスは他人にもできる。彼女は言った。「わたしたちにはわたしたちだけの国がある。あなたとわたしとサムの国。あなたはその国は裏切ってないわ、モーリス」

彼は言った。「もう今晩は悩んでも仕方ない。まだ時間はあるし、われわれも眠らなければ」

しかしベッドに入るなり、ふたりは愛を交わした。何も考えず、何も言わず、一時間もまえからそうすることが決まっていて、あらゆる議論はそれを先送りするためにあったかのように。こんなふうに体を重ねたことはもう何カ月もなかった。秘密が明かされた今、愛が解き放たれた。カッスルは体を離すとすぐに眠りに落ちた。最後に考えたことは——まだ時間はある。漏洩がロンドンに報告されるまでには、何日も、もしかすると何週間もかかる。明日は土曜だ。週末をまるごと使って結論を出せばいい。

第二章

ジョン・ハーグリーヴズ卿は田舎の書斎に坐り、トロロープを読んでいた。いつもなら非の打ちどころのない安らぎのひとときになるはずだった。穏やかな週末を破ることが許されるのは、担当官からの緊急の連絡だけだ。そして情報部において、緊急の連絡などめったにない。このお茶の時間には妻も夫の自由を尊重していた。午後のアールグレイは六時に飲むカティサークの味を損ねることがわかっていたからだ。西アフリカにいたころ、ハーグリーヴズはトロロープの小説を愛読するようになった。ふだんは小説など読まないのだが、イライラしたときには『管理人』や『バーチェスター寺院』を読むと心が落ち着いた。アフリカですごすのに必要な忍耐力を与えてくれた。スロープ氏は厚かましく独善的な郡弁務官を思わせたし、プラウディ夫人は総督夫人に似ていた。このとき彼は、アフリカと同様、イギリスでも彼をなごませてくれるはずの一篇の小説に心を乱されていた。小説の題名は『今生きること』。質の高いテレビ番組のシリーズになったと誰かが言っていた。誰だったかは思い出せないが。ハーグリーヴズはテレビは好きではないが、トロロープの原作ならまちがいなく気に入るだろうと思っていた。

その日の午後は、しばらくいつものようにすらすらと読み進めた。トロロープはいつもそうだ——穏やかなヴィクトリア時代、善いものは善く、悪いものは悪く、誰もが簡単に両者を見分けられる。子供でもいればちがった考えを抱いたかもしれないが、子供はいなかった。ほしいと思ったことは一度もなく、妻も同じ考えだった。これについてふたりの意見は一致していたが、おそらく理由は異なった。彼は公の責任に加えて私的な責任まで負いたくなく（アフリカで子供はつねに心配の種だった）、妻のほうは——まあ、彼としては愛しく思うだろうが——体型と自立を守りたかった。ともに子供に無関心であることが、ふたりの愛を深めていた。夫がウィスキーを傍らに置いてトロロープを読むあいだ、妻は自分の部屋に入り、同じくらい満ち足りた気分でお茶を飲む。これがふたりの平和な週末だった——狩りも、来客もなく、邸宅の敷地は早々と十一月の黄昏に包まれる。彼はアフリカにいる自分を想像することができた。勤務地を遠く離れ、いつも大いに愉しむ長旅の途中で立ち寄った密林の休息所にいるところを。休息所の裏ではコックが鶏の羽をむしっていて、肉片目当てに野犬が集まってきている……遠い道路の光は、アフリカの村の灯にも見えた。娘たちが互いに相手の髪からシラミを取り合う村の灯に。

彼はメルモット老人が出てくるところを読んでいた。議員仲間の見立てでは詐欺師だ。隣のメルモットは下院の食堂の席についていた——〝彼を追い払うことは不可能だった。

席につくことも同じくらい不可能で、ウェイターですら給仕するのを嫌がった。しかし彼はひたすら辛抱して、やっと食事にありついた〟。

ハーグリーヴズは思いがけず孤独なメルモットに心惹かれた。そうして、パーシヴァルがデイヴィスへの好意を口にしたときに、医師に言ったみずからのことばを思い出して後悔した。自分は〝売国奴〟ということばを使ってしまったが、メルモットの同僚は〝詐欺師〟と言っている。ハーグリーヴズは先を読んだ。〝彼を観察する者たちは、あれだけ図々しいのだから本人は幸せにちがいないと口々に言い合った。が、じつのところ彼は、そのときロンドンでもっとも不幸な、完全に打ちのめされた男だった〟。ハーグリーヴズはデイヴィスを知らなかった。職場の廊下ですれちがってもわからなかっただろう。彼は思った――たしかに私は性急な指示を出してしまった。愚かな反応をしてしまった。だが彼を始末したのはパーシヴァルだ。パーシヴァルにこの件をまかせるのではなかった……。

ハーグリーヴズは読みつづけた。〝しかし世間から見放され、破られた法の憤怒だけが引き起こしうる極度の惨めさしか残されていない、そんな彼でも、自由の最後の瞬間にともかく図々しいという評判は立てることができるのだった〟。哀れな男だ、とハーグリーヴズは思った。勇気を与えてやりたい。デイヴィスはしばらく部屋を離れた隙にパーシヴァルがウィスキーに混ぜた薬のことを考えなかったのだろうか。

そのとき電話が鳴った。妻が自分の部屋で受話器を取った。トロロープ以上に彼の心の平和を守ろうとしていた。が、相手のせっぱ詰まった訴えに、結局、電話をまわさざるをえなかった。ハーグリーヴズはやむなく受話器を上げた。聞き憶えのない声が言った。

「ミュラーです」

ハーグリーヴズはまだメルモットの世界にいた。「ミュラー？」

「コーネリアス・ミュラーです」

不穏な間ができ、相手の声が言った。「プレトリアの」

一瞬、ジョン・ハーグリーヴズ卿は、知らない男がはるか遠くの町から電話をかけてきていると思ったが、すぐに記憶が甦った。「ああ、そうか、あなたか。何かお役に立てるかな」と言ってつけ加えた。「カッスルがうまくやっていると思うが……」

「あなたと話がしたいのです、サー・ジョン、そのカッスルについて」

「月曜にはオフィスにいる。秘書に電話してくれれば……」

「明日はいらっしゃいませんか」

「ああ、今週末はずっと田舎ですごしている」

「そちらにうかがってもいいですか、サー・ジョン」

「それほど緊急なのかね」

「だと思います。かなり深刻なあやまちを犯してしまった気がしてならないのです。今すぐそのことをあなたと相談したいのです、サー・ジョン」

まるでトロロープそのままだとハーグリーヴズは思った。可哀そうなメアリ。ふたりでここにいるときには、仕事を極力遠ざけているのに、かならずこうやって割り込まれる。デイントリーが気むずかしくふるまった狩りの夜を思い出した。彼は訊いた。「車はあるのかね」

「あります、もちろん」

ハーグリーヴズは思った。今晩いくらか丁重に対応してやれば、土曜はまだ自由になる。そこで言った。「もし夕食をこちらでとる気があるなら、車で二時間だ」

「もちろんうかがいます。ありがとうございます、サー・ジョン。お邪魔するのはほんとうに重要な案件だと思っているからで……」

「オムレツぐらいしか出せないかもしれないよ、ミュラー。あり合わせのものしか」と念を押した。

受話器を戻し、部内に広まっている彼と人食い部族の出所不明の噂話を思い出した。窓辺に近づき、外を見た。アフリカが遠ざかった。光はロンドンと情報部へ続く道路の光だった。メルモットの自殺が近づいているのを感じた――ほかに解決策はない。居間に行くと、メアリがクリスティの競売で手に入れた銀のティーポットから、カップにアールグレイを注いでいた。ハーグリーヴズは言った。「すまないね、メアリ。夕食に客が来ることになった」

「そうじゃないかと思ってたの。どうしてもあなたと話したいって言うものだから……あれは誰？」

「BOSSがプレトリアから送り込んできた男だ」

「月曜まで待てないの？」

「ほんとうに緊急だと言うんだ」

「アパルトヘイトの連中(バガーズ)は好きじゃない」イギリスでよく使われる卑語は、彼女のアメリカ訛で聞くといつも奇妙に響く。

「私もだよ。だが協力せざるをえない。食べるものを適当に用意してくれないか」

「コールド・ビーフがあるけれど」

「私が約束したオムレツよりましだ」

　仕事の話がまったくできないので堅苦しい食事になったが、レディ・ハーグリーヴズは最善を尽くし、ボジョレーの力を借りて話題を探した。アフリカーンスの芸術や文学について何も知らないと打ち明けると、どうやらミュラーも知らないようだった。詩人や小説家がいることは認めたが――ヘルツォーク賞にも触れた――どれも読んだことがないと言った。「信用できないのです」と彼は言った。「ほとんど全員」

「信用できない？」

「いろいろ政治活動をしていますから。テロリストを支援して投獄された詩人もいます」

ハーグリーヴズは話題を変えようとしたが、南アフリカといえば金とダイヤモンドしか思い浮かばなかった――それらも作家と同じように、政治的にいろいろあった。ダイヤモンドでナミビアを連想し、百万長者のオッペンハイマーが進歩的な党を支持していることを思い出した。ハーグリーヴズにとってのアフリカは貧困にあえぐ密林のアフリカだが、政治は鉱山の岩の破片のように南部一帯に散らばっているのだった。ウィスキーの壜と安楽椅子とともに、男ふたりになったときにはほっとした。困難な話題は安楽椅子で話すにかぎる。安楽椅子に坐って腹を立てるのはむずかしいと、つね日ごろから思っていた。

「赦(ゆる)してくれたまえ」とハーグリーヴズは言った。「ロンドンであなたを出迎えられなかった。ワシントンに行かなければならなかったのだ。どうしても避けられない定期的な訪問でね。あなたに不自由な思いをさせないように、部下たちがうまくとり計らっているといいが」

「私もすぐ発たなければなりませんでした」とミュラーは言った。「ボンに」

「だがそれは定期的な訪問ではなかったんだろう？　コンコルドのせいでロンドンはいまいましいほどワシントンに近づいてしまった。昼食にちょっと寄ってくれないかといった具合だ。ボンではすべてうまくいったことを祈るよ――もちろん、理に適った範囲でね。だがこういったことはみんな、われわれの友人カッスルと話したんだろう」

「あなたの友人です、私の友人というより」

「そう、そうだな。ずっと以前、われわれのあいだにはちょっとした問題があった。しかしそれは歴史の彼方だ」

「歴史の彼方などというものが存在するんでしょうか。アイルランド人はそんなふうには考えていません。あなたがたがボーア戦争と呼ぶものは今もってわれわれの戦争です。われわれは独立戦争と呼びますが。カッスルのことが気になるのです。だから今晩お邪魔しました。私は軽率なことをしてしまいました。ボン訪問の内容を書いたメモを彼に渡してしまったのです。もちろん極秘情報ではありませんが、行間を読む人間にとっては……」

「大丈夫、カッスルは信頼できるよ。最高の人材とわかっていなければ、あなたへのブリーフィングは頼まなかった……」

「彼の家に食事に行きました。驚いたことに、黒人の女と結婚していました。あなたの言う〝ちょっとした問題〟の原因となった女です。ふたりには子供までいるようです」

「ここには肌の色による制限はないからね、ミュラー。それに彼女のことは徹底的に調べた。保証するよ」

「それでもです。彼女の逃亡を手引きしたのはコミュニストたちです。カッスルはカースンの親友でした。ご存じかと思いますが」

「カースンについてはすべて知っている——あの女の逃亡のこともね。当時、コミュニストと連絡をとり合うのはカッスルの仕事だった。カースンがまだ問題を起こしているのかね」

「いいえ。カースンは獄死しました――肺炎で。私がそう告げると、カッスルは眼に見えて動揺していました」

「当然じゃないか？　友だちだったとしたら」ハーグリーヴズはカティサークの壜の向こうに置かれたトロロープを名残惜しそうに見た。ミュラーはふいに立ち上がり、部屋を横切っていった。かつて宣教師がかぶっていた黒いソフト帽を頭にのせた黒人の写真のまえで立ち止まった。顔の片側は狼瘡にやられ、男は片方の口の端だけ上げて、カメラの持ち主に微笑んでいた。

「気の毒な男だ」とハーグリーヴズは言った。「私がその写真を撮ったときには死にかけていた。本人にもそれがわかっていた。クルー族はみんなそうだが、勇敢な男だったよ。だから記憶にとどめておきたかったのだ」

ミュラーは言った。「まだお話しすることがあるのです。私はたまたまカッスルにまちがったメモを渡しました。カッスルに見せるものと、あとで自分の報告に使うものを作ったのですが、ふたつを混同してしまって。たしかに極秘情報ではありません――外国で極秘情報を紙に残したりはしません――が、不用意な文言がいくつかあって……」

「ほんとうに心配する必要はないよ、ミュラー」

「どうしても心配なのです。この国は雰囲気があまりにちがう。私の国と比べて、怖れることがないに等しい。あの写真の黒人ですが、彼に好意を持っていたのですか」

「友人だった――大好きな友人だ」

「黒人に対してそんなふうに言うことは、私にはできません」とミュラーは言った。振り返ると、向かいの壁にアフリカの仮面がかかっていた。

「カッスルは信用できません」と彼は言った。「証拠はありませんが、直感でそう思うのです……私の相手にはほかの人物を指名してほしかった」

「あなたの国を担当しているのはふたりしかいなかった。デイヴィスとカッスルだ」

「デイヴィスというのは死んだ男ですか」

「そうだ」

「この国ではものごとを軽く見すぎています。ときにうらやましくなる。たとえば、黒人の子供といったことを。ご承知のように、われわれの経験では、秘密情報部の職員ほど誘惑に弱い人間はいません。数年前、BOSSで情報漏洩がありました。コミュニストとやりとりのある部門でした。犯人はきわめて優秀な職員でした。やはり相手と友情を深め、ついに友情が職務を凌いだのです。その件にもカースンがからんでいました。そしてもう一件、その職員はチェスの達人でした。彼にとって諜報活動はチェスのゲームになってしまった。超一流のプレーヤーを相手にするときにだけ興味を示すようになりました。結局、ゲームが簡単すぎて満足できず、身内を相手にするようになった。ゲームが続いているあいだは幸せだったと思いますよ」

「その彼はどうなった」

「死にました」

ハーグリーヴズはまたメルモットのことを思った。人は勇気を最高の美徳と褒めそやす。では、下院の食堂に坐っている破産した詐欺師の勇気はどうなのか。勇気があれば正しいということか。何かに勇気を抱けば、美徳が生まれるのか。彼は言った。「デイヴィスはふさがなければならない漏洩の源だったと理解している」

「幸運にも死んでくれたと?」

「肝硬変だ」

「カースンは肺炎で死んだと申し上げました」

「たまたま知っているのだが、カッスルはチェスをやらない」

「ほかの動機も考えられます。金を欲しているとか」

「それはカッスルにはまったく当てはまらない」

「彼は妻を愛しています」とミュラーは言った。「息子も」

「だから?」

「ふたりとも黒人です」ミュラーは壁にかかったクルー族の長の写真を見ながら、あっさりと言った。まるで私まで疑っているようだとハーグリーヴズは思った。敵の船を探して悪意の海をなめる喜望峰のサーチライトのように。

ミュラーは言った。「あなたが正しくて、情報をもらしていたのがほんとうにデイヴィスであったことを祈りますよ。私はちがうと思う」

ハーグリーヴズは、ミュラーが黒いメルセデスに乗り、敷地を抜けて走り去るのを見つめた。車のライトの動きがゆっくりになり、止まった。番小屋のまえまで行ったのだろう。アイルランド人の襲撃が始まってから、警視庁公安部の人間がひとり駐在している。敷地はもうアフリカの密林の続きには見えなかった。ハーグリーヴズにとっては懐かしく感じられない、ロンドン周辺州（ホーム・カウンティーズ）の一区画にすぎなかった。すでに真夜中近かった。二階の更衣室に入ったが、シャツまでしか脱がなかった。タオルを首に巻き、髭を剃りはじめた。夕食前に剃っていたので、わざわざそうする必要もなかったが、髭を剃っているあいだはいつもよりはっきりとものが考えられる。ミュラーがカッスルを疑うようになった理由を一つひとつ思い出そうとした。カースンとの関係――これは意味がない。黒人の妻と子供――その昔、結婚するまえに、ハーグリーヴズにも黒人の愛人がいた。彼女のことを思い出して悲しみと喪失感に包まれた。彼女は黒水熱で亡くなった。そのとき彼はアフリカに対する愛の大部分が彼女とともに墓のなかへ消えてしまったように感じた。ミュラーは直感と言っていた――〝証拠はありませんが、直感でそう思うのです〟と。ハーグリーヴズは決して直感をないがしろにしない。アフリカでは直感を頼りに生きていた。使用人の少年たちも直感で選んだ――彼らが持ち歩いている、判読不能の推薦文が書かれたぼろぼろのノートなどではなく。かつて直感で命拾いしたこともあった。

顔をタオルで拭いて、エマニュエルに電話をかけようと思った。情報部で真の友人と呼べるのはパーシヴァルしかいない。寝室のドアを開けてのぞいてみた。なかは暗く、妻は寝ているのだろうと思ったら、声がした。「何をしてるの？」

「もうすぐ終わる。エマニュエルに電話をするだけだ」

「あのミュラーって人は帰ったの？」

「ああ」

「嫌な人ね」

「私もそう思う」

第三章

1

カッスルは眼覚めて腕時計を見た。とは言え、頭のなかで時間はわかっているつもりだった——八時数分前だ。ちょうど書斎に入って、セイラを起こさずにニュースを聞くことのできる時間だ。ところが時計を見て、八時五分になっているので驚いた。これまで体内時計がくるったためしはなく、腕時計のほうがまちがっているのではないかと思ったが、書斎に入ると、もう主要なニュースは終わり、アナウンサーが埋め草のような地方ニュースの断片を読み上げていた——国道四号線での大事故。新しいポルノ書籍追放キャンペーンを歓迎する、社会活動家のホワイトハウス女史への短いインタビュー。そして女史の主張を裏づけるような、ほんの小さな事件。ホリデイという——〝失礼、ハ、ハ、ハリデイでした〟——しがない本屋が、ポルノ映画を十四歳の少年に売った容疑で、ニューイントン・バッツの下級判事裁判所に呼び出されていた。ロンドン中央刑事裁判所での公判に向けて再拘留されることになっており、保釈金は二百ポンドと指定されていた。

つまり、おそらくハリデイは警察の監視下にあって、ポケットに入ったミュラーのメモの写しを自由に使えるわけか、とカッスルは思った。指定された隠し場所に持っていくのも怖く、破棄してしまうことすら怖く、いちばんありそうな使い道は、警察との交渉材料に使うことだ――〝ぼくはあなたたちが考えているよりずっと重要な男なんですよ。ひとつこちらの言うことを手配してくれたら、あるものをお見せしましょう……公安部の人と話をさせてください〟。カッスルは今ごろどんな会話が交わされているかを容易に想像することができた。訝る地元の警察に、若いハリデイはもったいぶってミュラーのメモの一ページ目を見せる。

カッスルは寝室のドアを開けた。セイラはまだ眠っていた。ついに来るべきときが来たと胸につぶやいた。明瞭に考えて、決然と行動しなければならない。希望も絶望と同じように退けなければならない。どちらも思考を混乱させる感情だ。ボリスは去り、連絡網は断たれたと想定し、自力で動かなければならない。

セイラに聞こえないように居間におりていき、最終的な緊急事態にだけ使うようにと指定された番号をもう一度ダイヤルした。どんな部屋で電話が鳴っているのかは見当もつかない――交換機がケンジントンのどこかにあるとわかるだけだ。十秒の間隔を置いて、三度かけた。誰もいない部屋にSOSを送っている気がしたが、そこはわからない……どのみちほかに助けを求める方法はない。もはやなじんだ土地を離れる道しか残されていなかった。電話の横に坐り、計画を立てた。と言うより、計画ははるか昔に立ててあったので、もう一度振り返って検討した。破棄しなければならない重要なものはない、それについてはほぼ自信があった。暗号に使った本も処分した……燃やさなければならない書類も一枚たりとてない……空っぽの家に戸締まりをして出ていけばいい……もちろん犬を燃やすわけにはいかないが……ブラーはどうしよう。ことここに至って、好きでもなかった犬に頭を悩ますのはばかげているが、母親はセイラがブラーをサセックス州の家で永遠に飼うと言ったら承知しないだろう。犬舎に置いてくる手はあるが、どこにあるのかわからない……これはそのときまで考えたこともなかった問題だった。大した問題ではないと自分に言い聞かせて、セイラを起こしに二階へ戻った。

どうして今朝はこんなによく眠っているのだろう。眠っていれば、たとえそれが敵であろうとやさしく見守ることができる。セイラを見つめ、昨夜愛し合ったあとで彼自身もこ数カ月なかったほどぐっすりと寝入ったことを思い出した。それはただ正直に話し合ったから、ふたりのあいだに秘密がなくなったからだった。キスをするとセイラは眼を開け、もはや一刻の猶予もなくなったことを悟ったのがわかった。いつものようにゆっくりと眼覚めて、両腕を伸ばし、「夢を見ていたの……」と言っているわけにはいかなかった。カッスルは彼女に言った。「今すぐ母に電話しなければならない。きみが電話するなら、夫婦喧嘩をしたと言うほうが自然だろうね。サムと数日お世話になってもいいかと訊くんだ。ちょっと嘘をついてもいい。きみが嘘をついていると母が思うなら、かえって好都合だ。そのほうがあちらへ着いてから追い追い事情を説明するとき楽になる。私が赦しがたいことをしたと言えばいい……昨日の夜、みんな話したね」

「でもあなたはまだ時間はあるって……」

「まちがっていた」

「何かあったの？」

「ああ。きみはサムとすぐに逃げなければならない」

「あなたはここに残るの？」

「彼らが脱出を助けてくれるか、警察が捕まえにくるかだ。そうなったときに、きみたちはここにいてはならない」

「それでもう会えなくなるの？」

「もちろん会えなくなるわけじゃない。ふたりが生きているかぎり、また会えるさ。どうにかして、どこかで」

ふたりはそれ以上ほとんど話もせずに、そそくさと着替えた。寝台車の同じ個室に無理やり押し込まれた他人同士のように。彼女はサムを起こしに出ていくドアのまえで振り返り、ひと言だけ訊いた。「学校はどうする？　誰かが気にするとも思えないけれど……」

「今は心配しなくていい。月曜に電話して病気になったと言いなさい。とにかくできるだけ早くこの家から離れるんだ。警察が来るかもしれない」

彼女は五分後に戻ってきて言った。「お義母さんに話したわ。あまり歓迎したいって感じじゃなかった。昼食に誰か来るんですって。ブラーはどうする？」

「何か方法を考える」

九時十分前、セイラはサムと出発する準備ができた。タクシーが玄関のまえで待っていた。カッスルにはとても現実のこととは思えなかった。彼は言った。「もし何も起こらなかったら戻ってきていい。仲直りしたと説明しよう」少なくともサムは喜んでいた。タクシーの運転手と笑い合っているのをカッスルは見つめた。

「もし……」

「きみはポラナ・ホテルに来た」

「ええ、でもあなたは言ったわ、二度と同じことは起こらないものだって」

タクシーのまえで、ふたりはキスを交わすことも忘れていた。思い出してぎこちなくキスをしたが意味はなく、こうやって別れてしまうことが現実であるわけがない、夢のなかの出来事にちがいないという感覚しかなかった。彼らはいつも互いに夢の話をしていた――エニグマ（第二次世界大戦でドイツ軍が用いた暗号機）より解読がむずかしいふたりだけの暗号をやりとりしていた。

「電話してもいい？」

「しないほうがいい。万事うまくいったら、数日内に公衆電話からきみに連絡する」

タクシーが走り去った。後部のウィンドウが曇りガラスなので、カッスルは彼女の最後の姿すら見ることができなかった。家のなかに戻り、小さなバッグに服役にも逃亡にも使えるわずかの荷物を詰めはじめた。パジャマ、洗顔用具、ハンドタオル――ためらってからパスポートも加えた。そして椅子に坐って、待った。隣人が車で出かける音がしたあと、あたりは土曜の静けさに包まれた。キングズ・ロードで自分ひとりが生き残った気がした――角の警察を除いて。ドアが押し開けられ、ブラーがよたよたと入ってきた。床に尻をつけ、相手を戸惑わせる眼を見開いてカッスルを見つめた。「ブラー」とカッスルは囁いた。「ブラー、どうしておまえはいつもこんなに厄介者なんだろうな」犬はあいかわらず見つめていた――そうしていれば、いずれ散歩に連れていってもらえる。

十五分たち、ブラーがまだ見つめているところで電話が鳴った。カッスルは鳴らしておいた。子供が泣くように、電話はいつまでも鳴りつづけた。それは彼が望んだ合図ではなかった。電話の連絡網がこんなに長く残っているわけがない。きっとセイラの友だちの誰かだろうと思った。ともかく彼にかかってきた電話ではない。彼に友人はいなかった。

2

パーシヴァルはリフォーム・クラブの玄関ホールに坐って待っていた。そばにある重厚な大階段は、口髭や頬髯を蓄えた、永遠に高潔な自由党の老政治家たちの重量を支えるために作られたかのようだった。ハーグリーヴズが入ってきたときには、ほかの会員はひとりしかいなかった。小柄で小物、眼も悪いらしく、株価表示画面を見るのに苦労していた。

ハーグリーヴズは言った。「私の番だというのはわかっているんだが、トラヴェラーズが閉まっていてね。ディントリーにも来てもらった。気を悪くしないでもらえるといいんだが」

「同席して愉快な相手じゃありませんが」とパーシヴァルは言った。「保安上の問題ですか」

「そうだ」

「ワシントン出張のあとで、ちょっとのんびりしていただきたいと思ってたんですがね」

「この仕事で長いことのんびりはできないよ。それに、のんびりしていても愉しくない。愉しければとっくに引退してる」

「引退なんてめっそうもない、ジョン。いかにも外務官僚といった人間が後任になったら目も当てられません。ところでどんな問題があるんです」

「まず飲ませてくれ」ふたりは階段をのぼり、食堂の外に出してあるテーブルについて坐った。ハーグリーヴズはカティサークを一気に飲み干した。「きみがまちがった人間を殺していたらどうする、エマニュエル？」

パーシヴァルの眼に驚きの色は浮かばなかった。眼のまえのドライ・マティーニの色を確かめるようにじっと見つめ、においを嗅ぎ、レモンの皮を爪でつまみ取った。まるで自分自身に処方箋を書いているかのように。

「それはありません。自信を持って言えます」と彼は言った。

「ミュラーはそれほど自信を持っていないようだ」

「ミュラーですって！　彼が何を知っていると言うんです」

「何も知らない。ただ、直感でそう思っている」

「もしそれだけなら……」

「きみはアフリカに行ったことがない、エマニュエル。アフリカでは直感を信じるようになるものだ」

「デイントリーは直感よりはるかに多くのものを求めるでしょうね。デイヴィスに関する事実にも満足しなかったんだから」

「事実とは？」

「ほんの一例をあげれば、動物園と歯医者の件です。それからポートンのこともある。ポートンは決定的でした。ディントリーに何を話すつもりですか」

「秘書に言って、今朝いちばんでカッスルの家に電話をかけさせた。誰も出てこなかった」

「たぶん週末に家族で出かけたんでしょう」

「うむ。だが彼の金庫を開けてみると、ミュラーのメモがなかった。きみが言いたいことはわかる。誰にでも不注意はある。しかしともかくディントリーにバーカムステッドに行ってもらおうと思ったのだ。もし誰もいなければ、家を隈なく捜索することができる。もし彼がいれば……ディントリーを見て驚くだろう。そして彼が犯人だとしたら……おそらく動揺して……」

「MI5には伝えたのですか」

「伝えた。フィリップスと話した。またカッスルの電話を盗聴しはじめている。何も出てこなければいいと心から思うよ。出てきたら、デイヴィスは無実だったということになる」

「デイヴィスのことをそれほど心配する必要はありません。いなくても情報部の損失にはなりませんから、ジョン。もともと雇用すべきではなかったのです。要領も悪いし、不注意だし、酒にだらしなかった。早晩かならず問題になっていたでしょう。ですが、もしミュラーが正しいとすれば、カッスルはかなり大きな頭痛の種です。アフラトキシンは使えません。彼が酒をあまり飲まないことはみんなが知っていますから。法廷に引き出すしかないでしょう、ジョン、何かほかの方策を思いつかないかぎり。被告側弁護団、非公開の証拠。報道機関は非難囂々でしょうね。センセーショナルな見出し。誰も満足しなかったとしても、デイントリーだけは満足するでしょう。なんでも法律にのっとってやる堅物ですから」

「ああ、やっと来た」とジョン・ハーグリーヴズ卿は言った。

デイントリーがふたりのいるほうへゆっくりと階段をのぼってきた。これも状況証拠とばかりに、交互に出す足を一歩一歩見きわめようとしているのかもしれない。

「どう切り出したものか」

「私に話すときと同じようにしたらどうです――ちょっと乱暴に？」

「ああ、だが彼はきみほど鉄面皮ではないのだよ、エマニュエル」

3

時間がとてつもなく長く感じられた。カッスルは本を読もうとしたが、どの本も彼の緊張を解くことはできなかった。ひとつ段落を読み終えるたびに、家のなかのどこかに、何か自分の罪を暴くものがあるという思いに囚われた。本棚の本はすべて確かめた――暗号に一度でも使った本はない。『戦争と平和』は誰にもわからないように処分した。書斎に残されていたカーボン紙は、どんなに他愛ない内容に使ったものであれ、すべて焼き払った。机の上の電話番号リストにも秘密はなく、肉屋や医者のそれとなんら変わらないが、それでも自分の見落とした鍵がどこかに残されているという確信があった。カッスルは、デイヴィスのアパートメントを捜索していた公安部のふたりを思い出した。デイヴィスが父親にもらったブラウニングの詩集に〝C〟と書き込んでいた数行があったことを。この家に愛の痕跡はない。セイラと恋文のやりとりをしたことはなかった――南アフリカでは恋文は犯罪の証拠となる。

これほど長く孤独な一日をすごしたことはなかった。朝食らしきものを口にしたのはサムだけだったが、カッスルは空腹を覚えなかった。ただ夜が来るまえに何が起こるかわからない、いつ次の食事ができるかわからないと自分に言い聞かせて、台所に坐った。冷たいハムの皿を用意したが、ひと切れしか食べないうちに一時のニュースを聞く時間になっていることに気づいた。ニュースを最後まで聞いた――最後のサッカーの試合結果まで。どこで緊急の臨時ニュースが入るかわからないからだ。

しかしもちろん、彼にほんの少しでも関係することは何も報じられなかった。ハリデイの息子に関することさえも。それも当然で、今後カッスルの人生に係わることはすべて非公開となる。いわゆる秘密情報を長年扱ってきた人間にしては、彼は奇妙に現場に係わっていない気がした。もう一度、緊急信号を送りたい衝動に駆られたが、自宅から二度そうした時点で大いに配慮を欠いている。相手の電話がどこで鳴ったのかはわからないが、電話を盗聴している連中は、かけた先を特定できるかもしれない。連絡網が断たれ、自分は見捨てられたという前夜の確信が、ときを追うごとに強まっていった。

ハムの残りをブラーにやると、犬はお礼にズボンを舐めてよだれの跡をひと筋つけた。もっと早い時間に散歩に連れ出してやるべきだったが、四方の壁の外に足を踏み出したくなかった――たとえ庭でさえ。もし警察が来るなら、近所の妻たちが窓からのぞき見している外ではなく、家のなかで逮捕されたかった。二階のベッド脇の抽斗にはリボルバーが入っている。持っていることを決してデイヴィスには明かさなかったリボルバー、南アフリカでは合法に所持が認められているリボルバーだった。あの国の白人はたいてい銃を持っていた。カッスルはそれを買ったときに、弾を一発だけこめた。あわてて誤射しないよう二番目の薬室に。その弾は七年間そこにとどまっていた。警察が突入してきたら自分にそれを使ってもいいとカッスルは思った。しかし自殺は論外だ。セイラにまたいつかいっしょになれると約束したのだから。

本を読み、テレビをつけ、また本を読んだ。ばかげた考えが頭をよぎった――列車でロンドンに出てハリデイの父親を訪ね、ニュースはないかと尋ねるのだ。だがおそらく彼らはこの家と駅を見張っているだろう。四時半、灰色の夕刻が迫り、犬が狼に変わる時間、電話が二度目に鳴った。無分別と思いながら今度は受話器を取った。ボリスの声が聞こえることをなかば期待していたが、ボリスが危険を冒して自宅に電話をかけてくるわけがないことはわかっていた。

母親の厳つい声がまるで同じ部屋にいるかのようにカッスルに呼びかけた。「モーリス?」

「ええ」

「いてよかった。もういないかもしれないってセイラが言うものだから」

「いいえ、まだいます」

「あなたたち、何ばかげたことをしてるの」

「ばかげてなんかいませんよ、母さん」

「サムをここに置いて、すぐ家に戻りなさいって彼女に言ったのよ」

「まさか戻ってきませんよね」と彼はこわごわ尋ねた。二度も別れることにはとうてい耐えられない。

「嫌だと言うの。戻ってもあなたが入れてくれないって。まったくばかげた話だわ」

「ばかげてなんかいません。もし彼女が戻るなら、私が出なければならない」

「ふたりのあいだに何があったの」

「いつかわかります」

「離婚でもするつもり？　サムにとっては最悪よ」

「今のところ別居だけです。落ち着くまでしばらく待ってください、母さん」

「わからないわ。わたしはわからないことが嫌い。ちゃんとブラーに餌をやってるか、サムが知りたいって」

「やってると伝えてください」

母親は電話を切った。どこかで録音機が今の会話を再生しているのだろうかとカッスルは思った。無性にウィスキーが飲みたかったが、ボトルは空だった。ワインやほかの酒を保存している、かつての石炭置き場におりていった。石炭を落とすシュートだったものが、今は傾斜窓の役割を果たしている。見上げると、歩道に反射する街灯の光と、その街灯の下に立っているにちがいない男の両脚が見えた。

脚は制服のズボンをはいていないが、公安部の私服警官かもしれない。誰であれ、無遠慮な態度でドアのまえに立っていた。むろん監視者の存在を知らせることによって、カッスルが怯えて考えのない行動をとることを期待しているのかもしれない。いっしょに階段をおりてきていたブラーも脚に気づいて吠えはじめた。坐ったまま鼻を突き上げ、獰猛そうに見えるが、いざ脚が近づいてくれば嚙みつくのではなく、よだれまみれにするに決まっている。カッスルと犬が見守るうちに、脚は動いて見えなくなった。ブラーは不満げに喉を鳴らした——新しい友だちを作る機会を失って。カッスルはJ&Bの壜を見つけ（ウィスキーの色などもはやどうでもいいことに気づいた）、それを持って階上に上がった。もし『戦争と平和』を処分していなかったら、今こそ読んで愉しむ時間があるのにと思った。

また不安になり、寝室に上がって古い手紙はないかとセイラの持ちものをかきまわした。これまで書いた手紙のなかで有罪の証拠となるものが一通でもあるとは思えなかったが、公安部の手にかかれば、まったく無関係なことばでも、セイラが知って黙っていたことの証明に使われてしまう。セイラを陥れることを彼らが望まぬわけがない。このような場合には、つねに醜い復讐の念が働く。何も見つからなかった——愛し合い、いっしょにいるときには古い手紙は価値を失う。誰かが玄関の呼び鈴を鳴らした。カッスルは立ち上がり、耳を澄ました。また鳴った。さらにもう一度。黙っていたところでこの訪問者は引き下がらないと自分に言い聞かせた。それに、ドアを開けないのは愚かな考えだ。もし連絡網が断たれていなければ、伝言や指示がいつ届いてもおかしくないのだから……理由も考えず、ベッド脇の抽斗からリボルバーを取り出して、一発だけ弾のこめられた銃をポケットに入れた。

玄関ホールまで来ても、彼はまだためらっていた。ドアの上のステンドグラスが足元に黄と緑と青の菱形（ひしがた）の光を投げかけていた。リボルバーを手に構えてドアを開ければ、警察には正当防衛で彼を撃つ権利がある。それも簡単な解決法だ。死人に対しては何ごとも公に証明できない。しかし希望と同様、絶望によっても己の行動を定められてはならないとみずからを諫めた。銃はポケットに入れたままにして、ドアを開けた。

「ディントリー」と彼は思わず叫んだ。知り合いの顔があるとは思っていなかった。

「入ってもいいかな」とディントリーは控えめな口調で訊いた。

「もちろん」

ブラーが突然、物陰から出てきた。「危険な犬じゃない」あとずさったディントリーにカッスルは言った。カッスルが首をつかむと、犬は手元の覚束ない花婿が結婚指輪を落とすように、ふたりのあいだによだれを垂らした。「こんなところへ何をしにきたんです、ディントリー」

「たまたま車で近くにきたんで、立ち寄ってみようと思ったんだ」あまりに見え透いた言い訳なので、カッスルは相手が気の毒になった。ディントリーはMI5仕込みの温厚、友好的、致命的な尋問官ではない。規則を守らせ、ブリーフケースの中身を調べることだけをまかされた一保安担当官にすぎない。

「何か飲みますか」

「いただこう」ディントリーの声はしゃがれていた。あらゆることに言い訳が必要だと思っているかのように「じめじめして寒い夜だから」と言った。

「一日じゅう外に出なかったもので」

「そうなのか？」

今朝の電話がオフィスからだったとしたらまずいとカッスルは思い、つけ加えた。「犬を庭に出したときは別として」

デイントリーはウィスキーのグラスを受けとり、長いことそれを見つめてから、新聞社のカメラマンが手早くスナップショットを撮るように居間のなかを見まわした。まぶたがシャッターを切る音すら聞こえそうだった。彼は言った。「邪魔でなければよかったんだが。奥さんは……」

「いません。私ひとりです。もちろんブラーはいますが」

「ブラー？」

「犬です」

しんとした家の静けさが、ふたりの声でかえって深まった。彼らは交互にとりとめのないことばを発して沈黙を破った。

「薄すぎましたか」とカッスルは言った。デイントリーはまだウィスキーに口をつけていなかった。「あまり考えずに……」

「いや、いや。ちょうどいい」劇場内の重い防火幕のようにまた沈黙がおりた。

カッスルは打ち明ける調子で「じつはひとつ困ったことがありまして」と言った。セイラの無実を証明しておく好機に思えた。

「困ったこと？」

「家内が家を出てしまったのです。息子といっしょに。私の母親のところへ」

「喧嘩をしたということか」

「ええ」

「それは気の毒に」とディントリーは言った。「あれはつらいものだ」死のごとく避けられないものを語るかのようだった。そしてことばを継いだ。「最後に会ったときのことを憶えているかね――私の娘の結婚式で？　式のあと、いっしょに妻のところまで来てくれてほんとうに助かった。いてくれてありがたかった。私は彼女のフクロウをひとつ壊してしまったが」

「ええ、憶えています」

「あのときの礼をきちんと言っていなかったと思う。あれも土曜だったたな、今日と同じで。彼女はもうかんかんだった。いや、つまり私の妻のことだ、あのフクロウのことで」

「デイヴィスのことがあったので、急遽立ち去らなければなりませんでした」

「そう、あの男も可哀そうにな」古めかしい幕切れの台詞が終わったかのように、また防火幕がおりてきた。ほどなく最終幕が始まる。バーカウンターに行く時間だ。ふたりは同時にウィスキーを飲んだ。

「彼の死についてどう思います？」とカッスルは訊いた。

「どう考えればいいのかわからない。ほんとうのことを言うと、努めて考えないようにしている」

「彼らはディヴィスがうちの課の情報をもらしていたと考えていたんですよね」

「保安担当官にはあまり話をしてくれなかった。どうしてまた？」

「部員が亡くなったときに公安部が家捜しをするのは通常の手順ではありません」

「そう、ちがうだろうね」

「あなたも彼の死をおかしいと思いましたか」

「どうしてそんなことを言う？」

われわれは役割を交替したのだろうかとカッスルは思った。私が彼を尋問しているのだろうか。

「さっき彼の死について努めて考えないようにしていると言っていたので」

「言ったかな？　自分でもどういうつもりで言ったのかわからない。ウィスキーのせいかな。薄くはなかったよ」

「ディヴィスは誰にも、何ももらしていなかった」とカッスルは言った。ズボンのポケットをディントリーが見ているような気がした。銃の重さで椅子のクッションに窪みができていた。

「ほんとうにそう思うのか」

「私にはわかります」

これほど完全に己を破滅させることばはなかった。ひょっとするとディントリーは尋問官として無能でもないのかもしれない。内気さも、当惑も、己をさらけ出すような態度も、MI5より高度な技巧派であることを示す新しい手法なのかもしれない。

「わかる?」

「ええ」

ディントリーはこれからどうするつもりだろう。カッスルを逮捕する権限はない。電話を見つけ、オフィスと相談しなければならない。最寄りの電話はキングズ・ロードのはずれの警察署にある。さすがにカッスルの家の電話を使わせてくれと言う厚かましさはないだろう。ポケットの重みが何か、もうわかっているだろうか。怯えているだろうか。ディントリーが出ていったあと、急いで逃げる時間はあるとカッスルは思った。どこか逃げる場所があればだが。ただ捕まるのを先延ばしにしようと当てもなく逃げ出すのは、パニックに駆られた愚行にほかならない。今いる場所で待っていたいと思った。少なくともそのほうがいくらか威厳がある。

「ずっと怪しいと思っていた」とディントリーは言った。「正直に言えば」

「では彼らから相談されていたのですね」

「保安調査をやれと言われただけだ。それは手配せざるをえなかった」

「あの日はたいへんな一日でしたね。フクロウを壊したと思ったら、今度はベッドの上で死んでいるディヴィスを見なければならなかった」

「ドクター・パーシヴァルの言ったことばが気に入らなかった」

「なんでしたっけ」

「〝こんなことになるとは思わなかった〟と」

「ああ、思い出しました」

「あれで眼が覚めた」とディントリーは言った。「彼らのしていたことがわかったんだ」

「彼らは結論に早く飛びつきすぎました。ほかの選択肢を充分に調べなかった」

「あなたのことを言っているのか？」

彼らの仕事を簡単にしてやることはないとカッスルは思った。新しい尋問の手法がなんであれ、ことばを尽くして説明したりはしないぞ。彼は言った。「あるいはワトスンのことを」

「ああ、そうだ、ワトスンを忘れていた」

「うちの課のすべての情報は彼のところを通ります。それにもちろん、ロレンソマルケスには六九三〇〇もいる。彼の説明がすべて正しいかどうか調べることは不可能です。ローデシアや南アフリカに秘密口座を設けていないとどうして言えます？」

「それはそうだ」とデイントリーは答えた。「それから秘書もいる。仕事に係わるのはわれわれ個人の秘書だけじゃない。彼女たちはみな秘書室に所属してますからね。解読中の暗号電文や、タイプ中の報告書をときどききちんとしまわずに手洗いに行く秘書がひとりもいないなんて言わないでくださいね」

「わかるよ。私みずから秘書室は調べた。至るところに不注意が見られた」

「不注意は部のトップからも生じます。デイヴィスの死は犯罪的な不注意の一例です」

「彼が犯人でなかったとしたら、あれは殺人だ」とデイントリーは言った。「弁明したり、弁護士を雇ったりする機会も与えられなかった。彼らは裁判がアメリカに与える影響を怖れたんだ。ドクター・パーシヴァルは私に箱の話をした……」

「ああ」とカッスルは言った。「その話なら知っています。私自身、何度も聞かされました。まあ、デイヴィスは彼の思惑どおり箱に入ったわけです」

カッスルはデイントリーの眼がポケットに注がれているのを意識した。デイントリーがやたらと同意するのは、車に無事逃げ戻りたいからなのか。デイントリーは言った。「あなたも私も同じ過ちを犯している――結論に飛びつくという過ちを。実際にデイヴィスが犯人だったかもしれないだろう。どうしてそうじゃないと確信しているんだね」

「動機を考えなければなりません」とカッスルは言った。ためらい、はぐらかしてきたが、今こそ「犯人は私だからです」と言ってしまいたい強い誘惑に駆られた。連絡網を断たれ、助けも期待できないのに、どうして先延ばしにする必要がある？　カッスルはディントリーが好きだった。彼の娘の結婚式があった日から好感を抱いていた。壊れたフクロウのまえで、壊れた結婚の孤独のなかで、突如としてディントリーは生身の人間になった。自分の告白で誰かが利益を得るのなら、それはディントリーであってほしかった。ならどうして警察がよく言うように、さっさとあきらめて楽にならない？　家のなかの孤独、監獄のなかの孤独を破る相手ほしさに、ただゲームを引き延ばしているだけではないかという気がした。

「デイヴィスの動機は金だったかもしれない」とディントリーは言った。

「デイヴィスは金に頓着しない男でした。馬にいくらか賭けて、上等のポートを飲めればそれで充分でした。もう少しくわしく調べないと」

「どういうことだね」

「うちの課が疑われているとすれば、情報漏洩はアフリカに関するものです」

「なぜ？」

「うちの課を経由する――われわれが回覧する――情報で、ロシア人がもっと興味を持ちそうなものはほかにいくらでもある。しかしそれらが先方に流れているのであれば、ほかの課も同じように疑われるでしょう。だから漏洩はわれわれ独自の分野であるアフリカしか考えられない」

「なるほど」とディントリーは同意した。「そうだな」

「だとすれば、思想的な判断はさておき、この場合コミュニストを探すより、むしろアフリカ、あるいはアフリカ人との強いつながりを探すべきでしょう。デイヴィスがアフリカ人をひとりでも知っていたかどうかは疑問です」カッスルはそこで間を置き、危険なゲームの喜びをたしかに感じながら、わざとつけ加えた。「もちろん、私の妻と息子は別として」細かく説明しながら、最後の一線は越えないようにした。「六九三〇〇はロレンソマルケスに長くいます。その間にどんな友人を作ったかは誰にもわかりません。アフリカ人の工作員も抱えている。その多くはコミュニストです」

長年ひたすら隠し通したあとで、カッスルはこの双六ゲームに愉しみを覚えはじめた。

「私がプレトリアにいたときと同じように」と彼は続けた。そして微笑み、「長官だってアフリカに多少の愛着は抱いている」

「冗談が出るとは」とディントリーは言った。

「もちろん冗談です。ただデイヴィスを犯人と見なす根拠がいかに弱いかを示したかったのです――ほかの人間、私や六九三〇〇、われわれが何も知らない秘書たち全員と比べて」

「彼らは全員、慎重に調べた」

「当然そうでしょう。恋人の名前もみんなファイルに含まれてるんでしょうね。ある年になんらかのかたちでつき合った恋人の名前もすべて。でも秘書のなかには冬服を着替えるように恋人をとり替える娘たちもいる」

ディントリーは言った。「容疑者を山のようにあげてくれたが、デイヴィスについてはとにかく確信を持っているようだな」そして暗い顔でつけ加えた。「保安担当官でなくてよかったな。私はデイヴィスの葬儀のあとでよほど辞職しようかと思った。していればよかったと思うよ」

「どうしてしなかったんです」

「辞めたらどうやって時間をつぶす？　車のナンバープレートを収集してもいい。一時私もやっていました」

「またどうして奥さんと喧嘩した」とディントリーは訊いた。「すまない。私とは関係のない話だった」

「私がしていることに反対したのです」

「情報部の仕事のことかな」

「とはかぎりません」

カッスルにはゲームが終わりに近づいていることがわかった。ディントリーはちらちらと腕時計を見ている。本物の時計だろうか、それともマイクが仕込まれているのか。録音テープが終わったのを気にしているのではないか。とり替えられるよう手洗いを案内してやったほうがいいだろうか。

「もう一杯どうぞ」

「いや、やめておく。車で帰らなければならないので」

カッスルは大佐を玄関まで送っていった。ブラーもついてきた。ブラーは新しい友人が去るのを残念がっていた。

「ウィスキーをありがとう」とディントリーは言った。

「こちらこそ、いろいろ話ができてありがたかった」

「ここでいいよ。外は寒くてひどい夜だ」しかしカッスルはディントリーについて冷たい霧雨のなかに出ていった。警察署と反対の方向に五十ヤードほど行ったところに、車のテールライトが見えた。

「あなたの車ですか？」

「いや。私の車はこの先だ。雨で番地が見えなくて、歩かなければならなかった」

「ではおやすみなさい」

「おやすみ。うまくいくことを願っているよ──奥さんについてだが」

カッスルはしとしとと降る冷たい雨のなかにたたずみ、車で走り去るディントリーに手を振った。車は警察署で停まらず、右のロンドンの方向へ曲がっていった。もちろん、王の紋章亭や白鳥亭に寄って電話をかけることは可能だが、そうした場合でも、ディントリーははっきりした報告ができないのではないかと思った。彼らは結論を出すまえにおそらく録音テープを聞きたがるだろう――今やカッスルは腕時計がマイクだったことを疑わなかった。当然ながら、すでに鉄道の駅は見張られ、空港の出入国審査官には警告が与えられているだろう。ディントリーの訪問でひとつ明らかになったことがあった。ハリデイの息子は自供しはじめたにちがいない。でなければ、彼らもディントリーを送り込んだりはしない。

ドアのまえで道の左右を見渡した。それとわかる監視者はいないが、警察署の向かい側に停まった車のライトが雨越しにまだ光っていた。警察の車には見えない。警察はたとえ警視庁公安部だろうと、イギリス車に甘んじなければならない。しかしあの車は、確実ではないもののトヨタに見えた。アッシュリッジ・ロードで見たトヨタ車を思い出した。色を確かめようとしたが、雨でぼやけてわからなかった。みぞれに変わりつつある雨のなかで、赤と黒の見分けはつかなかった。カッスルは家のなかに入り、初めてわずかな希望を抱いた。

二個のグラスを台所に運び、絶望の指紋を洗い落とそうとするかのように丁寧に洗った。そして別の二個のグラスを居間に持っていって、ようやく希望を養いはじめた。希望はか弱い植物で、育てるのに大きな意志の力を要したが、カッスルはあの車はまちがいなくトヨタだったと自分に言い聞かせた。この地域にトヨタが何台あるかはあえて考えず、呼び鈴が鳴るのを辛抱強く待った。ディントリーのかわりに現われて、入口に立つのは誰だろう。ボリスではない。それは確実だ。寛大な計らいで拘束を解かれ、おそらく今ごろ公安部の連中と深く係わり合っているハリデイの息子でもない。

台所に戻り、ビスケットを皿にのせてブラーに与えた——次の餌にありつけるまでに長い時間がかかるかもしれない。台所の時計の秒針の音がやけにうるさく、時間が余計に長く感じられた。トヨタのなかに友人がいるのなら、現われるまでにずいぶん時間をかけている。

4

ディントリー大佐は王の紋章亭の駐車場に車を入れた。ほかに車は一台しか停まっていなかった。運転席に坐ったまま、今すぐ電話をかけようか、かけるとして何を言おうかと考えた。リフォーム・クラブで長官とパーシヴァルととった昼食時にひそかに覚えた怒りでいまだに心が乱れていた。マスの燻製ののった皿を横へどかして「辞めさせてもらいます。あんたたちの腐った部とは金輪際係わりたくない」と言ってやりたい瞬間が何度もあった。秘密も、認めるのではなく隠さなければならない過ちも、もうたくさんだった。戸外の手洗いから男が出てきて駐車場を横切っていった。曲にならない曲を口笛で吹き、安全な闇のなかでズボンのジッパーを上げながら、また酒場へ入っていった。やつらの秘密は私の結婚を破綻させたとディントリーは思った。第二次世界大戦には単純明快な大義があった――父親の時代よりはるかにわかりやすい大義が。ヒトラーはドイツ皇帝とは異なる。そして冷戦下においては、ドイツ皇帝の時代と同じように善悪の区別がつきにくい。過失による殺人を正当化するような明確な大義は見当たらない。またしてもディントリーは子供時代をすごしたわびしい牧師館にいた。廊下を通り、父親と母親が手をつないで坐っている部屋に入っていく。「神さまがいちばんよくおわかりだ」父親がユトランド海戦とジェリコー提督を思い出して言う。「あなたの歳で別の仕事を見つけるのはむずかしいわ」と母親が言う。ディントリーは車のライトを消し、じとじとしたみぞれ混じりの雨のなかを酒場へ歩いていった。妻には充分金があると思った。娘も結婚した。自分は――なんとか――年金で暮らしていける。

冷たい雨の夜、店には客がひとりしかいなかった。ビターを飲んでいたその客はなじみの顔を見たかのように「こんばんは」と言った。

「こんばんは（グッド・イヴニング）。ウィスキーをダブルで」とディントリーは注文した。

「もしそう言えるならね」と客の男は言った。バーテンダーはうしろを向いて、ジョニーウォーカーの壜の下にグラスを構えた。

「そう言うとは？」

「夜（イヴニング）のことですよ。まあ、十二月だからこんな天気で当たりまえなんでしょうが」

「電話を借りてもいいかな」とデイントリーはバーテンダーに訊いた。

バーテンダーはとりつく島もない態度でウィスキーのグラスを押し出し、電話ボックスのほうへ首を振った。明らかに口数の少ない男だった。客が選んだことばに耳を傾けはするが、みずからは必要最小限のことしか言わない。そして「閉店だ、お客さん」と――まちがいなく喜んで――宣言するときまで、それが続く。

デイントリーはパーシヴァルの番号を回した。話し中の音がするあいだ、伝えたいと思っていたメッセージを頭のなかで練習した。「カッスルに会いました……ひとりで家にいて……奥さんと喧嘩をしたようで……ほかに報告すべきことはありません……」そして受話器を架台に叩きつける。実際に叩きつけて、ウィスキーと、とにかく話したがっている男のいるカウンターへ戻っていった。

「ああ」とバーテンダーが言った。「ああ」ともう一度。「そうだね」

客がデイントリーのほうを向いて会話に加えようとした。「最近じゃ学校でごく当たりまえの算数すら教えないんですよ。甥に――九歳なんですが――四かける七はいくつだと訊いたら答えられると思います？」

デイントリーは電話ボックスに眼を向けたままウィスキーを飲んだ。まだ何を言おうか決めかねていた。

「わかってもらえると思いますがね」と男はディントリーに言った。「あんたもだが」とバーテンダーに。「四かける七がわからなきゃ仕事なんてできないだろう?」

バーテンダーはカウンターにこぼれたビールを拭きとって「ああ」と言った。

「ところであなた、当ててみましょうか。ご職業はすぐにわかりますよ。理由は訊かないでください。勘が鋭いんです。人相をよく見てるのと、人間の性質を理解してることからくるんでしょうね。だからあなたが電話をしているあいだに算数の話をしはじめた。あの紳士はかならずはっきりした意見を持っているはずだってね。ここにいるミスター・バーカーにそう言ったんです。だよな?」

「ああ」とバーカーは答えた。

「もう一杯もらってもいいかな」

バーカーは彼のグラスを満たした。

「ときどき友だちがその技を披露してくれって言うんです。小銭を賭けたりすることもある。たとえば地下鉄に乗っている誰かについて、学校の先生だろうと私が言う。で、礼儀正しく本人に確認すると——ちゃんと説明すれば気を悪くする人はいません——十中八、九、私が正しいんです。ミスター・バーカーも私がここで人の職業を当てるのを見てますよ。だろう、ミスター・バーカー?」

「ああ」

「さて、もしお許しいただけるなら、寒い雨の夜、閑なミスター・バーカーを愉しませるためめに、そのちょっとしたゲームをやらせてもらえないでしょうか。あなたは政府にお勤めですね。どうです？」

「当たりだ」とデイントリーは言った。ウィスキーを飲み干し、グラスを置いた。もう一度、電話をかけてみる時間だ。

「ほら、だんだん真相に近づいてきた」男はビーズのように眼を輝かせてデイントリーを見つめた。「ある種の秘密任務についていますね。あなたはわれわれよりずっと多くのことを知っている」

「電話をかけないと」とデイントリーは言った。

「ちょっと待ってください。ミスター・バーカーに見せてやりたいんです……」男はハンカチで口元のビールを拭きとると、顔をデイントリーのまえに突き出した。「数字を扱ってますね」と彼は言った。「内国歳入庁のかただ」

デイントリーは電話ボックスに移動した。

「ほら」と男はバーテンダーに言った。「ちょっと神経質なところがあるだろう。顔を憶えられたくないんだ。ひょっとして査察官じゃないかな」

今度は呼び出し音が鳴り、すぐにパーシヴァルの声がした。とっくに診察はやめていても、患者に接する態度は忘れていないかのように、もの柔らかで安心感を与える声だった。

「もしもし、ドクター・パーシヴァルだが。どなたかな」

「デイントリーです」

「やあ、こんばんは。何かニュースはあるかね。今どこにいる？」

「バーカムステッドです。カッスルに会ってきました」

「ほう。どんな感じだった」

言おうとしていたことばに怒りがつかみかかり、送らないことにした手紙のようにばらばらに引き裂いた。「私の感じを言えば、あなたはまちがった男を殺した」

「殺したのではないよ」とパーシヴァルは穏やかに言った。「処方にまちがいがあったのだ。あの薬はそれまで人間に試されたことがなかったから。だがどうしてカッスルだと……？」

「デイヴィスは無実だと確信していたからです」

「本人がそう言ったのかね——はっきりと？」

「ええ」

「彼は何をしてる」

「待っています」

「何を」

「何かが起こるのを。彼の妻は子供を連れて去っていました。夫婦喧嘩だと言っていますが」

「すでにあちこちに警告を出してある」とパーシヴァルは言った。「空港にも、もちろん港にも。逃げようとしたら一応の証拠が得られることになるな。しかしもっと確たる証拠が必要だ」

「デイヴィスのときには確たる証拠を待たなかった」

「今回は長官がうるさいんだ。今どうしてる？」

「家に帰るところです」

「ミュラーのメモのことを尋ねたかね」

「いいえ」

「なぜ」

「必要なかったからです」

「すばらしい仕事ぶりだよ、デイントリー。だがどうして彼はきみにそこまで白状したんだろうな」

デイントリーはそれには答えず、受話器を置いて、電話ボックスを出た。客の男が言った。「やっぱり私が正しかったでしょう？　あなたは内国歳入庁の査察官だ」

「そうだ」

「ほらね、ミスター・バーカー。また正解だ」

デイントリー大佐は店を出て、ゆっくりと車に戻っていった。運転席についてしばらくは、エンジン音を聞き、フロントガラスに筋を作って流れる雨粒を見つめていた。そして駐車場を出て、ボクスムアとロンドンのほうへ、昨日のカマンベールチーズが待っているセント・ジェイムズ・ストリートのアパートメントのほうへと曲がった。ゆっくりと車を走らせた。十一月の霧雨は本降りの雨になり、雹も混じりそうな気配だった。さあ、彼らが職務と呼ぶものは果たしたぞとデイントリーは思った。あとは家に着いて、カマンベールの置かれたテーブルで辞表を書くだけだ。先を急ごうという気にはならなかった。心のなかで辞職はすでにすませていた。私は自由だ、もう職務も責任も果たす必要などないと己に言い聞かせたが、今感じているような底知れぬ孤独を感じたことはこれまで一度もなかった。

5

呼び鈴が鳴った。長いことそれを待っていたのに、カッスルはまだ玄関に行くのがためらわれた。自分がばかばかしいほど楽観的だったように思えた。ハリデイの息子はすでにまちがいなく口を割っており、トヨタは千台あるトヨタの一台で、公安部は彼がひとりになるのを待ち構えていたはずだ。ディントリーに話したことも無分別きわまりない。呼び鈴がまた鳴り、もう一度鳴った。もうドアを開けるしかない。カッスルは手をポケットのリボルバーにかけてドアまで行ったが、銃などお守りのウサギの足ほどの価値もなかった。発砲して孤島から逃げ出すことなどできなかった。ブラーは荒々しくうなって、見せかけだけ応援しているが、ドアが開くなり、そこに誰がいようとじゃれつくのはわかっていた。雨が流れるステンドグラスの向こうは見えなかった。ドアを開けたときでさえ、はっきりと見えるものは何もなかった——ただ背を丸めた人影しか。

「ひどい夜だ」聞き憶えのある声が闇のなかから不平をこぼした。

「ミスター・ハリデイ——まさかあなただとは」

息子を助けてくれと頼みにきたのかとカッスルは思った。だが私に何ができる？

「いい子だ、いい子だ」ほとんど見えないハリデイ氏は不安そうにブラーに呼びかけた。

「お入りなさい。大丈夫」とカッスルは請け合った。「この犬はおとなしいから」

「よくしつけられた犬だってことはわかりますよ」

ハリデイは壁にすり寄るようにして慎重に入ってきた。ブラーは不恰好な尻尾を振ってよだれを垂らした。

「ほら、ミスター・ハリデイ。こいつは世界じゅうと友だちなんだ。コートをこちらへ。

なかに入ってウィスキーでもどうぞ」

「あまり飲むほうじゃないんですよ。でもいただきます」

「息子さんのことをラジオで聞いたけれど、残念だ。さぞ心配でしょう」

ハリデイはカッスルのあとから居間に入って言った。「自分で蒔いた種ですよ。これで少しは懲りるでしょう。警察はあいつの店から大量にものを持ち出していました。警部にひとつ、ふたつ見せてもらいましたが、いや、あれはひどい。でも私は、息子は自分では読んでいませんでしたって警部さんに説明したんです」

「警察があなたまで困らせていなければいいんだが」

「ああ、それはありません。以前申し上げたように、むしろ同情してくれています。私の店はまったく別の種類だってことがわかっていますから」

「息子さんに私の手紙を渡す機会はあったかな」

「ああ、あれですか。じつは渡さないほうがいいと思いまして。こういう状況ですから。でもご心配なく。メッセージは本来届けるべき場所に届けましたので」

店主はカッスルが読みかけた本を取り上げて、題名を見た。

「いったいどういうことだね」

「つまり、思うにあなたはずっと誤解していたのです。私の息子はあなたの仕事にいっさい係わったことはありません。ですが何かあったときにあなたがそんなふうに信じているほうが都合がいいと彼らは考えて……」背を丸め、ガスストーブに手をかざして温めながら意地悪を愉しむような眼を上げた。「まあ、ともかくこういうことになったからには、できるだけ早くあなたをここから連れ出さなければなりません」

自分をもっとも信用して然るべき人間にいかに信用されていなかったかを知り、カッスルはショックを受けた。

「もしうかがってよろしければ、奥さまとお子さんは今どちらにいらっしゃいますか。指令を受けておりまして……」

「今朝、息子さんのニュースを聞いて出発させた。私の母のところへ。母はわれわれが夫婦喧嘩をしたと思っている」

「ああ、それでひとつ難問が片づいた」

老ハリデイは充分手を温めると、部屋のなかを歩きはじめた。本棚に眼をやって言った。「どの古本屋にも負けない値段であれを買いとりましょう。二十五ポンド——国外に持ち出せるのはそれだけです。現金を持ってきました。本はうちの店に並べます——あの世界古典文学全集とエヴリマンの本すべて。どれも新版が出るべきなのに、出ていない。いざ出たときにはどれほどの値段がつくことか！」

「急がなくていいのかな」とカッスルは言った。

「この五十年でひとつ学んだことがあるとすれば」とハリデイは言った。「のんびり構えよということです。急いだが最後、かならずまちがいを起こします。三十分あるなら、つねに三時間あると考えることです。ウィスキーについて何かおっしゃいました？」

「時間があるなら……」カッスルはふたつのグラスを満たした。

「時間はあります。必要なものを詰めたバッグは用意されてますね」

「用意している」

「犬はどうしましょう」

「置いていこうか。どうするか考えていたところだ……どこか獣医へ連れていってもらってもいいが」

「それは賢くありません。あなたと私につながりができてしまう。犬を探されたらまずいことになります。いずれにせよ、あと数時間は静かにしてもらわなければなりません。この犬は置き去りにすると吠えますか」

「どうだろう。置き去りにしたことがないから」

「近所の人たちが迷惑に思わないか心配です。誰か警察に電話するでしょう。家に誰もいないことを警察が発見すると面倒です」

「いずれにせよ、近いうちに発見するだろう」

「あなたが無事国外に出たあとなら問題ありません。奥さまが犬を連れていかなかったのは残念でした」

「無理だったんだ。母が猫を飼っていて。ブラーは猫を見るなり殺してしまう」

「ええ、ボクサー犬は猫の天敵ですからね。私も猫を飼ってまして」ハリデイが犬の両耳を引っ張ると、ブラーはじゃれついた。「私が言いたかったのはこういうことです。つまり、急ぐといろいろなことを忘れる。たとえば犬のことを。この家に地下室はありますか」

「あるけれど音はもれる。もし撃ち殺してしまうつもりなら」

「気づいたのですが、右のポケットに銃を持っておられるような。ちがいます？」

「もし警察が踏み込んできたらと思って……弾は一発しか入っていない」

「窮余（きゅうよ）の一策ですか？」

「使おうとは決めていなかった」

「私が預かっておきましょう。どこかで止められたときに、少なくとも私は許可証を持っていますからね。このところ万引きが流行（はや）ってまして。名前は何ですか、犬のことですが？」

「ブラーだ」

「こっちへおいで、ブラー。こっちへ。いい子だ」ブラーは鼻先をハリデイの膝にすりつけた。「いい子だぞ、ブラー。おまえはこんないいご主人に迷惑をかけたくないだろう」

ブラーは短い尻尾を振った。「こちらが好意を抱いているときにはわかると思っているのです」とハリデイは言った。ブラーの耳のうしろを掻いてやると、ブラーは嬉々として応じた。「さて、よろしければその銃をお渡しいただいて……ああ、猫を殺すんだってな…

…なんて悪いやつだ」

「銃声が近所に聞こえる」とカッスルは言った。

「地下室におりていきましょう。たった一発です。誰も気にしません。みんな車のバック

ファイヤーだと思うでしょう」

「犬はついていかないさ」

「やってみましょうか。さあ、おいで、ブラー。散歩にいこう。散歩だ、ブラー」

「ほら、動かない」

「もう行かなければなりません。私といっしょに来てください。あなたを悲しませたくな

いと思ったのですが」

「気遣いは無用だ」

カッスルは先に立って地下室の階段をおりていった。ブラーがあとに続き、そのあとか

らハリデイがおりてきた。

「明かりはつけないほうがいいと思います。銃声がして明かりが消えたら、それこそ近所

の人はなんだと思うでしょうから」

カッスルはかつて石炭を落としたシュートの扉を閉めた。

「さあ、銃を渡してください……」

「いや、私がやる」カッスルは銃を取り出し、ブラーに向けて構えた。ブラーは新しい遊びだと思ったらしく、銃口をおそらくゴムの骨とまちがえてくわえ、引っ張った。空の薬室があるので、カッスルは引き金を二度引いた。吐き気を覚えた。

「もう一杯ウィスキーを飲む」と彼は言った。「出ていくまえに」

「飲んで当然です。たかが動物をどうしてこんなに好きになれるのか不思議です。私の猫も……」

「ブラーは大嫌いだった。ただ……つまり、私はこれまで何も殺したことがなかったんだ」

6

「この雨のなかを運転するのはたいへんだ」長々と続いた沈黙を破って、ハリデイが言った。ブラーの死が彼らの舌を押しとどめていた。

「どこへ行く？　ヒースロー空港か？　出入国審査官がもう警戒態勢に入っていると思うが」

「ホテルにお連れします。グラブコンパートメントを開けてみてください。鍵があります。四二三号室です。そのままエレベーターに乗って上がってください、フロントには立ち寄らずに。部屋で待っていれば誰かが現われます」

「メイドが来たら……」

「ドアに〝就寝中〟の札を下げておいてください」

「そのあとは……」

「私にはわかりません。指示されたのはそこまでですから」

カッスルはブラーの死がサムにどう伝わるだろうと思った。もう永遠にサムに赦されることはないと悟った。彼はハリディに訊いた。「あなたはどうしてこういうことに巻き込まれた？」

「巻き込まれたのではありません。若いころから党員だったのです――〝隠れた〟党員と言っていいかもしれませんが。十七歳で入党しました。年齢を偽って志願して。フランスに行くのだろうと思っていたら、ソ連のアルハンゲリスクに送られました。四年間、囚人に近いかたちで訓練を受けました。その四年で多くを見て、多くを学びました」

「どんな扱いを受けた？」

「つらい思いをしました。ですが若者は多くのことに耐えられるし、親切にしてくれる人もかならずいました。ロシア語もいくらか学んで、通訳ができるくらいになりました。彼らは食べ物を与えられないときには本を与えてくれました」

「共産主義の本を？」

「もちろんです。宣教師は聖書を手渡すでしょう？」

「するとあなたは信奉者なのか」

「孤独な人生でした。それは認めます。集会にも行けないし、デモにも出られない。このことは息子でさえ知りません。彼らはちょっとしたことで私を使うのです――たとえばあなたのような場合に。あなたのメッセージを隠し場所から何度も回収しましたよ。そう、あなたが私の店に入ってこられたときにはうれしかった。孤独がいくらか和らぎました」

「迷いが生じたことはなかったのか、ハリディ？　つまり、スターリンとか、ハンガリーとか、チェコといったことで」

「若いころ、ロシアで充分いろいろなことを眼にしましたから。イギリスでもです。帰国したときには大恐慌のさなかで。だからそういう些細なことには免疫ができていました」

「些細なこと？」

「こう言ってよろしければ、あなたの良心はものごとを選別しています。たとえばハンブルク、ドレスデン、ヒロシマ――ああいったことが、あなたがたの言う民主主義への信念を、多少なりともぐらつかせたことはありませんか。あるでしょう。でなければ、あなたは今私といっしょにいないはずだ」

「あれは戦争だった」

「私の同志は一九一七年からずっと戦争をしています」

カッスルは左右に動くワイパーの隙間から、そぼ濡れた夜に眼を凝らした。

「ヒースローに向かってるじゃないか」

「かならずしもそうではありません」ハリデイはカッスルの膝にアッシュリッジの落ち葉のように軽く手を当てた。「ご心配なく。彼らはきちんと面倒を見てくれますから。じつにうらやましい。まちがいなくモスクワにたどり着くでしょうね」

「あなたは行ったことがない？」

「ありません。いちばん近づいたのは、アルハンゲリスクの近くの訓練所ですから。『三人姉妹』を観たことがありますか。私は一度観ただけですが、いつも姉妹のひとりが言ったことばを思い出すんです。夜、眠れないときにはそのことばをつぶやきます――〝家を売って、ここであったことは何もかも終わりにして、モスクワに行きましょう……〟」

「チェーホフのころのモスクワとはずいぶん様変わりしていると思うけれど」

「姉妹のひとりがこんなことも言うんです――〝幸せな人たちは、今が冬か夏かもわからない。もしわたしがモスクワに住んでいたら、天気なんて気にも留めないでしょう〟とね。まあ、気分が落ち込んだときには、マルクスだってモスクワを知らなかったんだと自分に言い聞かせています。そしてオールド・コンプトン・ストリートを見渡して思うんです、ロンドンはまだマルクスのロンドンだ、ソーホーはマルクスのソーホーだってね。『共産党宣言』が最初に印刷されたのはここなんだって」突然、大型トラックが雨のなかから飛び出してきて急ハンドルを切り、危うく彼らとぶつかりそうになりながら、また何ごともなかったかのように夜のなかへ消えていった。「ろくでもない運転手だ」とハリデイは言った。「ああいう酔っ払いどもは、何をしても自分は傷つかないと思い込んでるんです。無謀運転にはもっと厳罰を科さないといけませんね。ハンガリーとチェコでほんとうに問題だったのはそこ――無謀運転が多いことでした。ドプチェク（一九二一～九二。チェコスロバキアの共産党第一書記）はひどい運転をした。単純な話です」

「私にとってはそう単純でもない。モスクワで生涯を終えたいと思ったことはないよ」

「ちょっと不思議な感じがしますね――あなたがわれわれの仲間でないなんて。でも心配は無用です。あなたがわれわれのために何をしたのかは知りませんが、それは重要なことだったにちがいない。彼らは最後まで面倒を見てくれます。大船に乗った気でいてください。あなたがレーニン勲章をもらったり、ゾルゲみたいに記念切手になっても驚きませんよ」

「ゾルゲはコミュニストだった」

「私のこのおんぼろ車であなたがモスクワへ向かっているかと思うと、誇らしい気持ちになります」

「一世紀のあいだ運転したって、ハリディ、私を転向させることはできない」

「そうでしょうか。どうこう言っても、あなたは私たちを大いに助けてくれた」

「アフリカに関して助けただけだ」

「そこですよ。そこが始まりです。アフリカこそ正命題(テーゼ)であるとヘーゲルなら言うでしょう。あなたは反命題(アンチテーゼ)に属していますが、アンチテーゼのなかの活動分子です。やがて統合(シン)命題(テーゼ)に止揚(しよう)される人だ」

「そういうことばは私にはわけがわからない。哲学者じゃないから」

「闘士は哲学者である必要はありません。あなたは闘士です」

「共産主義のために闘っているのではない。それにもはやただの負傷者だ」

「モスクワで治療してくれるでしょう」

「精神病棟で？」

その発言がハリディを黙らせた。ヘーゲルの弁証法に小さな瑕疵(かし)でも見つけたか。それとも苦痛か疑念による沈黙なのか。答は永遠にわからない。前方に雨ににじむホテルの明かりが見えてきたからだ。「ここで降りてください」とハリディは言った。「私は見られないほうがいいので」そこで停まると、ほかの車がヘッドライトでまえの車の後方を照らしながら、長い光の列をなして通りすぎていった。ボーイング七〇七が轟音を立ててロンドン空港に降下していった。ハリディは車のうしろをかきまわしていた。「忘れるところでした」かつて免税品を入れたのであろうビニール袋を取り出して言った。「カバンのなかのものをこちらに移してください。カバンを持ってエレベーターに乗ったら、フロント係に見咎(とが)められるかもしれませんから」

「入りきらない」

「余ったものは置いていってください」

カッスルは指示にしたがった。長年、秘密の任務を遂行してきたが、緊急時において、アルハンゲリスクで訓練されたこの党員が真のプロであることはわかった。しぶしぶパジャマと――刑務所で支給されるだろうと思いながら――セーターをあきらめた。はるか遠くまで出向くのだから、温かい服ぐらい用意してくれて当然だ。

ハリデイは言った。「ささやかな贈り物があります。あなたが注文したトロロープです。もう二冊目は要りませんね。長い本ですが、待ち時間はたくさんありますから。戦時中はつねに待たされます。題名は『今生きること』です」

「息子さんが推薦していた本か」

「ああ、じつはそこはごまかしてました。トロロープを読むのは息子ではなく私です。息子が好きなのはロビンスという作家でして。だまして申しわけありませんでした。あんな店は開いてますが、息子にはもう少しいい印象を抱いてもらいたかったので。そう悪いやつでもないんです」

カッスルはハリデイの手を握った。「もちろんそうだとも。今回のことを無事切り抜けられることを祈っているよ」

「いいですか、まっすぐ四二三号室ですよ。そこで待ってください」

カッスルはビニール袋を持って、ホテルの明かりのほうへ歩いていった。すでにイギリスで知っていたものすべてとのつながりがなくなってしまったように感じた――セイラとサムはもう手の届かない彼の母親の家にいる。一度もわが家(ホーム)と感じられなかった家に。プレトリアにいたときのほうがずっとくつろげたと彼は思った。あそこにはやるべき仕事もあったが、今や自分に残された仕事はない。雨の奥から声が追いかけてきた。「幸運を。最高の幸運を」そして車の走り去る音がした。

7

カッスルは面食らった――ホテルのドアをくぐると、そこはカリブ海だった。雨も降っていない。プールのまわりにヤシの木が立ち並び、空に無数の星が輝いていた。むっとする暖かい空気のにおいがして、終戦後すぐにとった休暇を思い出した。まわりはアメリカ人の声だらけだった。カリブ海だから仕方がない。長いカウンターについたフロント係に見咎められる心配はなかった。殺到するアメリカ人の客相手に大忙しだったからだ。どの空港から来たのだろう。キングストン？　ブリッジタウン？　黒人のウェイターが、プールの脇に坐った若いカップルにラムパンチのグラスを運んでいった。エレベーターはすぐそこにあり、ドアを開けて待っていたが、カッスルはあまりの驚きに立ちすくんだ。若いカップルは星空の下、パンチをストローで飲みはじめた。カッスルが手を伸ばして雨が降っていないことを確かめていると、すぐうしろから呼びかけられた。「なんと、モーリスじゃないか？　こんなところで何してる」カッスルはポケットに入れかけた手を止め、振り返った。リボルバーを持っていなくてよかったと思った。

　話しかけたのは、数年前にアメリカ大使館の連絡相手だったブリットという男だった。その関係はブリットがメキシコに異動になるまで続いた。異動の理由はおそらく彼がスペイン語を話せないからだった。「ブリット！」とカッスルはわざと感激したように叫んだ。いつもこんな調子だった。ブリットは初めて会ったときから彼をモーリスと呼んだが、カッスルは〝ブリット〟の先に踏み込むことはなかった。

「どこへ行く？」とブリットは訊いた。が、答は待たなかった。つねに自分のことを話すのが好きなのだ。「ぼくはニューヨークだ」と彼は言った。「到着機が遅れてね、ここでひと晩すごすことになった。なかなかいいアイディアだと思わないか、ここのことだが。まるでヴァージン諸島だ。持ってたらバミューダパンツをはくところだよ」

「メキシコにいるのかと思った」

「大昔のことだ。またヨーロッパに戻ってきてね。あんたはまだ暗黒のアフリカかい？」

「ああ」

「やっぱり飛行機の遅れで？」

「待たなきゃならなくて」と答え、あいまいな部分を突かれないことを祈った。

「プランターパンチでも飲まないか。ここじゃうまいのを出すそうだ」

「では三十分後に会おう」とカッスルは言った。

「いいとも、そうしよう。プールサイドで」

「プールサイドで」

カッスルはエレベーターに乗り、ブリットがあとに続いた。「上？　ぼくもだ。何階？」

「四階だ」

「ぼくもだ。あんたはただで乗せてあげよう」

アメリカ人まで自分を見張っているということがありうるだろうか。こういう状況で、何かを偶然のせいにするのは安全ではない気がした。

「食事もここで？」とブリットは訊いた。

「さあ。場合によるが……」

「保安を片時も忘れない男だな」とブリットは言った。「あいかわらずのモーリスだ」ふたりはいっしょに廊下を歩いていった。まず四二三号室があり、カッスルは鍵を出すのに手間どるふりをして、ブリットが立ち止まらず四二七号室にたどり着くのを見た——いや、四二九号室だ。カッスルは自分のドアに〝就寝中〟の札を下げ、部屋に入って鍵をかけ、ようやく少し安心した。

暖房の目盛りは二十四度に合わせてあった。カリブ海の住人にとっては充分に暑いのだろう。窓に近づいて外を見た。下には円形のバーカウンターが、上には人工の空がある。太った青い髪の女がよたよたとプールの端に沿って歩いていた。ラムパンチを飲みすぎたにちがいない。未来を暗示するものがないかと部屋のなかを細かく見ていった——過去を暗示するものがないかと自分の家を調べたように。ダブルベッドがふたつ、肘かけ椅子、衣装簞笥、チェスト、便箋(びんせん)だけが置かれた机、テレビ、バスルームにつながるドア。便座には消毒ずみであることを示す薄紙が敷かれ、歯磨き用のコップはビニールで包まれていた。寝室に戻って、便箋をめくり、ヘッダーからそこが〈スターライト・ホテル〉であることを知った。一枚のカードにレストランとバーの案内があった。音楽とダンスつきのレストランは〈ピサロ〉。グリルルームは対照的に〈ディケンズ〉。三番目のセルフサービスの店は〈オリバー・ツイスト〉。〝お好きなものを好きなだけ〟。別のカードの案内で、三十分おきにヒースロー空港行きのバスが出ていることがわかった。

テレビの下に冷蔵庫があり、ウィスキー、ジン、ブランデーのミニボトル、トニック水と炭酸水、二種類のビールとシャンパンのクォーター壜が入っていた。いつもの習慣でJ&Bを選び、坐って待った。「待ち時間はたくさんあります」とハリデイはトロープを渡しながら言った。カッスルは手持ちぶさたをまぎらすために、その本を読みはじめた――〝まず読者にレディ・カーベリーを紹介しよう。これからの物語がなんらかの興をもよおすとすれば、それはあらかた彼女の性格と言動のゆえである。彼女はウェルベック・ストリートにある自宅の自室で書き物机について坐っていた〟。彼が今生きている状況から気をそらしてくれる本ではなかった。

窓辺に行った。黒人のウェイターが眼下を通りすぎた。そこでブリットが出てきて、あたりを見まわした。まだ三十分もたっているはずがない。せいぜい十分ほどだ。こんなに早くからカッスルを待っているのは不自然だ。ブリットが見上げたときに姿を見られないよう部屋の明かりを消した。カッスルは、ブリットは円形のバーカウンターにつき、飲み物を注文した。そう、プランターパンチだ。ウェイターが薄く切ったオレンジとチェリーを添えている。ブリットは上着を脱いだ。下に半袖のシャツを着ていて、それがヤシの木とプールと星空の幻影をますます強めた。カッスルは彼がカウンターの電話を使ってどこかの番号にかけるのを見た。ブリットが話しながら四二三号室の窓を見たような気がしたのは、単なる空想だろうか。何を報告している？　相手は誰だ？

うしろでドアが開く音がして、部屋の明かりがついた。すばやく振り返ると、カッスルの視線を逃れるように、衣装箪笥のドアの鏡を人影がよぎった。黒い口髭を生やし、黒いスーツを着て、黒いアタッシェケースを持った小柄な男の影だった。「交通のせいで遅れました」意味ははっきり伝わるが、文法はあまり正しくない英語で男は言った。

「私のために来たのか？」

「時間があまりありません。あなたは空港行きの次のバスに乗らなければならない」机の上でアタッシェケースを開けはじめた。まず航空券、そしてパスポート、ゴム糊でも入っていそうな壜、ふくらんだビニール袋、ヘアブラシと櫛、髭剃りを取り出した。

「必要なものはみんな持ってきた」とカッスルは素っ気なく言った。

男はそれを無視した。「航空券はパリ行きまでということがわかるでしょう。そこを説明しなければなりません」

「どこ行きだろうと、彼らはあらゆる飛行機を監視しているはずだ」

「プラハ行きをとくに監視しています。エンジントラブルで出発が遅れているモスクワ行きと同時に出る便です。こんなことはめったにありません。アエロフロートは重要人物の搭乗を待っているようです。警察はプラハ行きとモスクワ行きにとりわけ眼を光らせています」

「そのまえに監視者がいるかもしれない――出入国審査のところに。彼らはゲートで待っていたりしないだろう」

「そこは配慮してあります。あなたはあと――ちょっと時計を見せてください――五十分ほどで出入国審査に差しかかります。バスは三十分後に出ます。これがパスポート」

「パリまで行ったあとはどうする？」

「空港を出たところで誰かに出迎えられて、別の航空券を渡されます。ちょうどすぐに出発する飛行機です」

「どこ行きの？」

「わかりません。すべてパリでわかります」

「インターポール（国際刑事警察機構）がすでにあちらの警察にも連絡しているだろう」

「いいえ。インターポールは政治がらみのケースには介入しません。ルール違反になるので」

　カッスルはパスポートを開いた。「パートリッジか」と彼は言った。「いい名前を選んだな。狩猟シーズンはまだ終わっていない（〝パートリッジ〟はヤマウズラなど猟鳥の総称）」写真を見た。「だがこの写真はだめだな。私と似ても似つかない」

「そうです。でもこれからあなたを写真に近づけます」

　男は持ってきた道具一式をバスルームに運び、歯磨き用のコップのあいだに、引き延ばしたパスポートの写真を立てかけた。

「この椅子に坐ってください」男はカッスルの眉毛と髪を刈り込みはじめた――パスポートの男はクルーカットだった。カッスルは鏡のなかで動くハサミを見つめ、クルーカットが額を広げ、がらりと顔の印象を変えることに驚いた。眼の表情まで変わった気がした。

「十年若返らせてくれた」とカッスルは言った。

「静かに坐っていてください」

男は薄い口髭を彼の顔につけはじめた――自信がなくおどおどした男の口髭を。そして言った。「顎鬚や濃い口髭はかならず疑いの眼で見られますからね」今や鏡からカッスルを見返しているのは赤の他人だった。「さあ、終わりです。これで充分でしょう」男はブリーフケースのところへ行き、白い棒を取り出すと、望遠鏡のように伸ばして杖にした。「あなたは視覚障害者です。まわりの同情を集める人です、ミスター・パートリッジ。エールフランスの女性係員がホテルからバスにつき添うことになっています。いっしょに出入国審査を通って、飛行機まで案内してくれます。パリのリシー空港を出ると、オルリー空港まで車で連れていかれます。そこにもエンジントラブルで遅れている飛行機がありますす。そのころあなたはもうミスター・パートリッジではないでしょう。車のなかで別の変装をして、別のパスポートを渡されます。人の顔つきはいくらでも変えられますからね。ここに遺伝に対する有力な反論があります。われわれはだいたい似たような顔で生まれてきますが――赤ん坊を考えてみてください――環境がそれを変えるのです」

「いかにも簡単そうに言うが」とカッスルは尋ねた。「うまくいくのかね」

「われわれはうまくいくと考えています」小柄な男はブリーフケースに道具を戻しながら言った。「出ましょう。杖を使うのを忘れないように。眼は動かさず、誰かに話しかけられたら顔ごと振り向いてください。眼は虚ろなままにして」

何も考えずにカッスルは『今生きること』を拾い上げた。

「いけません、ミスター・パートリッジ。眼の不自由な人が本を持ち歩くのはおかしい。その袋も置いていってください」

「替えのシャツと剃刀ぐらいしか入っていないが……」

「替えのシャツには洗濯屋のマークがついています」

「荷物がないとかえっておかしくないか？」

「搭乗券を見せてくれと言われないかぎり、荷物がないことは出入国審査官にはわかりません」

「見せてくれと言われるだろう」

「気にしないで。あなたは家に帰るのです。パリに住んでいるのです。住所はパスポートに書いてあります」

「職業は？」

「すでに引退しました」

「少なくともそれはほんとうだ」とカッスルは言った。

エレベーターから出て、バスが待つ入口へと杖を突きながら歩いていった。バーとプールにつながるドアのまえを通ったときに、ブリットが見えた。ブリットはイライラした様子で腕時計を眺めていた。年配の女がカッスルの腕を取って訊いた。「バスに乗るのですか」

「ええ」

「わたしもですよ。手を貸しましょう」

うしろから呼ばわる声がした。「モーリス！」女がゆっくり歩くので、彼もゆっくり歩かなければならなかった。「おい！　モーリス」

「誰かが呼んでいるようですよ」と女は言った。

「人ちがいだ」

うしろで足音がした。カッスルは女から腕を抜きとり、指示されたように頭を巡らして、やや横向きのブリットの顔を虚ろな眼で見つめた。ブリットは驚いて彼を見返し、言った。

「失礼、てっきり……」

女が言った。「運転手が手を振ってるわ。早く行かないと」

バスのなかで並んで坐ると、女は窓の外を見て言った。「彼の友だちにとてもよく似ていたようね。まだこっちをじっと見て立っていますよ」

「この世には自分にそっくりの人間がもうひとりいると言うから」とカッスルは答えた。

第六部

第一章

1

彼女はタクシーのなかでうしろを振り返ったが、曇りガラスに阻まれて何も見えなかった。モーリスはまるで鋼色の湖水に、叫び声もろくに上げずに身を投げてしまったかのようだった。彼女はこの世でただひとつ見ていたい姿と、聞いていたい声を奪われ、取り戻せる見込みもなかった。肉屋が得意客向けの上等の肉のかわりによこすくず肉のように、自分に親切に押しつけられたあらゆるものを、まるで割に合わないと恨めしく思った。

月桂樹に囲まれた家での昼食はまさに試練だった。義母には断ることのできない来客がいた。ボトムリーなどという魅力のない名前の聖職者で――義母はエズラと呼んでいた――アフリカでの宣教活動を終えて帰国していた。セイラは、彼もおこなったであろう幻灯伝道集会で使われる写し絵になった気がした。カッスル夫人は彼女を正式に紹介せず、ただ「こちらはセイラ」と言った。まるでセイラが孤児院にいた人間であるかのように――

実際にそうだったのだが。ボトムリー氏は耐えがたいほどサムに親切で、彼女にも計算ずくの興味を示しながら、自分の黒人の信徒であるかのように接した。ティンカーベルは最初セイラたちを見るなり、ブラーを怖れて飛ぶように逃げたが、今やなつきすぎているほどで、彼女のスカートを爪で引っかいていた。

「ソウェトが実際にどういうところか話していただけませんか」とボトムリーは言った。

「私が活動したのはご承知のようにローデシアでした。イギリスの新聞はあそこのことも大げさに書きすぎる。あちらの住人は、芸人が顔を黒く塗って演じるようなまぬけではありません」と言って、失言に顔を赤らめた。カッスル夫人は彼のグラスにまた水をついだ。

「いや、その」と彼は言った。「ソウェトで小さな子供を育てるのに支障はありませんか？」ナイトクラブのスポットライトのように輝く眼をサムに向けた。

「どうしてセイラにわかるんです、エズラ？」とカッスル夫人が言い、しぶしぶ説明した。

「セイラはわたしの義理の娘です」

ボトムリーの顔の赤みが増した。「ああ、ではご主人の実家を訪ねているのですね」

「セイラはここに住んでますの」とカッスル夫人は言った。「しばらくのあいだ。ちなみに息子はソウェトにはいませんでしたわ。大使館に勤めていたのです」

「お孫さんもうれしいでしょうね」とボトムリーは言った。「おばあちゃんに会えて」

セイラは思った――こんな生活がこれからずっと続くのだろうか。

ボトムリーが帰ったあと、カッスル夫人はまじめな話があるのとセイラに言った。「モーリスに電話したの」彼女は言った。「なんだか無茶なことばかり言ってたわ」サムのほうを向いた。「庭に行って遊んでらっしゃい」

「雨が降ってるよ」とサムは言った。

「あら、忘れてた。じゃあ階上へ行ってティンカーベルと遊んでなさい」

「階上へは行くけど」とサムは言った。「猫とは遊ばない。ぼくの友だちはブラーだから。ブラーは猫の扱い方を知ってる」

セイラとふたりきりになると、カッスル夫人は言った。「モーリスは、あなたが家に帰ったら自分は出なきゃならないと言ってましたよ。あなた、いったい何をしたの、セイラ」

「あまり話したくありません。モーリスがここへ来るように言ったので来ました」

「ふたりのうちどちらが悪いの？」

「どちらかが悪くないといけませんか？」

「またあとであの子に電話してみるけれど」

「止めることはできませんが、しても無駄だと思います」

カッスル夫人はダイヤルを回した。セイラは少なくともモーリスの声を聞けますようにと、信じていない神に祈った。が、カッスル夫人は「誰も出ない」と言った。

「職場にいるのかもしれません」

「土曜の午後に？」

「不規則な仕事ですから」

「外務省はもっときちんとしたところかと思った」

セイラは夜まで待って、サムを寝かしつけてから町へ出ていった。王冠亭に入り、J&Bを注文した。モーリスを思い出してダブルにした。そして電話ボックスに入った。連絡はとるなと言われたことは憶えていた。まだ家にいて、電話が盗聴されているなら、モーリスは怒っているふりをしなければならず、生じてもいない口論を続けなければならない。けれど少なくとも家にいることはわかる——留置場でも、彼女が見たこともないヨーロッパへの道行きでもなく。セイラは長々と呼び出し音を鳴らして、受話器を置いた。発信元の追跡を容易にしていることはわかったが、もうどうでもよかった。いっそ彼らが会いにきてくれれば、モーリスの消息ぐらいはわかる。電話ボックスを出て、カウンターでJ&Bを飲み、カッスル夫人の家に歩いて戻った。夫人は「サムがあなたを呼んでたわよ」と言った。セイラは二階に上がった。

「どうしたの、サム」

「ブラーは元気にしてると思う？」

「もちろんよ。どうして心配してるの」

「夢を見たんだ」

「どんな？」

「憶えてない。ぼくがいなくてブラーは寂しいだろうな。いっしょに連れてくればよかった」

「それはできないわ。わかるでしょう。そのうちかならずティンカーベルを殺してしまうから」

「別にそれでもかまわない」

　セイラは気乗り薄に階下へおりていった。カッスル夫人はテレビを見ていた。

「何かこれといったニュースはありました？」とセイラは訊いた。

「ニュースはめったに見ないの」とカッスル夫人は答えた。「《タイムズ》で読むほうが好きなのよ」しかし翌朝、新聞の日曜版で夫人の興味を惹くニュースはなかった。日曜――日曜にモーリスが働かなければならなくなったことはない。正午になると、セイラはまた王冠亭に戻って家に電話をかけた。そしてまた長いこと受話器を持っていた――ひょっとするとブラーと庭にいるのかもしれない。しかしその希望もついには捨てた。無事逃げたのだと自分をなぐさめたが、彼らには、逮捕状がなくとも彼を拘留できる――三日間ではなかったか？――権限があるのだと思い至った。

　カッスル夫人は日課に厳しく、きっかり一時に昼食――ローストビーフの大きなひと切れ――をとった。「ニュースを聞きましょうか」とセイラは言った。

「ナプキンリングで遊ばないで、サム」とカッスル夫人は言った。「ナプキンを取ったら、リングは静かにお皿の横に置くの」セイラはラジオを三チャンネルに合わせた。カッスル夫人は「日曜に聞くべきニュースがあったためしはありませんよ」と言った。もちろん彼女は正しかった。

日曜がこれほどゆっくりとすぎたことはなかった。雨はやみ、雲間から弱々しい陽が射していた。セイラはサムを連れて、森と呼ばれている場所――なぜかはわからない――を散歩した。木はなく、草むらや背の低い茂みがあるだけで、一部は切り開かれてゴルフコースになっていた。サムは「アッシュリッジのほうが好きだ」と言った。「ブラーがいなきゃ散歩じゃないよ」セイラはこんな生活がいつまで続くのだろうと思った。家に戻るためにゴルフコースの端を横切った。明らかに豪勢な昼食をとりすぎたゴルファーが、フェアウェイからどけと叫んだ。セイラがすぐに応じなかったので、ゴルファーは言った。「おい、おまえ！　おまえに言ってるんだよ、このトプシー！」セイラは子供のころ、メソジスト教徒に与えられた本のなかにトプシーという黒人の少女が出てきたことを思い出した。

その夜、カッスル夫人が言った。「そろそろ真剣に話しましょう」

「何をですか？」

「何をですって？　本気で言ってるの、セイラ！　もちろんあなたとわたしの孫――それとモーリスのことよ。ふたりとも喧嘩について何も話してくれない。あなたにしろ、モーリスにしろ、離婚すべき理由はあるの？」

「ええ、たぶん。見捨てられたことは理由になりますでしょう？」

「誰が誰を見捨てたの。義理の母親の家に来たからといって、見捨てられたことにはならないわ。それにモーリスはあなたを見捨てていない――まだ家にいるのなら」

「いません」

「じゃあどこにいるの」

「わかりません。わからないんです、ミセス・カッスル。話はもう少し待ってからにしていただけませんか」

「ここはわたしの家よ、セイラ。あなたがどのくらい滞在するつもりか知っておきたいわ。サムも学校にやらなきゃならない。義務教育だから」

「お約束します、一週間置いてくだされば……」

「追い出そうって言うんじゃないの。大人としてふるまってもらいたいだけ。わたしに話すつもりがないなら、弁護士を呼んで話すべきでしょう。明日、ミスター・ベリーに電話してあげてもいい。わたしの遺言状を作ってくれた人だけど」

「どうか一週間ください、ミセス・カッスル」（いっときカッスル夫人は〝お義母さん〟

と呼びなさいとセイラに言っていたが、セイラが〝ミセス・カッスル〟と呼びつづけていることに明らかにほっとしていた)

月曜の朝、セイラはサムを町に連れていき、彼をおもちゃ屋に残して、王冠亭に行った。そして情報部に電話をかけた。意味のない行為だった。もしモーリスがまだ自由の身でロンドンにいるのなら、まちがいなく彼女に電話をかけてきている。ずっと昔、南アフリカで彼のために働いていたころには、これほど軽はずみなことはしなかった。しかし人種暴動もなければ、真夜中にドアが叩かれることもないこの平和な田舎町で、危険という考えは絵空事のように思えた。ミスター・カッスルの秘書と話したいと告げ、女の声が出てくると「シンシアですか?」と訊いた(互いに会ったことも、話したこともないが、名前は知っていた)。長い沈黙ができた——盗聴者が耳をそばだてるほど長い沈黙が。しかし隠居者ばかりのこんな町で盗聴があるとも思えなかった。ふたりのトラック運転手がビターを飲み干すのを見つめていると、電話の向こうで細い声が淡々と言った。「シンシアは今日はいません」

「いつならいます?」

「なんとも申し上げられません」

「ではミスター・カッスルはいますか」

「そちらはどなた?」

危うくモーリスを裏切るところだったとセイラは思い、受話器を置いた。自分の過去をも裏切った気がした――秘密の会合、暗号文、モーリスがヨハネスブルクで彼女に指示し、ふたりでBOSSの手から逃れていたときに見せた気配り。あれほど注意深く行動したのに、ほかならぬミュラーがここイギリスに現われて、彼女と同じテーブルについた。

家に戻ると、月桂樹の私道に見知らぬ車が停まっていた。カッスル夫人が玄関で彼女を迎えた。「あなたに会いにきた人がいるの、セイラ。書斎に入ってもらったわ」

「誰ですか」

カッスル夫人は声を落とし、嫌悪感もあらわに言った。「警察だと思う」

その男はたいそう立派なブロンドの口髭を生やし、神経質そうになでていた。セイラが若いころ知っていた類の警官ではなく、どうしてカッスル夫人は彼の職業がわかったのだろうと思った。セイラなら、長年地元の住民とつき合いのある小さな商店の店員だと思っただろう。男はカッスル医師の書斎そのもののように、くつろいで友好的な雰囲気をたたえていた。書斎は医師が亡くなってからずっと変わっていなかった――机の上のパイプ立て、陶器の灰皿、回転式の肘かけ椅子。見知らぬ男はその椅子に腰かけて坐り心地が悪かったのだろう、今は本棚の脇に立っていた。一部は彼のがっしりした体に隠れて見えないが、本棚には真紅の表紙のレーブ医学全集と、緑の革表紙のブリタニカ百科事典第十一版が並んでいた。男は「ミセス・カッスルですか？」と尋ねた。彼女は危うく「いいえ、それはわたしの義母です」と答えそうになった。それほどこの家で肩身の狭い思いをしていたのだ。

「ええ」と彼女は言った。「どうされたんですか」

「バトラー警部と言います」

「それで？」

「ロンドンから電話で依頼されまして。ここへ来てあなたと話をするようにと――つまり、ここにあなたがいらっしゃればですが」

「なぜですか」

「ご主人と連絡をとる方法を教えていただけるかもしれないということで」

セイラは大きな安堵（あんど）を覚えた――モーリスは捕らえられていない――が、これは罠かもしれないと思った。バトラー警部の親切や、はにかみや、堂に入った正直さも罠ではないか。いかにもBOSSが考えそうなことだ。だがここはBOSSの国ではない。彼女は言った。「いいえ、それはできません。わからないのです。でもどうしてですか」

「ミセス・カッスル、ひとつ、犬に関することでして」

「ブラーですか？」彼女は思わず叫んだ。

「ええ……もしそういう名前なら」

「そういう名前です。どういうことなのか教えてください」

「バーカムステッドのキングズ・ロードに家をお持ちですね？」

「はい」彼女はほっとして笑った。「ブラーがまた猫を殺したんですね。でもわたしはここにいます。ブラーをけしかけようがありません。わたしではなく、夫と話してくださらなければ」

「ご主人と話したいのですが、ミセス・カッスル、どこにもいないのです。オフィスにもいないと言われましたし、犬を残してどこかへ消えてしまったようなのです。ただ……」

「とても価値のある猫だったのですか？」

「猫の心配をしているのではありません、ミセス・カッスル。近所の人が音を聞いて――動物の鳴き声のようでした――不審に思い、警察に通報しました。最近、ボクスムアには泥棒がうろついていますからね。で、警官がひとりお宅にうかがったところ、台所の窓が開いていて――だから窓ガラスを割る必要はありませんでした――そして犬が……」

「まさか噛まれませんでしたよね。人を噛んだことはありませんけど」

「犬は可哀そうに何も噛むことはできませんでした――ああなってしまっては。撃たれていたのです。誰がやったにしろ、ひどいことです。残念ですが、ミセス・カッスル、連中は犬を始末しなければならなかったようです」

「ああ、ひどい。サムがなんと言うか」

「サム？」

「息子です。ブラーが大好きだったんです」

「私も動物は好きだ」続く二分間の沈黙はとても長く感じられた。終戦記念日の二分間の黙禱（もくとう）のように。「悪い知らせで申しわけありませんでした」とバトラー警部はようやく言い、また現実世界で車と人の往来が始まった。

「サムにどう言えばいいのかしら」

「車に轢かれて即死したと言ってください」

「それがいちばんね。子供に嘘を言うのは嫌だけど」

「世のなかには悪い嘘といい嘘があります」とバトラー警部は言った。セイラは、この人に言わされる嘘は悪い嘘かしら、いい嘘かしらと思った。警部の豊かなブロンドの髭と親切そうな眼を眺め、いったいどうしてこの人は警官になったのだろうと思った。この人を警官にすることも、子供に嘘をつくことにいくらか似ている。

「お坐りになりませんか、警部」

「あなたこそ坐ってください、ミセス・カッスル、もしよろしければ。私は午前中ずっと坐っておりましたので」パイプ立てに並んだパイプにじっと眼を注いでいた。目利きとしてどれか価値のあるものを見つけたのかもしれない。

「電話ですむ話でしたのに、わざわざ来ていただいてありがとうございました」

「いいえ、ミセス・カッスル、ほかにも質問しなければならないことがありましたので。

バーカムステッド警察は、お宅で盗まれたものがあるのではないかと考えています。台所の窓が開いていて、泥棒が犬を撃った可能性がありますから。家のなかはとくに荒らされていないようでしたが、それはあなたかご主人に訊いてみないとわかりません。そしてご主人には連絡がとれなかった。彼には敵がいましたか？　争った形跡はありませんでしたが、相手が銃を持っていたとすれば、争う余地はありません」

「敵なんて想像もつきません」

「ある近所の人は、ご主人は外務省に勤めていると思っていました。今朝、たいへんな苦労をしてその勤め先を見つけたのですが、彼は金曜から来ていないようでした。本来なら出勤しているはずなのにとのことでした。最後にご主人を見たのはいつですか、ミセス・カッスル？」

「土曜の朝です」

「あなたは土曜にここに来られた？」

「はい」

「彼は残ったのですね」

「ええ、別居することにしたんです。この先ずっと」

「夫婦喧嘩ですか？」

「ふたりで決めたのです、警部。七年間の結婚生活でした。七年たって激情をぶつけ合うことなんてありません」

「ご主人はリボルバーをお持ちでしたか、ミセス・カッスル？」

「わたしは知りませんが、持っていたかもしれません」

「彼は気が立っていましたか――おふたりで決めたことに対して？」

「ふたりとも幸せな気分ではありませんでした、ご質問の趣旨がそういうことなら」

「バーカムステッドに戻って、家をご覧になりたいですか」

「いいえ。でもわたしにそうさせようと思えばできるんでしょう？」

「無理にそうしていただくという話ではありません。ただ、おわかりのように、泥棒に入られた可能性もありますので……なくなったと警察が気づかなくても、じつは大切なものがあるかもしれません。たとえば宝石とか？」

「宝石をほしいと思ったことはありません。わたしたち、お金持ちではありません、警部」

「あるいは絵とか？」

「絵もありません」

「だとすると、ご主人が何か愚かなこと、無茶なことをしたのではないかと考えられます。むしゃくしゃして、銃を持っていたとすれば」警部は陶器の灰皿を持ち上げ、模様をとくと観察したあと、今度はセイラに眼を向けて観察した。彼女はその親切そうな眼が決して子供の眼ではないことに気づいた。「その可能性については、あまり心配されていないようだ、ミセス・カッスル」

「ええ。そんなことをする人じゃありませんから」

「ああ、もちろんあなたは誰よりご主人のことを理解していますからね。あなたが正しいと思います。ではすぐにこちらに知らせていただけますね——彼から連絡があれば」

「もちろんです」

「精神的な負担がかかると、人はおかしなことをするものです。記憶すらなくすことがある」パイプ立てから離れたくないように、最後にもう一度じっくりと眺めた。「バーカムステッドに電話しておきます、ミセス・カッスル。あなたがこれ以上煩わされないよう祈っています。何か新しいことがわかったらお知らせします」

ふたりで玄関まで来たときにセイラは尋ねた。「どうしてわたしがここにいるとわかったんですか」

「子供のいる隣人は、あなたが望むより多くのことを知っているものです、ミセス・カッスル」

セイラは警部が無事車に乗るのを見届け、家のなかに戻った。まだサムには話さないでおこうと思った。まずブラーのいない生活に慣れさせよう。もうひとりのミセス・カッスル、本物のカッスル夫人が居間の外で待っていた。彼女は言った。「お昼が冷たくなってるわ。警察だったでしょう？」

「ええ」

「何を訊かれた？」

「モーリスの居場所を」

「なぜ」

「どうしてわたしにわかります？」

「教えてあげたの？」

「家にはいないんです。どこにいるかなんて、どうしてわたしにわかるんです？」

「あの人、もう戻ってこないといいけれど」

「戻ってきても驚きませんわ」

2

しかしバトラー警部も現われず、知らせもないまま数日がすぎた。セイラはロンドンに電話をするのをやめた。もはやしても意味がない。一度、義母に頼まれて肉屋に電話をかけ、ラム肉のカツレツを注文したときに、盗聴されている気がした。想像にすぎないのかもしれない。盗聴技術ははるかに進化して、とても素人が検知できるものではなくなっている。カッスル夫人から圧力をかけられ、彼女は地元の学校と話し合って、サムをかよわせることにした。その話し合い以来、気持ちがまたひどく沈んだ。とうとうあと戻りのできない、新しい生活に入った気がした。ロウで封をした書類のように、もうここからは何も変えられないような。帰り道で八百屋と図書館と薬屋に寄った。カッスル夫人からリストを渡されていたのだ――グリーンピースの缶詰、ジョルジェット・ヘイヤーの小説、頭痛を和らげるアスピリンひと壜。頭痛の原因はまぎれもなくセイラとサムなのだろう。わけもなく、ヨハネスブルクのまわりにある灰緑色の巨大なピラミッドのようなボタ山を思い出した。ミュラーですらあの山の夕暮れどきの色合いについて話していた。セイラは、敵であり人種差別主義者であるミュラーを、カッスル夫人より近しく感じた。親切と礼儀に充ち満ちたリベラルな住人のいるこのサセックスの町を、ソウェトでかまわないから交換したいと思った。礼儀は反目を超える障害物になることがある。糧として生きたいのは礼儀ではなく、愛だ。彼女はモーリスを愛していた。故郷の土埃と退廃のにおいを愛していた。今や彼女にはモーリスも、故郷もなくなった。電話の敵の声すらありがたいと思ったのはたぶんそのせいだろう。聞くなり敵の声とわかった。相手は〝ご主人の友人であり同僚〟と自己紹介したが。

「ご都合の悪い時間に電話したのでなければいいのですが、ミセス・カッスル」

「大丈夫です。でもお名前が聞こえませんでした」

「ドクター・パーシヴァルです」

なんとなく聞き憶えがあった。「モーリスがあなたのことを話していたと思います」

「一度、ロンドンでご主人と愉しい夜をすごしました」

「ああ、思い出しました。ディヴィスもいましたね」

「ええ、可哀そうなディヴィスも」間ができた。「ちょっとお話ができないかと思いまして、ミセス・カッスル」

「もう話しているんじゃありません？」

「ええと、つまり電話でするより内密な会話ということです」

「ロンドンから遠く離れておりますので」

「ご協力いただけるのなら、われわれとしては迎えの車を行かせてもいい」

われわれ、とセイラは思った。〝われわれ〟。組織のような話し方をしたのは、相手の手落ちだった。〝われわれ〟と〝彼ら〟は不快なことばだ。警告を与え、守りを固めさせる。

声は言った。「今週どこかで昼食ができるようでしたら……」

「うかがえるかどうかわかりません」

「ご主人について話したいのです」

「ええ、それはわかります」

「われわれはみんなモーリスのことを心配しているのです」彼女は一瞬、歓喜した。〝われわれ〟は、バトラー警部の知らない秘密の場所にモーリスを捕らえてはいない。彼ははるか遠くに逃げた——ヨーロッパ全土の向こうに。モーリスといっしょに自分も逃げ出した気がした。家に、モーリスのいる家に、すでに向かっているように思えた。だがくれぐれも用心しなければならない。ヨハネスブルクにいたときと同じだ。彼女は言った。「モーリスとはもう関係がありません。別れたのです」

「だとしても、彼のニュースを聞きたくありませんか」

ニュースがあるのだ。「彼は無事ロレンソマルケスに着いて、あなたを待っている。あとはあなたを連れ出すだけだ」とカーソンに言われたときのことを思い出した。モーリスが自由の身なら、きっとすぐに会える。思わず電話に微笑みかけていた——よかった、画像を送る電話がまだ発明されてなくて。それでも彼女は顔から笑みを消して言った。「彼がどこへいようとかまわないんです。手紙にしていただけませんか。子供の面倒を見なければならないので」

「いいえ、ミセス・カッスル、手紙には書けないことがあるのです。明日、迎えの車をやってもよろしければ……」

「明日は無理です」

「それは……」


彼女はできるだけ長くためらった。「それは……」

「十一時に迎えにいかせます」

「車は要りません。ちょうど十一時十五分に出る汽車がありますから」

「結構。ではヴィクトリア駅近くのブルンメルというレストランに来ていただけますか」

「どちらの通りです？」

「なんだったかな、ウォルトン、ウィルトン、まあ気にしないでかまいません。タクシーの運転手がかならず知っています。静かないいレストランです」専門医として養護施設を推薦するときのような穏やかな口調でつけ加えた。セイラの脳裡に話し手の像がさっと浮かんだ——自信満々のウィンポール・ストリートにいるようなタイプ。いつも片眼鏡をぶら下げていて、処方箋を書くときにだけ使う。王族が立ち上がるときのように、眼鏡をつけることで患者に退出の時間を知らせるのだ。

「では木曜に」と彼は言った。セイラは返事もしなかった。受話器を置いて、カッスル夫人のところへ行った——また昼食に遅れてしまったが、もうどうでもいい。メソジスト派の宣教師に教わった讃美歌を口ずさんでいた。カッスル夫人はそんな彼女を驚きの眼で見つめた。「どうしたの？　何かあったの？　また警察だった？」

「いいえ、ただのお医者さんです。モーリスの友人の。何も問題はありません。一度だけでいいんですが、木曜にロンドンに出かけてもいいですか。サムは朝、学校に連れていきます。帰りはひとりで大丈夫ですから」

「もちろんかまわないわ。でもまたミスター・ボトムリーを昼食にお呼びしようと思っていたんだけれど」

「まあ、サムとミスター・ボトムリーはとても仲よくやれますよ」

「ロンドンで弁護士に会うの？」

「会うかもしれません」新しい幸せの対価だと思えば、いくらか嘘をついても苦にならない。

「お昼はどこで食べるの」

「どこかでサンドイッチでも買います」

「木曜というのはほんとうに残念ね。せっかく大きなお肉を注文したのに。でも」――小さな希望を見出した――「ハロッズで昼食をとるなら、買ってきてほしいものがひとつ、ふたつあるの」

セイラはその夜、眠れずベッドに横たわっていた。買ってきたカレンダーに一日ずつ印をつけて消している気分だった。話をした相手は敵だ――彼女は確信していた――しかし公安警察ではない。BOSSでもない。ブルンメルの店で歯をなくしたり、眼をつぶされたりすることはない。怖れる理由は何もないのだ。

3

それでも、あちこちがガラス張りで陽の光が降りそそいでいるブルンメルの店の奥で相手を見つけて、セイラは少しがっかりした。彼はウィンポール・ストリートの専門医には見えなかった。銀縁眼鏡をかけ、小さな丸い太鼓腹の昔ながらの家庭医に見えた。彼女に挨拶するために医師が立ち上がると、太鼓腹がテーブルの端にもたれかかった。彼は処方箋のかわりに大きすぎるメニューを持って言った。「勇気を持って来ていただいて、ありがたく思います」

「どうして勇気が必要なんですか」

「ここはアイルランド人が攻撃しそうな場所のひとつです。一度小さな爆弾を投げ込んだこともありますが、大空襲(ブリッツ)とちがって、彼らはよく同じところを攻撃するんですな」そして彼女にメニューを渡した。一ページまるごとが〝前菜〟に使われていた。肖像画の上に〝献立表〟と書かれたメニューの厚さは、カッスル夫人の家にある町の電話帳ほどもあった。パーシヴァル医師は助言した。「マスの燻製はやめたほうがいい。いつも乾いていますす」

「あまり食欲がなくて」

「ではいろいろ考えながら、食欲がわいてくるのを待ちましょう。シェリーはいかがです？」

「ウィスキーをいただきます、もしよろしければ」銘柄を訊かれて、彼女は「J&Bを」と答えた。

「食事はおまかせします」と彼女はパーシヴァルに言った。前置きが早くすむほど、食べ物には感じない欲求で待ちこがれるニュースを早く耳にすることができる。医師が料理を決めるあいだ、彼女は店のなかを見まわした。壁には光沢のある胡散臭い肖像画がかかっていた。描かれているのはジョージ・ブライアン・ブルンメル――メニューの肖像画と同じだ。調度品は非の打ちどころがなく、こちらが気疲れするほど趣味がよかった。あと一ペンスたりとも費やす必要はないし、どんな批評も許されないような品々だった。ちらほらいる客はみな男で、昔のミュージカルコメディのコーラスからそろって抜け出してきたかのように互いによく似ていた――長すぎも短すぎもしない黒髪、ダークスーツにチョッキ。テーブル同士は慎重に距離が保たれ、医師と彼女がついているテーブルにいちばん近い二卓は空席だった。こうなるようにとり計らったのだろうか、それとも偶然だろうかと彼女は思った。窓にすべて針金が埋め込まれていることに初めて気づいた。

「こういう場所では」とパーシヴァルは言った。「イギリス料理でいくのがいちばんです。

ランカシャー・ホットポット（肉の上にジャガイモやほかの野菜をのせて煮込んだ料理）にしましょうか」

「お勧めにしたがいます」しかしワインについてひと言、ふた言ウェイターに話しかけただけで、医師は長いこと黙っていた。ようやくまた注意と銀縁眼鏡を彼女に向けると、ため息をついた。「ふう、やっとたいへんな仕事が終わった。あとは彼らにまかせればいい」そしてシェリーをひと口飲んだ。「さぞ不安でしたでしょうね、ミセス・カッスル」本物の主治医であるかのように、手を伸ばして彼女の腕に触れた。

「不安？」

「来る日も来る日も様子がわからなくて……」

「モーリスのことをおっしゃっているのなら……」

「われわれはみんなモーリスが好きでした」

「まるで死んだみたいな言い方をなさるのね。過去形で」

「そんなつもりはありませんでした。もちろん今も彼が好きです。しかし彼は異なる道を選んだ、私が思うに、とても危険な道を。あなたが巻き込まれないことをみな祈っています」

「どうして巻き込まれるんです？　もう別れたのに」

「ああ、そうでした。別れて当たりまえですな。いっしょに逃げれば目立ちますから。出入国審査官も見逃すほどばかではないでしょう。あなたは魅力的な女性だし、肌の色もある……」彼は言った。「もちろん彼があなたの家に電話していないのはわかっています。が、メッセージを送る方法はいくらでもある。公衆電話ボックスやら、仲介者やら。彼の友人を残らず監視することはできません、名前は全員わかっているにしても」シェリーのグラスを脇にどけ、ホットポットを置く場所を作った。主題があからさまに卓上に出されて――ホットポットのように――セイラはむしろ気が楽になった。「わたしも裏切り者だと思ってらっしゃるの？」

「ああ、われわれ情報部では、ご存じのように、裏切り者といったことばは使いません。それを使うのは新聞です。あなたはアフリカ人だ――南アフリカ人とは言いませんよ――あなたの息子さんも。モーリスはそのことにたいへんな影響を受けていたにちがいない。要するに、忠誠心を別のものに向けたということです」料理を食べてみた。「気をつけて」

「気をつけて？」

「ニンジンがとても熱いから」これが尋問だとしたら、ヨハネスブルクやプレトリアの公安警察がおこなうものとはずいぶんやり方が異なる。「さて」と彼は言った。「あなたはどうするつもりですか――もし彼がほんとうに連絡してきたら？」

彼女は警戒するのをやめた。警戒しているかぎり何も新しい情報は得られない。「彼の言うとおりにするつもりです」

パーシヴァルは言った。「率直な態度はじつにありがたい。これで腹を割って話せるというものだ。もちろんわれわれは知っています、あなたもおそらく知っているでしょう、彼が無事モスクワに着いたということを」

「よかった」

「神（ゴッド）についてはよくわかりませんが、KGBには感謝してもいいでしょうな。思想に縛られてはなりません。当然ながら、神とKGBが同じ側につくこともある。ともかく、いずれ彼はあなたをモスクワに呼ぼうとするでしょう」

「では行きます」

「お子さんを連れて？」

「もちろんです」

パーシヴァルはまた料理に没頭した。明らかに食事を愉しむ男のようだ。彼女はモーリスが無事だとわかって、安堵の気持ちから大胆になった。「わたしを止めようとしても無駄です」

「ああ、そこまで自信を持たないように。情報部にはあなたの資料が山のようにあります。あなたは南アフリカでカースンと呼ばれる男とたいへん親しかった。コミュニストの工作員と」

「当然です。わたしはモーリスのために働いていたのです——つまり、あなたがたのために。当時は知りませんでした。モーリスからは、彼の書いているアパルトヘイトに関する本の手伝いだと言われていたので」

「そしてモーリスはおそらくカースンのために働いていた。今やモーリスはモスクワにいる。厳密な仕事の話ではありませんが、おそらくＭＩ５はあなたを調べろと言うでしょうな。それもかなり深く。この老いぼれの助言を聞いていただけるなら――モーリスの友人だった老いぼれの……」

突如セイラの心に、冬の森でテディベア色のコートを着て、よろめきながらサムとかくれんぼをしていた男の記憶が甦った。「そしてデイヴィスの」と彼女は言った。「デイヴィスの友人でもあったんでしょう？」

医師の口にグレイヴィソースを運んでいたスプーンが途中で止まった。

「そう。可哀そうなデイヴィス。まだ若かったのに、悲しすぎる死だ」

「わたしはポートを飲みませんよ」とセイラは言った。

「まったく、突拍子もないことを言う人だ。せめてデザートのチーズまでいってからポートのことは決めてください。ここのウェンズレデールチーズはすばらしいよ。私の助言は、ただ分別のある行動をとりなさいということです。おとなしく田舎で、お義母さんと、あなたのお子さんと……」

「モーリスの子です」

「たぶんね」

「たぶんとはどういう意味？」

「コーネリアス・ミュラーに会ったでしょう。BOSSの冷酷そうな男です。しかしなんという名前だ！　ともかく彼が言うには、実の父親は――ちょっと露骨な言い方になって申しわけないが――あなたもモーリスと同じ勘ちがいをしているのではないかと」

「ちっとも露骨じゃありませんけど」

「ミュラーは、実の父親は黒人だと信じています」

「ミュラーが誰のことを言っているかはわかります。たとえそれが真実でも、彼は死にました」

「死んでいない」

「もちろん死んでいます。暴動で殺されたんです」

「遺体を見ましたか」

「いいえ、でも……」

「ミュラーは彼は監獄に入れられていると言っています。終身刑囚だと」

「そんなこと信じられません」

「その彼がこれから父権を主張するつもりだと」

「ミュラーは嘘をついてるんです」

「ええ、そうでしょう、その可能性は充分あります。その男はすぐに人のいいなりになるのかもしれない。私自身が法的なことを調べたわけではないが、彼がイギリスの法廷に出て何か証明できるかというと、きわめて疑わしいね。ところで、お子さんはあなたのパスポートにのっていますか？」

「いいえ」

「彼自身はパスポートを持っていますか？」

「いいえ」

「では彼を国外に連れ出すにはパスポートを申請しなければならない。官僚主義のあれやこれやを経なければならないということだ。パスポートを発行する連中はじつに仕事が遅いことがありますからね」

「あなたたちは最低だわ。カースンを殺し、ディヴィスを殺し、今度は……」

「カースンは肺炎で死んだのです。可哀そうなディヴィスは――肝硬変でした」

「肺炎だと言ったのはミュラーだし、肝硬変だと言ったのはあなた。そして今あなたはわたしとサムを脅迫している」

「脅迫ではありませんよ。助言しているだけです」

「あなたの助言なんて……」

そこで彼女は黙らざるをえなかった。ウェイターが皿を片づけにきたのだ。パーシヴァルの皿はきれいだったが、彼女はほとんど食べ物に手をつけていなかった。

「丁字(ちょうじ)入りの懐かしいイギリスふうアップルパイと、チーズでもどうです?」とパーシヴァルは訊いた。誘惑するように身を乗り出し、彼女の好意に支払う値段を示すかのように低い声で話しかけた。

「いいえ、要りません。もう何も食べたくありません」

「なんと。では会計にしてもらおう」パーシヴァルはがっかりしてウェイターにそう告げた。ウェイターがいなくなると、彼女を責めはじめた。「ミセス・カッスル、怒ってはいけないよ。いろいろ言っているが、個人的に含むところは何もない。怒るとまちがった決断をしてしまいますよ。これはただ箱にまつわることなのだ」くわしく説明しようとして、このときばかりは比喩が当てはまらないと思ったかのように口をつぐんだ。

「サムはわたしの子供です。わたしはどこへでも好きなところへあの子を連れていきます。モスクワだろうと、ティンブクトゥだろうと……」

「パスポートが発行されるまでサムを連れていくことはできない。MI5があなたを妨害しないようできるだけのことはしたいと思っていますよ。もしあなたがパスポートを申請することを彼らが知ったら……そして彼らが……」

彼女は店を出た。伝票を待つパーシヴァルを残し、あらゆるものをあとにして。もう一瞬でも長くいたら、チーズの皿の横に置いてあったナイフで何をしてしまうかわからなかった。かつてパーシヴァルのように満ち足りた生活をしていた白人が、ヨハネスブルクの遊園地で刺されたのを見たことがあった。人を刺すことなどいとも簡単に思えたものだ。入口で振り返って医師を見た。窓の針金格子を通して見ると、彼は警察署の机について坐っているように見えた。明らかに彼女を眼で追っていて、人差し指を立て、彼女に向かってゆっくりと左右に振った。忠告とも警告ともとれる所作だった。どちらでもかまわないとセイラは思った。

第二章

1

大きな灰色の建物の十三階の窓から、カッスルは大学校舎の上に輝く赤い星を見ることができた。あらゆる都市の夜景がそうであるように、そこにもある種の美しさがあった。退屈なのは昼間だ。彼らはカッスルがアパートメントで並はずれて優遇されていると明言していた。とりわけプラハの空港で彼を待ち受け、イルクーツク近郊のとても発音できないような場所での報告聴取へと同行したイワンはそう言った。台所と個室のシャワーがついたふた部屋のアパートメントは、最近死んだ同志が使っていたもので、その同志は死ぬまえに家具をほぼ完全にそろえていた。通常のルールにしたがえば、空（から）のアパートメントについているのは放熱器だけで、ほかのものは便器に至るまで購入しなければならない。容易なことではなく、多大の時間とエネルギーがむなしく費やされることになるのだった。カッスルはそのせいで同志は死んだのではないかと思うことがあった——緑の籐の肘かけ椅子、クッションがついておらず板のように硬い茶色のソファ、ほとんどむらなくグレイビーソースの染みのついたテーブルといった家具をそろえるのに疲れ果てて。最新型の白黒テレビは政府からの支給品だった。イワンは初めてふたりでアパートメントを訪れたときに、念入りにそのことを説明した。これだけの部屋を与える必要などあったのだろうかと、彼としては疑問に思っていることを、昔ながらの態度で仄めかした。イワンの刺々しさはロンドンにいたときと一向に変わらないように思えた。おそらくモスクワに呼び戻されたことが心外で、カッスルに恨みを抱いているのだろう。

　アパートメントでいちばん貴重なものは電話だという気がした。埃（ほこり）まみれで回線もつながっていなかったが、それでも象徴的な価値があった。いつか、ひょっとすると近いうちに、使えるようになるかもしれない。この電話でセイラと話すのだ。彼女の声を聞くことが彼にとってすべてだった――盗聴者のためにどんな喜劇を演じることになろうとも。盗聴者がいるのは明らかだった。彼女の声を聞けると思うと、長く待つのにも耐えられた。一度、電話のことでイワンに話をした。身が凍るほど寒い日でもイワンは戸外で話したがった。市内をいろいろ案内するのはイワンの役目だったので、カッスルはグム百貨店に出かけたときを狙った（グムでは水晶宮〔一八五一年の万国博覧会用にロンドンのハイドパークに建てられた鉄骨ガラス張りの建物〕の写真を思い出し、イギリスへ戻ったような気がした）。「電話をつないでもらうことは可能だろうか」彼はそう尋ねた。ふたりはカッスルの毛皮裏のオーバーコートを買いにきていた――気温はマイナス五度だった。

「訊いてみる」とイワンは答えた。「だが今のところ、彼らはあんたに覆いをかけておきたいようだ」

「長いことかかるのか」

「ベラミーの場合には長かった。しかしあんたは彼ほどの重要人物じゃない。あまり宣伝効果がないのだ」

「ベラミーって？」

「ベラミーは憶えておいたほうがいい。イギリス文化振興会でもっとも重要な人物だった。西ベルリンの。こちらが利用できる組織はかならずあるものだ、平和部隊のように」

カッスルはあえて否定しようとは思わなかった——自分には係わりのないことだ。

「ああ、そうだ、今思い出したよ」あれは生涯最大の不安を抱いていたとき、ロレンソマルケスでセイラの知らせを待っていたときのことだったから、ベラミーの亡命について細かいことは思い出せなかった。どうして文化振興会から亡命するのか、そんな亡命が誰かになんらかの価値や損害を与えるのか。カッスルは「まだ彼は生きている？」と尋ねた。すべてがはるか昔のことに思えた。

「当然だ」

「今は何を？」

「われわれの感謝の印である年金で生活している」とイワンは言って、つけ加えた。「あんたと同じだ。ああ、彼には仕事を作ったんだった。出版局に助言してもらっている。菜園つきの別荘（ダーチャ）を持っているよ。自国の年金で暮らすよりいい生活だ。彼らはあんたにも同じことをするつもりだと思う」

「別荘で読書をするということか」

「そう」

「われわれのような人間が大勢いるのかな——つまり、きみたちの年金で生活している人間が」

「私は少なくとも六人知っている。クリュックシャンク、ベイツ——憶えているかもしれないが、あんたの情報部から来た人間だ。たぶんグルジア料理のアラグヴィの店で会うことになるだろう——ワインが上等らしい——私にはそんな金は出せないが——ボリショイ劇場でもね、彼らがあんたのことを公（おおやけ）にした暁には」

ふたりはレーニン図書館のまえを通りすぎた。「ここにもいると思う」イワンは不快もあらわにつけ加えた。「イギリスの新聞を読んでるさ」

イワンはカッスルの世話をするかよいの家政婦として、太り肉の中年女性を見つけてきた。彼女はカッスルにいくらかロシア語も教えてくれた。そっけなくアパートメントのなかのあらゆるものを順に指差して、ロシア語の呼び名を教えるのだった。発音にはやたらと厳しかった。カッスルより数年若かったが、彼をまるで子供のように扱った。説き諭すような厳格さは、カッスルのしつけが進むにつれて、徐々に母親の愛情のようなものに変わっていった。イワンにほかの仕事があるときには、会話レッスンの幅を広げて、中央市場での食料調達に彼を連れ出したり、地下鉄に乗せたりした（紙切れに食べ物の値段や運賃を書き込んで説明した）。しばらくすると自分の家族の写真を見せるようになった――彼女の夫は若い軍服姿で、段ボールで作ったように見えるクレムリンを背景に、どこかの公園で写したものだった。服の着方がぎこちなく（着慣れていない様子がうかがえた）、かぎりなくやさしい顔つきでカメラに微笑んでいた。おそらく撮った人間のうしろに彼女が立っていたのだろう。その夫はスターリングラードで戦死したとカッスルに告げた。カッスルはお返しにセイラとサムの写真を見せた。ハリデイにも言わずに靴の底に隠して持ってきたものだった。ふたりが黒人であることに彼女は驚きの表情を浮かべ、しばらく彼を敬遠するような態度をとった。ただ、ショックを受けたというより途方に暮れていた。彼女なりの秩序を打ち砕かれたのだ。そういう意味では、カッスルの母親に似ていた。数日後、すべてはもとどおりになったが、その数日間は追放先で追放された気がして、セイラへの思いはいっそう強まった。

モスクワに来て二週間がたった。カッスルはイワンに与えられた金でいくつか新しいものを買った。英語の教科書のシェイクスピアすら見つかった。ディケンズの小説二作――

『オリバー・ツイスト』『ハード・タイムズ』――そして『トム・ジョーンズ』『ロビンソン・クルーソー』。歩道には雪が膝近くまで積もり、イワンとの市内見物はもとより、アンナとの学習ツアーでさえ億劫になった――家政婦はアンナという名前だった。カッスルは夜になるとスープを温め、放熱器のそばに背を丸めて坐り、埃まみれでつながらない電話を手の届く場所に置いて『ロビンソン・クルーソー』を読んだ。ときにテープレコーダーに吹き込まれた自分の声のように、クルーソーが語りかけてくることがあった――〝私がわが身に起こったことをこうして書きつづるのは、あとから生まれてくる者たちに書き残したいからというより――跡継ぎはできても数人だろう――毎日くり返し訪れては心を苛む考えから解放されるためである〟。

クルーソーは自分の置かれた境遇の心地よさと惨めさを〝善〟と〝悪〟に区分した。〝悪〟の見出しのもとに彼はこう書いた――〝私には話し相手になってくれる者も、救ってくれる者もひとりとしていない〟。対する〝善〟には、難破船から得られた〝たくさんの必需品〟が含まれていた。〝日々の必要を満たしてくれるか、生きているかぎり使っていられる〟ものだ。それを言えば、カッスルには緑の籐の肘かけ椅子も、グレイビーソースの染みのついたテーブルも、坐り心地の悪いソファも、今ちょうど体を温めてくれている放熱器もあった。セイラがいても、これらで充分事足りる。セイラはこれよりずっと粗末な環境にも慣れていた。ヨハネスブルクの貧民街にあった、人種規制のない怪しげなホテルの殺伐とした部屋を思い出した。会う場所と言えばそんなところしかなく、ふたりはそこで愛し合った。わけてもカッスルは、家具ひとつなかったとある一室を思い出した。ふたりは床で充分幸せだった。翌日、イワンがまた当てつけがましく〝感謝〟ということばを口にしたとき、カッスルは怒りを爆発させた。「これがあんたの言う感謝の印なのか」

「独身者の多くは、台所もシャワーもひとりで使えない……ましてふた部屋ある場所になど住めないんだ」

「そんなことは不満でもなんでもない。私ひとりにはしない、あとから妻も子供も来ると約束したじゃないか」

カッスルのあまりの剣幕にイワンも不安になったようだった。彼は言った。「時間がかかる」

「私には仕事もない。失業手当で生きているようなものだ。これがあんたらのご立派な社会主義なのか」

「まあ、落ち着いて」とイワンは言った。「しばらく待ってくれ。彼らがあんたの覆いを取り払えば……」

カッスルは殴りかかりそうになり、イワンにもそれがわかった。イワンは何かもごもごとつぶやいて、退却するようにコンクリートの階段をおりていった。

2

この場面を隠しマイクが上層部に伝えたのか、あるいはイワンが報告したのか、カッスルが知ることは決してないが、それでも怒りは功を奏した。それは覆いを吹き飛ばしただけでなく、のちに判明したところでは、イワンをも吹き飛ばした。カッスルの指令者になるには気性に問題があると上層部に判断されて、ロンドンから飛ばされたときとまったく同じように、もう一度だけつけ足りのように姿を見せたあと、永遠にいなくなってしまった。イギリスの情報部に秘書室があるように、ここにも指令者室のようなものがあって、イワンはそこにまた沈んだのかもしれない。この手の職業につくものが解雇されることはまずない。暴露される怖れがあるからだ。

イワンの最後の仕事(スワン・ソング)は通訳だった。カッスルとの散歩の途中、誇らしげに指差したルビアンカ刑務所からほど近い建物のなかでのことだった。その朝、カッスルはこれからどこへ行くのかと訊いた。イワンははぐらかすように「あんたの仕事が決まったんだ」と答えた。

ふたりが待たされた部屋には見苦しい簡易装丁の本がずらりと並んでいた。カッスルはロシア語で書かれたスターリン、レーニン、マルクスといった著者名を読んでいった。文字を読めるようになってきたのがうれしかった。大きな机の上には、豪華な革表紙の吸い取り紙の束と、十九世紀の青銅の騎士像が置かれていた。像はかさばりすぎて文鎮としては使えず、ただの飾りだった。机のうしろのドアから恰幅のいい初老の男が現われた。灰色の乱れ髪に、煙草のヤニで黄ばんだ古風な口髭。続いてきちんとした身なりの若者がファイルを抱えて入ってきた。教会で司祭につき添う侍祭（じさい）のようだった。たしかに老人のほうには、濃い口髭にもかかわらず、やさしそうな微笑みと祝福を与えるかのごとき手の伸ばし方に司祭を思わせるものがあった。イワンの通訳を介して三人のあいだで多くの会話――質疑応答――が交わされた。イワンはカッスルに言った。「同志はあんたの仕事を高く評価していると言っている。重要な仕事だっただけに、上層部で解決しなければならない問題が生じた。だから二週間、離れていてもらったことを理解してほしいそうだ。あんたを信用していないからではない、くれぐれもそんなふうに思わないでほしい。あんたがここにいることを、いちばん効果のある時期に西側の報道機関に発表したいだけだと」

カッスルは言った。「もう私がここにいることはあちらも知っているはずだ。ほかにどこへ行く？」イワンが通訳し、老人が答えた。それを聞いて若い侍祭が眼を伏せたまま微笑んだ。

「同志は言っている、知っていることと正式発表はちがうと。あんたの亡命が正式に認められて、初めて広報局はことを公にする。検閲があるから勝手なことはできない。記者会見はもうすぐだ。記者に言うべきこともこちらで準備する。まずは軽くリハーサルしたほうがいいだろう」

「同志に伝えてくれ」とカッスルは言った。「私はここで生活費を稼ぎたいと」

「すでにあんたは生活費の何倍にも相当するものを稼いだと同志は言っている」

「であれば、ロンドンでした約束を果たしてもらいたい」

「約束とは？」

「妻と息子もあとから来ると言われた。彼に言ってくれ、イワン、私は寂しくてたまらないと。私は電話を使いたい。イギリス大使館にも、記者にもかけないから、ただ妻に電話をかけさせてくれ。覆いが取り払われたら、彼女と話をさせてくれと」

通訳には長い時間がかかった。通訳がもとの発言より長くかかることは承知していたが、これはあまりにも長すぎた。侍祭ですら一、二文ではすまないものを言い添えた。大物の同志はほとんど口を利かなかった――あくまで温和な司祭然としていた。

ついにイワンがカッスルのほうを向いた。カッスル以外の者にはわからない不機嫌な表情を浮かべて言った。「彼らはアフリカからみの出版部門に協力してもらいたいと切望している」侍祭に向かってうなずくと、若者は意を得て力づけるような笑みを浮かべた。上司の石膏模型のような笑みを。「同志はあんたにアフリカ文学の主任アドバイザーになってもらいたいと言っている。アフリカ人の小説家は大勢いるから、翻訳する価値のいちばん高いものを選びたい。もちろん最高の小説家は（あんたが選ぶのだ）作家協会を通してわが国に招待される。仕事としてはとても重要で、やってもらえればうれしいと言っている」

老人は本棚に手を振った。スターリンや、レーニンや、マルクス――そう、エンゲルスもある――に、カッスルの選ぶ小説家を歓迎してやってくれとうながすかのように。

カッスルは言った。「彼らはまだ答えていない。私は妻と息子をここへ呼びたい。彼らは約束した。ボリスもだ」

イワンは言った。「今のことばは通訳したくない。どれも彼らとはまったく別の部署の仕事だから。ものごとを混乱させるのは大きなまちがいだ。彼らはあんたに仕事を提供して……」

「妻と話すまで何も議論するつもりはないと彼に伝えてくれ」

イワンは肩をすくめ、伝えた。今度の通訳はもとの発言より短かった――ぶっきらぼうな怒りの一文だけだった。編集を加えすぎた脚注のように空いたスペースを埋め尽くしたのは、初老の同志のコメントだった。最終的な決意を示すために、カッスルは顔を背け、窓の外のコンクリートの塀に挟まれた狭い通路に見入った。塀の上辺は、さながら尽きることのない巨大なバケツから降り注ぐ雪のせいで見えなかった。それはカッスルの子供のころの記憶にある雪、雪合戦や、おとぎ話や、そりと結びついた雪ではなかった。非情で、降りやむことがなく、あらゆるものを滅ぼす雪、世界の終末を思わせる雪だった。

イワンが怒って言った。「話し合いは終わりだ」

「彼らはなんと言ってる？」

「彼らのあんたの扱い方は理解できない。ロンドンにいたときから、あんたがどんなゴミを送っていたかはわかっていたが。さあ、行くぞ」老いた同志が丁寧に握手の手を差し伸べた。若いほうは幾分うろたえていた。雪に埋もれた通りの静けさは息詰まるほどで、破るのがためらわれた。カッスルとイワンは、秘密の敵同士が互いの意見のちがいに最終決着をつける場所を探すかのように足早に歩いていった。カッスルはついに宙ぶらりんの状態に耐えられなくなって言った。「いったいあの話し合いはなんだったんだ」

イワンは言った。「彼らは私がうまくあんたを扱っていないと言う。私をロンドンから連れ戻したときとまったく同じだ。〝もっと人の心理を読まないと、同志、人の心理をね〟だと。あんたみたいに裏切り者になったほうがよっぽど大事にされるかもしれない」

幸いタクシーが近づいてきて、イワンはそれに飛び乗ると、傷ついたように押し黙った（カッスルはすでに、タクシーのなかでしゃべる人間が誰もいないことに気づいていた）。アパートメントの入口で、イワンは嫌々ながらカッスルの要求した情報を与えた。「仕事はかならず見つかるから心配することはない。あの同志はじつに思いやりがある。電話と奥さんのことはほかの同志に話してみるそうだ。どうかお願いだから——彼の使ったことばそのままだ——あとほんの少し辛抱してほしいと。間もなく知らせが入るからと言っていた。あんたの心配はよくわかるとね——よくわかる、よくわかるだぞ。私には何ひとつわからんね。人の心理がこれっぽっちも読めないもので」

彼は入口に立っているカッスルを残して、降りしきる雪のなかへ大股で歩き出し、カッスルの眼のまえから永遠に消えたのだった。

3

翌日の夜、カッスルが放熱器の横で『ロビンソン・クルーソー』を読んでいると、誰かがドアを叩いた（呼び鈴は壊れていた）。長年培われた不信感で、彼はドアを開けるまえに反射的に呼びかけた。「誰ですか」

「ベラミーだ」と甲高い声が答えた。カッスルはドアの鍵をはずした。灰色の毛皮のコートを着て灰色のアストラカン織りの帽子をかぶった、灰色の髪の小男が、何かに怯えるようにこそこそと入ってきた。パントマイムでネズミを演じ、子供たちの拍手喝采を期待している喜劇役者のようだった。彼は言った。「すぐ近くに住んでいるので、勇気を出して訪ねてみようと思ってね」カッスルの手のなかにある本を見た。「なんと、読書の邪魔をしてしまったか」

「と言っても『ロビンソン・クルーソー』です。読む時間はいくらでもある」

「なるほど、偉大なるダニエルだね。彼はわれわれの仲間だ」

「仲間？」

「いや、デフォーはどちらかと言えばＭＩ５にいそうなタイプか」毛皮の手袋を剝ぎとると、放熱器で体を温めながら部屋のなかを見まわした。「まだまだ殺風景だね。われわれはみなこれを乗り越えてきた。私もクリュックシャンクに教わるまで、何がどこにあるのかわからなかったよ。で、次は私がベイツに教えたわけだ。まだ彼らには会っていない？」

「まだです」

「ここに来ていないとは意外だな。覆いははずされてるし、いつ記者会見がおこなわれてもおかしくないと聞いている」

「どこからそんなことを？」

「ロシア人の友だちからだよ」とベラミーは言って、少し神経質そうに笑った。毛皮のコートの奥深くからウィスキーのハーフボトルを取り出して言った。「ささやかなおみやげ（カード）だ。新しいメンバーにね」

「それはご親切に。どうぞ坐ってください。ソファより椅子のほうが楽ですよ」

「よければまず服を脱がせてもらうよ――覆いを取る、いい表現だ」その覆いを取るのには時間がかかった。ボタンがたくさんついていたのだ。ようやく緑の籐の椅子に腰を落ち着けると、ベラミーはまたくすくす笑った。「あなたのロシア人の友だちはどうだね？」

「あまり友だちらしくありません」

「だったら替えてもらうといい、まじめな話。彼らはわれわれに幸せになってもらいたいのだから」

「どうやって替えてもらうんです」

「そいつとは気が合わないと言えばいいんだよ。不謹慎なことばのひとつでも吐けば、おそらくわれわれが今話しかけている小さな機械が拾ってくれるだろう。知ってるかね、私が初めてここに来たとき、彼らは私の世話を――想像もつかないだろうが――作家協会から来た中年女にまかせたんだ。たぶん私が文化振興会にいたからだろうね。そういう事態にどう対処すればいいかはすぐに学んだよ。クリュックシャンクといっしょになるたびに、軽蔑をこめて彼女を〝わが女先生〟と呼んだのだ。結果、彼女は長続きしなかった。ベイツが到着するまえにいなくなったんだが――ここで笑っちゃ大いに失礼だな――なんとベイツは彼女と結婚したんだ」

「どうしてなのか理解できません――つまり、どうして彼らはあなたをここに呼びたがったのか。亡命騒ぎがあったとき、私はイギリスを離れていたので。新聞記事を読まなかったのです」

「あなた、新聞はそりゃひどいものだった。私のことを痛罵(つうば)していたよ。あとになってレーニン図書館で読んだんだがね。あれを読んだら、私のことをマタ・ハリか何かだと思っただろう」

「しかしあなたは彼らにとってどんな価値があったんです――イギリス文化振興会にいて」

「ドイツ人の友人がひとりいたのだ。彼は東で大勢の工作員を使っていたようでね。彼としては、こんな小物の私が観察して、メモをとっているなどとは思ってもみなかったんだろう。やがてその愚かな若者はろくでもない女に誘惑されてしまった。罰を受けて当然だ。彼本人は充分安全だった。私は彼を危険にさらすようなことは何もしていない。だが彼の工作員は……むろん彼も密告したのは誰だろうと推測したはずだ。たしかに私もわざわざ推測をむずかしくするようなことはしなかった。しかし彼が大使館に行って私のことを告げたので、急いで国を出なければならなかった。検問所を無事通過したときにはどれほどうれしかったことか」

「あなたはここにいて幸せですか」

「幸せだよ。私にとって幸せはつねに場所というより人の問題に思える。ここにはすばらしい友人がいる。もちろん個人的なつき合いは法律違反だが、情報部は例外だ。私の友人はKGBの人間でね。彼もときには職務のせいで誠実でなくなることもあるが、私のドイツの友人とはまったくちがう。愛がからんでいないから。ときどきそのことで笑い合ってるよ。もし寂しいなら、彼には知り合いの娘が大勢いるが……」

「寂しくはありません。読む本があるかぎり」

「そのうちカウンターの下に英語の本を隠してあるちょっとした場所を教えてあげよう」

真夜中すぎにウィスキーのハーフボトルが空になり、ベラミーは去っていった。毛皮のコートを着るのにまた長い時間がかかったが、その間もしゃべりつづけていた。「いつかクリュックシャンクに会わなければならないよ――あなたに会ったことを彼にも伝えておく――もちろん、ベイツにも。だがそうなると、ミセス・〝作家協会〟・ベイツにも会わなければならないがね」両手をよく温めてから手袋をはめた。すっかりくつろいでいる様子だったが「私も最初はちょっとつらかった」と認めた。「友だちができるまで途方に暮れていたよ。スウィンバーンの詩にあるだろう――〝見知らぬ顔、もの言わぬ寝ずの番――それからなんだっけ――〝あらゆる苦痛〟。不当に評価の低い詩人、スウィンバーンについて昔講義をしていたんだ」ドアのところで彼は言った。「春になったら、私の別荘にぜひ来てくれたまえ……」

4

カッスルは数日たつとイワンですら恋しくなった。嫌う相手さえいないのがつらかった。公平に見てアンナを嫌うことなどできない。彼女はカッスルがそれまでにも増して孤独を感じていることを察したらしく、午前中少し長くとどまり、さらに多くのものを指差して注意を惹いては、ロシア語を教え込むようになった。発音にますますうるさくなり、語彙に動詞も加えはじめた。まず〝走る〟から始め、みずから肘と膝を上げて走るまねをしてみせた。給金はどこか別のところからもらっているのだろう。カッスルは彼女に何も支払っていなかった。到着時にイワンにもらったなけなしのルーブルも底をつきかけていた。

何も稼いでいないということが孤独をいっそう耐えがたいものにした。机についてアフリカの作家のリストを検討することさえ待ち遠しくなった——それでほんの短いあいだでも、セイラはどうしているかと考えずにすむ。どうして彼女はサムといっしょについてこなかったのか。彼らは約束を果たすために何をしているのか。

ある夜の九時三十二分、ロビンソン・クルーソーの苦難の旅も終わりに差しかかった——クルーソーに倣って時刻を気にかけてみた。〝一六八六年十二月十九日、私は島を離れた。船の航海日誌で確認したところ、二十八年二カ月と十九日のあいだ島にいたことがわかった〟。カッスルは窓辺に立った。雪はたまたまやんでいて、大学校舎の上の赤い星がはっきりと見えた。こんな時間でも女たちが外に出て雪かきをしていた。上から見ると、彼女たちは巨大な亀のように見えた。誰かが呼び鈴を鳴らしていた——勝手にやらせておけ、ドアは開けない、どうせベラミーか、もっとありがたくない人物だろう。まだ知らないクリュックシャンクだとか、ベイツだとか——だがたしか呼び鈴は壊れていたはずだと思い出した。振り返って、驚きの眼で電話機を見つめた。鳴っていたのは電話だったのだ。

受話器を上げるとロシア語の声が聞こえた。ひと言も理解できなかった。それだけだった——あとは甲高い通信音が聞こえるだけだったが、カッスルは受話器を耳に当てたまま、呆けたように待っていた。交換手が切らずに待てと言ったのかもしれない。それとも「呼び返しますので一度電話を切ってください」と言ったのか。イギリスからかかってきた電話かもしれない。しぶしぶ彼は受話器を置き、電話の横に坐ってまた鳴り出すのを待った。カッスルは覆いをはずされ、今やつながれた。アンナから正しい受け答えを教わってさえいれば、話もできたのだ。まだ彼は交換手を呼び出す方法すら知らない。アパートメントに電話帳はなかった——それは二週間前に確認ずみだった。

だが交換手は何かを伝えたかったにちがいない。電話がいつ鳴ってもおかしくないと思った。電話のそばで眠り込み、十年来見ていなかった妻の夢を見た。夢のなかでふたりは、現実の生活ではしたことのない喧嘩をした。

朝、アンナが来てみると、カッスルは緑の籐の肘かけ椅子で眠っていた。アンナに起こされて彼は言った。「アンナ、電話がつながった」彼女が理解できなかったので、カッスルは電話のほうに手を振り、「リン、リン、リン」と言った。初老の男の口からこれほど子供じみた音が出てきたことがばかばかしく、ふたりは愉快に笑った。カッスルはセイラの写真を取り出し、電話機を指差した。アンナは深くうなずき、元気づけるように微笑んだ。アンナはセイラと仲よくやっていけるだろうとカッスルは思った。セイラに買い物の場所を教え、ロシア語を教え、サムのことも好きになるだろう。

5

その日遅くに電話が鳴ったとき、カッスルはセイラにちがいないと思った。ロンドンにいる誰か、たとえばボリスが彼女にここの番号を教えたのだ。応じたときには口のなかが乾いてろくにことばを発することができなかった。「どなた？」

「ボリスだ」

「どこにいる？」

「モスクワに」

「セイラには会った？」

「話をした」

「彼女は元気か」

「ああ、もちろん元気だ」

「サムは？」

「彼も元気だよ」

「彼らはいつ来る？」

「そのことについて話したいんだ。そこにいてもらえるかな。外出しないで。これからアパートメントに行くから」

「彼らにいつ会える？」

「そのことを話し合わなきゃならない。いろいろ問題があって」

「どんな問題が？」

「そっちに行くまで待ってくれ」

カッスルはとてもじっとしていられなかった。本を取り上げて、また置いた。アンナがスープを作っている台所に入っていった。アンナは「リン、リン、リン」と言ったが、もうそれは可笑しくなかった。彼は窓辺に歩いていった——また雪だ。ドアを叩く音がしたときには、何時間もたった気がした。

ボリスは免税品を入れるビニール袋を差し出して言った。「セイラがJ&Bを持っていってほしいと言うものだから。彼女から一本、サムから一本だ」

カッスルは言った。「どんな問題がある？」

「コートぐらい脱がせてくれ」

「ほんとうに彼らに会ったのか」

「電話で話した。電話ボックスから。彼女は田舎のあなたの母上のところにいる」

「わかってる」

「そこを訪ねると目立ちすぎるんでね」

「ならどうして彼女が元気だとわかった」

「本人がそう言ったから」

「ほんとうに元気そうだった？」

「ああ、まちがいない、モーリス。だから何度も……」

「問題とは？　きみは私を脱出させたじゃないか」

「あれは簡単だった。偽のパスポート、眼の不自由な男の扮装。エールフランスの職員に連れていかれるときに、出入国審査で起こるように手配していた別のいざこざ。あなたに似た人間をプラハ行きの飛行機に乗せたのだ。パスポートもどこか怪しげで……」

「まだどんな問題があるのか聞いていない」

「あなたが無事こちらに来れば、彼らもセイラがあとから来るのを止めるわけにはいかないとずっと考えてきた」

「止められないさ」

「だがサムはパスポートを持っていない。母親のパスポートに記載しておくべきだった。当然だが、彼のパスポート取得にはたいへんな時間がかかりうる。もうひとつある。あちらの連中は、もしセイラが出国しようとしたら、共犯者として逮捕することもあると仄めかしている。彼女はカースンの友人だったし、ヨハネスブルクではあなたの工作員として活動していた……モーリス、残念ながらことはそう単純ではないのだよ」

「きみは約束した」

「約束したことはわかっている。真心からそうした。子供を残してくる気があるなら、彼女をこっそり連れ出すことも可能かもしれないが、そんなことはしないと彼女は言っている。サムは学校があまり好きではないし、あなたの母上もあまり好きではない」

免税品のビニール袋がテーブルの上で待っていた。ウィスキーはいつもそこにある――絶望に効く薬は。カッスルは言った。「どうして私を連れ出した？ 差し迫った危険はなかったのに。私自身は危険だと思っていたが、きみには事情がよくわかっていたはずだ……」

「あなたは緊急信号を送った。われわれはそれに応えた」

カッスルはビニールを引き裂き、ウィスキーの封を切った。J&Bのラベルが悲しい思い出のように心を傷つけた。ふたつのグラスにたっぷりと注いだ。「炭酸水はない」

「要らない」

カッスルは言った。「椅子のほうに坐ってくれ。ソファは学校のベンチみたいに硬い」

ウィスキーを飲んだ。J&Bの風味もまた彼を傷つけた。せめてほかのウィスキーにしてくれていれば——ヘイグでも、ホワイトホース、VAT69、グラントでも——自分にとってなんの意味も持たない銘柄を頭のなかであげていった。J&Bの酔いがまわりはじめるまで、心を空にし、絶望を押しとどめるために——ジョニーウォーカー、クイーン・アン、ティーチャーズ。ボリスは彼の沈黙を誤解して言った。「マイクの心配をすることはない。モスクワはいわば台風の目だからむしろ安全だ」そしてつけ加えた。「あなたを連れ出すことはわれわれにとって非常に重要だった」

「なぜ？　ミュラーのメモは無事ハリデイの手に渡っていたのに」

「全体像がわかってないんだね。そうだろう？　あなたが送ってきていた経済情報は、それ自体なんの価値もないものだった」

「だったらどうして……」

「酔ってあいまいなことを言ってるな。ウィスキーは飲み慣れなくて。もう一度説明してみよう。あちらの連中はここモスクワに工作員を置いていると思っていた。だが彼を操っていたのはわれわれのほうだったんだ。あなたがこちらに送ってきたものを、彼はあちらに送り返していた。あなたの報告によって、彼はあなたの情報部で本物と認められた。情報の正しさを確認することができたから。けれど彼はあちらにほかの情報も渡していた。われわれがあちらに信じてほしいと思っているような情報を。あなたの報告の真の価値はそこにあった。相手を欺くにはなかなかいい方法だった。しかしそこにミュラーがアンクル・リーマス作戦の件で現われた。われわれは、アンクル・リーマス作戦に対抗するいちばんの手段は、世界に暴露することだと判断した。ただ、あなたをロンドンに置いたまま、ことを公にはできない。あなたはわれわれの情報源にならなければいけなかった——ミュラーのメモをモスクワに持ってくることが重要だった」

「そのかわり、情報漏洩の真相も彼らに知られてしまう」

「そのとおり。このゲームをこの先長く続けることはできなかった。モスクワにいる彼らの工作員は永遠に姿を消すことになる。そして数カ月のうちに、秘密裁判がおこなわれたことが噂として伝わる。それでますます彼の送った情報は本物だとあちらは信じる」

「私はただセイラの国の人々を助けているつもりだった」

「それよりずっと多くのことをしていたんだ。明日、あなたは記者会見をおこなう」

「セイラを連れ出さないかぎり何もしゃべらないと言ったら？」

「あなたなしでも会見はおこなう。が、そうなったらセイラの問題をわれわれが解決すると期待しないでほしい。われわれはあなたに感謝している、モーリス。しかし感謝は愛と同じだ。毎日新しくしていかないと、死に絶えてしまう」

「きみもイワンのような口ぶりになってきた」

「いや、イワンとはちがう。私はあなたの友だちだ。ずっと友だちでいたいと思っている。新しい国で新しい生活を始めるときには、どうしても友だちがほしくなるものだ」

今や友情の申し出は脅迫か警告のように聞こえた。ワットフォードの夜が脳裡に甦った。ベルリッツのポスターを飾ったみすぼらしい語学教室を虚しく探しまわった夜が。二十代で情報部に加わってからのすべての人生は、語ることのできないものとなった。トラピスト会の修道士のように、彼は沈黙の職業を選んだのだ。遅きに失したが、それはまちがった職業だったと気づいた。

「もう一杯飲みなさい、モーリス。それほど状況は悪くない。しばらく我慢すればいい、それだけのことだ」

カッスルはグラスをあおった。

第三章

1

医師はセイラがサムに抱いていた怖れを裏づけた。が、最初にサムの咳が妙だと気づいたのはカッスル夫人だった。老いた者に医学の訓練は必要ない。六年間の徹底した訓練のかわりに、長い人生経験で診断記録を蓄えているかのようだ。医師はいわば法律の要求項目であり、彼女の処方箋の最後に署名をするだけだった。その若い医師はカッスル夫人に多大な敬意を払っていた。まるで自分に多くのことを教えてくれる高名な専門医であるかのように。彼はセイラに訊いた。「あなたはあちら(ホーム)で、こういうゼイゼイといった咳をしていましたか」あちらとは、明らかにアフリカを指していた。

「どうでしょう。危険な咳なんですか」と彼女は訊いた。

「危険ではありません」と言ったあと、つけ足した。「ですが隔離期間は長くなります」安心からはほど遠い発言だった。モーリスがいないと心配を押し隠すのがむずかしい。分かち合う相手がいないからだ。しかしカッスル夫人は落ち着き払っていた――ふだんの生活のパターンが乱れて多少苛立ってはいたが。ばかげた夫婦喧嘩などしなければ、サムはバーカムステッドで病気を治していた、自分も電話で必要なアドバイスをしてやれたと思っているのは明らかだった。ふたりを部屋に残し、枯れ葉のような手でサムのほうへキスを投げて、階下へテレビを見にいった。

「病気になっても家に帰れないの？」とサムが訊いた。

「帰れないわ。ここにいなければならないの」

「ブラーがいたら話ができるのに」サムはモーリスよりブラーがいないことを寂しがっていた。

「本を読みましょうか」

「うん、お願い」

「そのあとはちゃんと寝るのよ」

セイラは家を出るときに適当に選んだ本を数冊持ってきていた。サムがいつも〝庭の本〟と呼んでいるものも含まれていた。サムは彼女よりずっと庭が好きだ。彼女の子供のころの記憶には庭がない――波形のトタン屋根のきつい照り返しがある、乾いた土の遊び場しか。メソジスト教会にさえ芝生はなかった。彼女は本を開いた。階下の居間からくぐもったテレビの音が聞こえてきた。離れていても、まちがいなく生きた人間の声だとわかった——缶詰のイワシのように圧力をかけられ、緊張した声。

本を開くか開かないかのうちに、サムはもう片手をベッドから投げ出して眠っていた。いつもブラーに舐めさせるためにそうしているのだ。ええ、わたしはこの子を愛していると彼女は思った。もちろん愛しているけれど、この子はわたしの両手にはめられた公安警察の手錠のようなものだ。解放されるまでに何週間もかかり、そのあとでさえ……思いはブルンメルの店に戻り、陽光の降り注ぐレストランを見下ろしていた。経費勘定に入れられるその店で、パーシヴァル医師が警告の指を振っている。彼女は思った——彼らはサムの病気まで引き起こしたのだろうか。

ドアをそっと閉めて階下におりた。緊張した声は消され、カッスル夫人が階段の下に立って彼女を待っていた。

「ニュースを聞き逃しました」とセイラは言った。「本を読んでほしいと言われて。でもようやく寝ました」カッスル夫人は自分だけに見える恐怖を見ているかのように、セイラの背後を睨みつけていた。

「モーリスはモスクワにいる」と夫人は言った。

「ええ、知っています」

「大勢の記者といっしょにテレビに映っていたわ。自分は正しいといったことを主張していた。大した神経ね、図々しいというか……だからあなたはあの子と喧嘩したの？　あんな子から離れてよかったわ」

「それが理由じゃないんです」とセイラは言った。「喧嘩したふりをしたんです。彼はわたしを巻き込みたくなかったから」

「あなたも仲間だったの？」

「いいえ」

「よかった。病気の子供を抱えた人をこの家から追い出したくないからね」

「もしわかっていたら、モーリスを追い出しました？」

「いいえ。引き止めておいて警察を呼んだわ」夫人は振り返り、居間に戻っていった。そのまま部屋を横切って、眼の不自由な女のようにテレビにぶつかった。不自由なのも道理で、眼をつぶっていた。セイラはカッスル夫人の腕をそっとつかんだ。

「坐ってください。ショックでしたでしょう」

カッスル夫人は眼を開けた。涙に濡れているだろうと思いきや、夫人の眼は乾いていた。乾いて、非情だった。「モーリスは裏切り者よ」と彼女は言った。

「理解してあげてください、ミセス・カッスル。わたしが悪いんです、モーリスじゃなくて」

「あなたは仲間じゃないと言ったじゃない」

「彼はわたしの国の人たちを助けようとしていたのです。わたしとサムのことを愛していなければ……モーリスがあんなことをしたのは、わたしたちを救うためだったんです。イギリスにいると、彼がどんな恐怖からわたしたちを救ってくれたか想像もつかないでしょうが」

「裏切り者よ！」

同じことばの反復にセイラもかっときた。「わかりました――だったら裏切り者なんでしょう。誰を裏切ったんですか？　ミュラーとその友人たちですか？　公安警察ですか？」

「ミュラーなんて人は知らないわ。あの子は祖国を裏切ったんです」

「ああ、祖国をね」彼女はものの見方を形作る安易な決まりことばに絶望して言った。「モーリスは一度、わたしが彼の祖国だと言ったことがあります――サムも含めて」

「父親がこの世にいなくてよかった」

また決まりことばだった。危機にあって、人は古くからの決まりことばにすがるのだろう。子が親にすがるように。

「お父さまならあなたより理解してくださったかもしれません」

最後の夜にモーリスとした口論と同じくらい意味のない諍いだった。彼女は言った。「ごめんなさい、こんなこと言うつもりはなかったのに」ささやかな平和のためならどんなことでも譲るつもりだった。「サムがよくなったらすぐに出ていきます」

スル夫人は言った。

「サムは残していきなさい。サムはわたしの孫です。わたしはあの子の保護者よ」とカッ

「モスクワです。もし出国が許されれば」

「どこへ？」

「モーリスとわたしが死ねばでしょう」

「サムはイギリス国民です。大法官の被後見人にするわ。明日、弁護士に会ってきます」

大法官の被後見人がどういうものか、セイラにはまったくわからなかった。これもまた、公衆電話からかけてきた男が考慮すらしていない障害なのだろう。電話の声は謝った。パーシヴァルと同じように、モーリスの友人だと言った。でもあの声のほうがパーシヴァルより信頼できると彼女は思った――たとえ用心深く、あいまいで、どこか聞き慣れない訛があったとしても。

電話の声は、まだ彼女が夫のもとへ行く道中にないことを謝った。彼女ひとりで行くなら、すぐにでも手配できる。しかし子供がいるから、どこかでまちがいなく検問に引っかかると言った。彼らの用意するパスポートがどれほどうまくできていたとしても。

彼女は絶望をたたえた抑揚のない声で相手に言った。「サムは残していけません」電話の声は〝そのうち〟かならずサムを連れ出す方法が見つかると請け合った。信じてほしいと……彼は慎重に、いつどうやって落ち合うかを指示しはじめた。ちょっとした手荷物と

——温かいコート——足りないものはすべて向こうで買うことができる。しかし彼女は「いいえ」と答えた。「いいえ、サムを置いていくわけにはいきません」と言って受話器を置いた。今やサムは病気になり、謎めいた〝大法官の被後見人(ウォード・イン・チャンセリー)〟ということばが幽霊か何かのように寝室までついてきた。まるで病室(ウォード)のような響きだ。子供は無理やり学校に行かされるように、無理やり病院に入れられることもあるのだろうか。

2

頼める相手はいなかった。この広いイギリスで彼女が知っているのはカッスル夫人と、肉屋、八百屋、図書館員、学校の女教師だけだった——それともちろん、玄関口やハイ・ストリートや電話にしょっちゅう現われるミスター・ボトムリーも。アフリカでの宣教活動が長すぎて、もしかするとセイラといるときにしかくつろげないのかもしれない。ボトムリーはとても親切で、詮索好きで、何かにつけて聖書のありきたりのことばを口にした。イギリスから脱出するのを助けてと頼んだらどう答えるだろうと彼女は思った。

カッスルの記者会見の翌日の朝、パーシヴァル医師が得体の知れない理由で電話をかけてきた。モーリスに支払わなければならない金があるから、振込先の銀行口座の番号を教えてくれというのだ。細かいことにきまじめすぎるほど几帳面だと思ったが、そのあと、金に困って彼女が自暴自棄な行為に走ることを怖れているのではないか、彼女をとどまらせておくための賄賂のようなものではないかと考えた。パーシヴァルはあいかわらず家庭医を思わせる声音で「あなたが分別ある態度をとっているので何よりです。そのままでいてください」と言った。まるで「そのまま抗生剤を飲んでください」と言うように。

そうして午後七時、サムが眠り、カッスル夫人が自室で夕食のための〝身繕い〟をしているときに、電話が鳴った。いかにもボトムリーがかけてきそうな時刻だったが、かけてきたのはモーリスだった。回線の状態はかなりよく、隣の部屋で話しているような声だった。セイラは驚いて言った。「モーリス、どこにいるの？」

「どこにいるかはわかってるだろう。愛してる、セイラ」

「わたしも愛してるわ、モーリス」

彼は説明した。「急いで話さなければならない。いつ回線を切られるかわからないから。サムはどうしてる？」

「元気じゃないわ。それほど心配するようなことでもないけれど」

「ボリスは元気だと言っていたが」

「サムがどうしてるかなんて話さなかった。あの子はもうひとつの障害でしかないの。もう嫌になるほど障害だらけなの」

「ああ、わかってる。サムに愛していると伝えてくれ」

「もちろん伝える」

もう盗聴を気にする必要はない。セイラは、彼がいなくなったか、どうせ全部聞かれてる間ができた。セイラは、彼がいなくなったか、回線が切れたのだと思った。しかし彼の声がした。「会いたくてたまらないよ、セイラ」

「わたしもよ。わたしも会いたい。でもサムを置いていけないわ」

「もちろんだ。それはわかる」

セイラは衝動的に言ってしまい、たちまち後悔した。「あの子が大きくなったら……」

ふたりが年老いてしまう遠い未来の約束のように思えた。「しばらく我慢して」

「ああ——ボリスも同じことを言っている。我慢するよ。母さんはどうしてる？」

「お母さまのことは話したくない。わたしたちのことを話して。あなたはどうしてるの？」

「みんなとても親切だ。仕事もくれた。彼らは私に感謝してる、私自身が考えていたよりずっと多くのことに」雑音が入り、次に彼が言ったことは聞きとれなかった——万年筆と、チョコレート入りのロールパンに関することだった。「母さんが言ったことはそうまちがいでもなかった」

彼女は訊いた。「友だちはいるの？」

「いるとも。ひとりじゃないから心配しなくてもいい、セイラ。かつて文化振興会で働いていたイギリス人がいる。春になったら別荘(ダーチャ)に遊びにきてくれと言われてる。春になったらね」彼女の聞いたことのないような声でそうくり返した――春が来るかどうか信じかねている老人の声だった。

彼女は言った。「モーリス、モーリス、どうか希望を捨てないで」しかしそのあと続いた長い沈黙で、彼女はモスクワとの回線が切れたことを知った。

解　説

文芸評論家
池上冬樹

■「ぼくがグリーンを見直したのは『喜劇役者』からで、『名誉領事』でますます感心し、『ヒューマン・ファクター』で完全に頭をさげた。（私が間違っておりました、弟子にしてください）という感じだった。」[註1]（小林信彦）

何年ぶりだろう。翻訳が出たのは一九七九年だから、およそ二十七年ぶりとなるだろうか。実に久々の再読となったけれど、いやはや素晴らしい。あらためて昂奮し、感激し、溜め息をついている。これほどの傑作はそうそうあるものではない。二十七年の間に多くの小説を読んできたが、ここまで深く読者をひきこみ、酔わせ、考えさせ、なおかつ読むのが心地よくて、物語の愉悦を教えてくれる作品はきわめて珍しいだろう。あの小林信彦が、多少の冗談まじりとはいえ、〝完全に頭をさげた〟〝弟子にしてください〟というのは尋常ではない。それほどの傑作ということである。

具体的にいうなら、小林自身が右のエッセイで述べていることだが、グレアム・グリーンの作品を分析すると、「骨組みは映画のシナリオといってもよいのだが、肉づけした部分に、〈映画化不可能なイメージ〉が多くあり、その部分は〈純文学〉なのである。――つまり、グリーンは、文学作品に映画的手法を効果的にとり入れた最初の作家で、したがって、わりに容易に映画化される。しかし、そのことによって、原作は少しも傷つかない」というのだ。グリーンは、「ストーリー・テリングを重視した数すくない二十世紀文学者のひとりである。なぜなら、〈読者はヌーボー・ロマンより物語のほうが好きだ〉と彼が考えていたからだ」と。小林信彦の名著『小説世界のロビンソン』(新潮文庫)から引用するなら、「この小説は〈ミステリにして純文学〉という奇蹟をやってのけた希有な例」ということになるだろう。たしかに高い文学性だけでなく優れた技巧をもつ大家が、円熟の技術の粋を尽くして書いた、あらゆる面において、つまり文章、人物描写、会話、プロット、ストーリーテリング、テーマ把握、小道具の使い方等々、見事な小説術を誇る作品といえるのではないかと思う。

■「スパイを主人公にしているからスパイ小説にちがいないだろうが、そのようなレッテルは無用の傑作である」[註2](結城昌治)

では、どのような物語なのか。具体的に作品を紹介していこう。（※ここで注意をひとつ。以下で、主人公の裏の顔を明らかにします。単行本の解説ほかで明らかにしているし、別にそれを知って読んでも興趣をそがないと思いますし、事実僕などはそれを知って読んだほうが、本書のスリリングさが増すような気がしますが、ストーリーの驚きを少しでも感じとりたいと思うならば、以下は本書を読まれたあとに）。

物語の主人公は、イギリス情報部に勤務する、六十二歳のモーリス・カッスルである。課報機関に勤務しているといっても、ファイルを作り整理する程度である。毎日同じ時刻に、同じことをきちんとやることをモットーとし、事実カッスルは目立たないし、差し出がましいことも一切しなかった。

だが、そんなカッスルには裏の顔があった。本当は二重スパイで、何年も前から国家機密を東側に流していた。おりしも情報漏洩が取り沙汰され、同じ課にいる者たちが疑われ、秘密の調査が開始されていた。カッスルの周辺にも調査の手がおよび、やがて同僚が謎の死を迎える――。

一九七〇年代に入ってもスパイ小説のブームは終わらず、むしろジョン・ル・カレの傑作『ティンカー、テイラー、ソルジャー、スパイ』『スクールボーイ閣下』などが書かれ、文学性とエンターテインメント性の高い融合がはかられた。グリーンもまた戦前に『密使』、戦後に『第三の男』『ハバナの男』などスパイ小説に分類できる作品を書いていたが、やはりひとつの頂点といえるのは、七八年に発表された本書だろう。実際、日本でもスパイ小説の傑作としてミステリファンの間で騒がれたが、結城昌治がいみじくもいうように、そんなスパイ小説のレッテルは無用だろう。なぜならタイトルにあるように恐怖、不安、愛、憎悪、信仰、忠誠といった人間的な要素を追求する物語だからである。

そもそも〝スパイ小説〟というジャンルが読者に喚起させる欲望、つまり冷酷な罠、非情な裏切りと殺人、派手なアクション、手に汗握るサスペンス、東西の陣営のスリリングな攻防といったものがほとんどない。まったくないとはいわないが、それがメインではない。本書の至るところで、暴力に富むジェイムズ・ボンドものが批判されているように、もともと暴力などは、「英国諜報機関の呼び物ではないのである」[註3]。グリーンは第二次世界大戦中に数年間、諜報機関の中で過ごしたが（最初は西アフリカ、あとはロンドン）、「興奮するようなことにも、メロドラマにも、ほとんど出会わなかった」（同）という。戦時中ですらなかったのに冷戦時代はますますおとなしいだろう。

だから、グリーンは、お定まりの暴力を極力排除したスパイ小説を書くことを決意し、日常性のなかで諜報機関に勤める人々を描いていく。スパイとはいえ、毎日普通に勤めに出て、定年になれば年金を貰うただの人々なのである。そこで重視されるのは個々の私的生活であり、とりわけカッスルの私生活が詳細に語られることになる。

カッスルには、前任地の南アフリカで知り合った黒人の女性の妻と息子がいる。妻セイラは南アフリカのアパルトヘイト政策の犠牲者になるところを弁護士のカースンに助けられた。カースンは共産主義者だった。カッスルが祖国を裏切るのは、妻への愛とカースンへの恩義のためである。そこが思想や経済的理由などの裏切りが多い、従来のスパイ小説での二重スパイと根本的に異なる点である。

ところで、この二重スパイのテーマを考えるとき、スパイ小説ファンは（とりわけグリーンのファンは）、実在した二重スパイを思い出すだろう。英国のみならず世界中を騒がせたスパイ、キム・フィルビーである。

■「〈彼（フィルビー）は祖国を裏切った〉――そう、それはその通りだろう。しかし、われわれのうちで、祖国よりも大切な何かや誰かに対して裏切りの罪を犯さなかったものがいるだろうか」（グレアム・グリーン）[註4]

一九六三年、イギリス情報部の大物ハロルド・エイドリアン・ラッセル・フィルビー（キムは愛称）がソビエト連邦に亡命した。一九三六年以来、ソ連側の二重スパイとなり、在職中二十年にわたって極秘情報を流していたことがわかり、それが発覚するやベイルートからソ連へ亡命したのである。このフィルビー事件は数々の小説や映画や芝居の題材になった（いちばん有名なのは前述したル・カレの『ティンカー、テイラー、ソルジャー、スパイ』）。

それほど国を揺るがす大きな事件だったが、このフィルビーとグリーンには付き合いがあった。前述したように、グリーンは第二次世界大戦中に情報部で働いていたが、そのときの上司がキム・フィルビーで、仕事だけでなく友達づきあいもしていた。『ヒューマン・ファクター』はすでに六〇年代に途中まで書かれていたが、キム・フィルビーをモデルにしているといわれたくないために、途中で投げ出していた。それを七〇年代に入ってから完成させたのである。

右に引用した文章は、キム・フィルビーの自伝をグリーンが書評したときの一節で、裏切りというものを単純に捉えていないことがわかる。事実、本書『ヒューマン・ファクター』でも、裏切りが重要なテーマのひとつで、人物たちは裏切りについて云々する。たとえば、この小説の終盤で、カッスルの母親とセイラが議論する場面がある。母親は息子の行動を〝祖国を裏切った〟行為として捉えるのに、セイラは「モーリスは一度、わたしが彼の祖国だと言ったことがあります――サムも含めて」と反論する（四七八頁）。この終盤の対話の〝祖国〟は、中盤でカッスルと息子のサムが語る、スティーヴンソンの詩における国境を越える〝赦されぬ罪〟と密接に関係するだろう（三一四頁）。国境とは何か、罪とは何か、そもそも国を裏切るとは何なのかと読者に問いかけていく。

そして、そこでさりげなく引用されるのは、いつものごとく聖書であり、セイラは「あなたが〝わが民(マイ・ピープル)〟なの」と呟(つぶや)く（三三九頁）。グリーンはそれ以上は語らせず、ほのめかす程度にして、〝怖れ〟を口にするのだが、この〝怖れ〟を前にすると読者は、カッスルが前半で「怖れと愛は不可分である」といったことを思い出すのである（一七〇頁）。怖れと憎しみにも言及し、国と国の対立と戦い、および憎悪まで想起させる。

このように小説では至る所で、物語の細部が連繋し、補強し、響きあい、テーマを変奏しつづけていくのである。あからさまに聖書の一節を引用したりせずに（宗教に淫することなく）、むしろ過去の文学の古典をさまざまな形で引用して、主人公が置かれた情況と心理状態を代弁させて、人間的特性の諸相を切り出して見せるのである。そのテーマの連繋と敷衍(ふえん)が実に巧い。

しかし巧いというなら、さりげない小道具の使い方にも目を向けるべきだろう。冒頭のモルティーザーというチョコレートが、場面とキャラクターが変わるごとに、その人物の匂い、つまり趣味と生い立ちを覗かせる。さまざまな形で登場して語られる。文学作品と同じくらいに登場するウィスキーの種類と量も、作者は場面と人物ごとに変えて性格と気分をあらわす。

そもそもキャラクター描写が素晴らしい。人物たちは役割ではなく、頁を追うごとに奥深い表情をかいま見せるようになり、それぞれの心のうちをさらすようになる。しかもユーモラスに、シニカルに、ときに苦いユーモアにくるんで。とにかく唸るほど巧い。

■「小説を書く途中、私はあるトーンを耳につけるため、屢々、モウリヤックかG・グリーンの小説を読む。／今度もまたグリーンのそれを広げ、そのうまさ、その情感にみちた文体に圧倒される。私のそれは何と乾燥しているだろう」[註5]（遠藤周作）

その巧さに何度も言及するのが、遠藤周作である。日本の作家でもっともグリーンを愛し、読みこんだ作家は遠藤周作だろう。『沈黙』と並ぶ最高傑作の『深い河』、この愛と人生の意味をもとめてインドへと向かう人々の魂の触れ合いを感動的に描いた作品は、戦後の日本文学の名作の一つであり、海外に翻訳されて大いなる反響をよんだけれど、その創作過程で、遠藤周作は何度もグリーンを読み返している。『権力と栄光』『情事の終り』『燃えつきた人間』を再読し、ときにグリーンの小説作法を引用して、小説の方法を模索しているのだが、そこには当然のことながら本書『ヒューマン・ファクター』も出てくる。単なる再読ではなくて、いかに『ヒューマン・ファクター』に刺激を受けて、『深い河』の主人公の神学生大津の宗教観の一部が形作られたかを述べているのである。

本書の中盤で、カッスル（旧訳では〝カースル〟）がアフリカで知り合った共産主義者のカースン（旧訳では〝カーソン〟）を回想する場面がある。「おれはしばらくの間、彼の神を信じる気持になった。ただし半分ほどだ。カーソンの神を半ば信じたようにだ。どうやら俺という人間は何事につけ、半分しか信じられないように生まれついたらしい」（宇野利泰訳。新訳の本書では一九二頁）という台詞が出てくるが、この台詞から触発されて、遠藤は、「カースルの言葉は私の小説のなかで積極的な主題になる」と書いて、次のように『深い河』で肉付けする――「おれは基督教の神もヒンズーの神も半分信じる気持になった。大事なのは宗教の形ではなく、イエスの愛を他の人間のなかで発見した時だ。イエスはヒンズーのなかにも仏教信者のなかにも無神論のなかにもいる」。

この汎神論的な見方は、キリスト教的には異端であり、『深い河』のなかでヨーロッパを放浪する大津が迫害される根拠なのだが、しかしこの汎神論的な見方こそ、遠藤の独特のそれであり、だからこそ神道と仏教が混在する日本人には受け入れやすい。

では、グリーンの宗教観はどのようなものなのか。

■「一九五〇年代のこと、グリーンの友人の一人が、君はなぜカトリックになったのかと訊いたが、それに対して小説家は「僕の悪を計る基準として……宗教をみつけなければならなかったんだ」と答えた」[註6]（マイクル・シェルデン）

〝悪を計る基準〟としての宗教というのは意外に映るかもしれない。しかし宗教をもつがゆえに、神の愛と存在に触れたいがために、悪に手をそめる信者は数多い。シェルデンは右の伝記で、「悪に対する高揚した意識を宗教が作り出すことができることに感じる魅力を、グリーンはけっして秘密にしなかった」といい、「神や愛ではなく、堕地獄や憎悪こそが、彼の関心を掻き立て、宗教的な熱意に対して彼が抱く感覚を明確にするものであった」ともいっている。『事件の核心』のエピグラフ（「罪人はキリスト教の核心にいる」シャルル・ペギー）にあるように、さらには遠藤周作の『深い河』の一節（「神は人間の善き行為だけではなく、我々の罪さえ救いのために活かされます」[註7]）にあるように、宗教は徳を必要としているが、同時に罪をも必要としているといえるかもしれない。カトリックの作家たちはよりキリスト教の核心にふれるべく悪をテーマにした罪深い物語を作る。それは遠藤周作もグリーンも例外ではない。

いやいや、宗教などというと、無宗教の多い日本人には面倒くさく敬遠されるかもしれない。もっと別の端的な表現を使おう。『深い河』の創作過程で遠藤周作が目指した小説の形容を使うなら、〝人間の哀しさが滲むような小説〟のことである。遠藤周作は「人間の哀しさが滲む小説を書きたい。それでなければ祈りは出てこない」[註8]と書いているのだが、これなどはグリーンの本書にもあてはまるだろう。別に〝祈り〟といっても、何かの神に祈ることではない。本当にうちひしがれ、絶望しているとき、人は苦しみを背負って何かに祈りたくなる。その祈りのことである。

遠藤周作は『深い河』で切々と哀しみを訴えて祈りを生み出しているが、グレアム・グリーンは本書『ヒューマン・ファクター』で、十二分に抑制をきかせながらも悲劇的な情況をゆくりなく表して、深い余韻のなかに祈りを浮かび上がらせている。やるせなく辛い、哀しい憂愁をたたえた、いつまでも心に残る小説である。

註1　早川書房編集部編『冒険・スパイ小説ハンドブック』（一九九二年、ハヤカワ文庫）所収「〈孤立したグリーン〉のために」
註2　週刊文春編『傑作ミステリーベスト10　20世紀総集完全保存版』（二〇〇一年、文春文庫PLUS）所収の『ヒューマン・ファクター』へのコメント
註3　グレアム・グリーン『逃走の方法』（一九八五年、早川書房）
註4　グレアム・グリーン『ヒューマン・ファクター』（一九七四年、早川書房）所収、宮脇孝雄氏の解説より
註5　遠藤周作『「深い河」創作日記』（一九九七年、講談社。二〇〇〇年、講談社文庫）所収、一九九二年二月四日の記述より
註6　マイクル・シェルデン『グレアム・グリーン伝――内なる人間』（一九九八年、早川書房）
註7　遠藤周作『深い河』（一九九三年、講談社。九六年、講談社文庫）文庫版一九一頁
註8　『「深い河」創作日記』の講談社文庫版・一九九二年一月六日の記述より

ハヤカワ epi 文庫は、すぐれた文芸の発信源（epicentre）です。

訳者略歴　1962年生，東京大学法学部卒
英米文学翻訳家
訳書『ミスティック・リバー』ルヘイン
　　『樽』クロフツ
　　『剣の八』カー（以上早川書房刊）他多数

〈グレアム・グリーン・セレクション〉

ヒューマン・ファクター

〈epi 38〉

二〇〇六年十月十五日　発行
二〇一一年十二月十五日　三刷

（定価はカバーに表示してあります）

著者　グレアム・グリーン
訳者　加賀山卓朗
発行者　早川浩
発行所　株式会社早川書房

郵便番号一〇一 - 〇〇四六
東京都千代田区神田多町二ノ二
電話　〇三-三二五二-三一一一（大代表）
振替　〇〇一六〇 - 三 - 四七七九九
http://www.hayakawa-online.co.jp

乱丁・落丁本は小社制作部宛お送り下さい。
送料小社負担にてお取りかえいたします。

印刷・中央精版印刷株式会社　製本・株式会社明光社
Printed and bound in Japan
ISBN978-4-15-120038-0 C0197

本書は活字が大きく読みやすい〈トールサイズ〉です。